W0298739

KNAUR

Von Stephan Lucas und Alexander Stevens sind bereits folgende Titel erschienen:

Stephan Lucas: Auf der Seite des Bösen. Meine spektakulärsten Fälle als Strafverteidiger

Alexander Stevens: Sex vor Gericht. Ein Anwalt und seine härtesten Fälle

Stephan Lucas
Alexander Stevens

GARANTIERT NICHT STRAFBAR

Wie Sie ganz legal schwarzfahren, Drogen konsumieren und aus dem Gefängnis ausbrechen

KNAUR

Besuchen Sie uns im Internet:
www.knaur.de

FSC
www.fsc.org
MIX
Papier aus verantwortungsvollen Quellen
FSC® C083411

Originalausgabe März 2017
Knaur Taschenbuch

Ein Imprint der Verlagsgruppe
Droemer Knaur GmbH & Co. KG, München

Redaktion: Roman Schmid
Covergestaltung: ZERO Werbeagentur, München
nach einem Entwurf von Julian Hartwig
Coverabbildung: Julian Hartwig; FinePic®, München/shutterstock
Illustration im Innenteil: Aleksandr Semenov/shutterstock.com
Satz: Adobe InDesign im Verlag
Druck und Bindung: CPI books GmbH, Leck
ISBN 978-3-426-78899-8

5 4 3 2

Inhalt

Wo bleiben die Anwälte?

Stephan Lucas

Haben Sie sich das womöglich auch schon gefragt? Es gibt Hundetrainer, Köche, Ärzte, die alle etwas zu sagen haben. Mal lustig, mal ernst, jedenfalls meist unterhaltsam – in Büchern, Zeitschriften oder im Fernsehen. Nur die Anwälte fehlen. Dabei sind sie überall, treffen auf alle und jeden, mischen immer und überall mit. Warum plaudern nicht auch sie mal aus dem Nähkästchen und erklären, was sie für ihre Honorare eigentlich den lieben langen Tag so treiben? Vielleicht aus Angst, nicht verstanden zu werden? Oder wissen Sie auf Anhieb etwas damit anzufangen, wenn ein Anwalt Ihnen erklärt, zwei Menschen hätten einander »beigewohnt«? Natürlich geht es um Sex. Aber wenn die nachfolgenden Sätze dann ähnlich juristisch brillant bleiben – und das bleiben sie meistens –, dann kann es für den Leser schnell anstrengend werden. »Das ist alles so trocken«, hört man die Leute sagen. Wir sagen: Es kommt darauf an. Zugegeben: *Garantiert positive betriebswirtschaftliche Effekte beim Zusammenschluss von Unternehmen* könnte als Buchtitel tatsächlich abschreckend wirken. Auch wenig stimulierend wäre womöglich *Garantiert volle Privatautonomie beim Abschluss von Kauf- und Mietverträgen.* Daher der knappe Titel dieses Buchs: *Garantiert nicht strafbar.*

Und der Name ist Programm: Ob Verkehrsrowdy, Schwarzfahrer, Steuerverweigerer, Internetjunkie oder Lustmolch – sie alle dürfen viel mehr, als man annehmen möchte. Denn unsere Strafgesetze wimmeln nur so vor Widersprüchen und Lücken. Sie werden allzu oft mit viel zu heißer Nadel gestrickt – von Gesetzgebern, die mit Blick auf bevorstehende Wahlen in wildem Aktionismus dem verunsicherten Volk nach dem Mund reden. Zeit also, Klartext zu sprechen. Wir wollen Sie fit machen. Natürlich nicht im Juristendeutsch. Sondern so, dass Sie verstehen, sich wundern und darüber lachen können. Vor allem aber sollen Sie sich in Zukunft garantiert nicht mehr strafbar machen.

Sollte also mal wieder jemand fragen: »Wo bleiben die Anwälte?« Hier sind sie! Mein Kollege Alexander Stevens und ich nehmen das Strafrecht aufs Korn. Jeder auf seine Weise. Gegenseitige Sticheleien unter Freunden nicht ausgeschlossen. Wussten Sie zum Beispiel, dass Sie Ihr nicht vorhandenes Abiturzeugnis ganz einfach selbst zusammenkopieren können, ohne eine Strafe fürchten zu müssen? Auch können Sie sich in Deutschland munter Doktor, Kriminalbeamter oder Anwalt nennen, ohne in den Knast zu wandern. Oder wussten Sie, dass Christian Grey mit seinen Sexregeln einer der spießigsten und zugleich weitsichtigsten Juristen der Gegenwart ist? Seien Sie auf unsere Analyse gespannt! Und warum Sie unliebsame Zeitgenossen besser durch eine Atomexplosion als durch eine Axt eliminieren? Auch das werden Sie erfahren. Wie sagt man so schön? Hören Sie auf Ihren Anwalt. Oder: Hören Sie auf »Die Anwälte«.

Mein T-Shirt sagt mehr als tausend Worte – Wie Sie ganz legal schwarzfahren

Stephan Lucas

Neulich auf Mallorca kam mir an der Strandpromenade diese Mitvierzigerin in lustig bedrucktem T-Shirt mit der Aufschrift »Zicke« entgegen. Ihr kleines Töchterchen neben ihr outete sich als »Mini-Zicke«, und der genervte Papa und Ehemann kam im selben Style als »Zickenbändiger« daher. So wurde also ein Schuh daraus. Apropos: Kurz darauf verschwand die Ehefrau im Schuhgeschäft. Auch Mini-Zicke machte sich selbständig, rannte zum Eisstand und schrie »Eis, Eis, Eis!«. Und der selbsterklärte Zickenbändiger war ab diesem Moment offenkundig falsch betitelt. Vielleicht hätte ihm ein ehrliches »Schlank würde ich dich nur unnötig geil machen« besser gestanden. Meinetwegen auch ein aggressives »Ich bin dick und du bist hässlich – ich kann abnehmen und was machst du?«.

Eines jedenfalls ist klar: Der Drang nach T-Shirts mit lustigem Aufdruck ist ungebrochen. Und manch eine Strandpromenade auf meiner Lieblingsinsel muss als Laufsteg herhalten. Wer sich als Opfer fühlt, trägt »Warum ignorierst du mich? Bin ich Baumarktkunde oder was?«. Wer's offensiv mag, lebt seinen Humor aus mit »Gemeinsam gegen Gruppenzwang!«. Das geile Luder kleidet sich mit »Suche Mann mit Pferdeschwanz – Frisur egal«. Und Blondchen trägt ihr neues Shirt mit dem Lieblingsspruch »In Mathe bin ich Deko«. Alles also eine Frage der Selbsteinschätzung.

Im Urlaub mag das keinen stören. Aber wehe, so manches Urlaubsfoto landet später auf Facebook. So wurde einem Richter aus Rostock sein Spaßshirt zum Verhängnis. Er posierte darin auf jener beliebten Social-Network-Seite, ein Angeklagter lehnte ihn deshalb aus Besorgnis, er könnte befangen sein, als Richter ab – und das nach Überzeugung des Bundesgerichtshofs zu Recht. Lachend hatte der Richter sich in seinem bedruckten T-Shirt auf Facebook präsentiert: »Wir geben Ihrer Zukunft ein Zuhause – JVA«. Wer hier noch keine eigenen Erfahrungen vorweisen kann: JVA steht in Justizkreisen für Justizvollzugsanstalt, also für den Knast.

Da war mein Tierschützer-Mandant geistreicher und vor allem im Ergebnis deutlich erfolgreicher. Angeklagt wegen Beleidigung, erschien er zu seiner Verhandlung in weißem T-Shirt, darauf ein Schaf und darüber das putzige Wort »Unschuldslamm«. Er wurde schließlich vom Beleidigungsvorwurf freigesprochen. Ob aufgrund meiner phänomenalen Anwaltsleistung oder durch das putzige Outfit, kann ich, trotz eines Hangs zur Selbstüberschätzung, bis heute nicht mit Sicherheit sagen. Das T-Shirt war jedenfalls billiger.

Womit wir beim Kernpunkt angelangt wären. Unschuldslämmer, Mini-Zicken, Lustmolche und Spaßvögel, aufgepasst! Überlassen Sie niemals einen Spruch dem Zufall! Setzen Sie ihn lieber gezielt ein! Seien Sie hellwach und reflektiert! Und orientieren Sie sich ja nicht an den kleinen zwölfjährigen Orsay- und Pimkie-Kunden, die meist nicht mal drei Wörter Englisch sprechen, auf ihren neuen Lieblingsshirts aber mit großen Buchstaben behaupten: »Blowjob is better than no job!« Nein, so nicht! Auf gar keinen Fall! Sagen und tragen Sie im Gegenteil alles bewusst! Jonglieren Sie sich mit dem richtigen Spruch zur passenden Gelegenheit souverän aus der Strafbarkeit! Andere Unschuldslämmer können das schließlich auch.

Genau das durfte vor einiger Zeit die Frankfurter Verkehrsgesellschaft erleben. In einer ihrer U-Bahnen befand sich ein junger Mann. Offensichtlich war dieser gerade kein Unschuldslamm, sondern eher ein schwarzes – besser gesagt schwarzfahrendes – Schaf. An seinem Körper trug er, atmosphärisch passend, ein schwarzes T-Shirt mit der Aufschrift »Ich fahre umsonst – ohne

Fahrschein!«. Was an sich natürlich verboten ist und mit etwas Pech gleich doppelt bestraft wird. Denn wird man erwischt, will zunächst einmal die Verkehrsgesellschaft ein sogenanntes »erhöhtes Beförderungsentgelt«. Obendrein erstattet sie aber regelmäßig auch noch Strafanzeige. Der Tatvorwurf: Leistungserschleichung. So nennt es der Jurist, wenn jemand einfach eine Leistung beansprucht, ohne dafür bezahlt zu haben, während er aber in dreister Art und Weise so tut, als hätte er genau dies getan. Stellt sich die Frage: Wie bestimmt man, ob jemand in der U-Bahn so tut, als hätte er bezahlt? Die Antwort der Gerichte: Mitfahren wie alle anderen und dabei ganz einfach in der Gegend herumschauen. Jeder wird denken, Sie hätten ein Ticket gezogen. Denn sonst wären Sie ja nicht hier und würden auch nicht einfach in der Gegend herumschauen, oder?

Doch genau dieses Auftreten konnte man dem jungen T-Shirt-Träger aus Frankfurt ja gerade nicht nachsagen. Ganz im Gegenteil. Er setzte ja in dreister Offenheit jeden, der ihn sah, von seinem ignoranten Verhalten in Kenntnis. Schwarzfahren ja, aber eben ohne jede Heimlichtuerei. Da kann schon rein begrifflich von einem »Erschleichen« der Leistung kaum die Rede sein. Und so guckte der Rhein-Main-Verkehrsverbund nicht schlecht, als der junge Mann schließlich vom Amtsgericht Frankfurt vom Vorwurf der Leistungserschleichung freigesprochen wurde. Lediglich um den von der Verkehrsgesellschaft damals angedrohten Aufpreis von 40 € kam auch er am Ende nicht herum. Aber Strafe: Fehlanzeige.

Die Geschichte vom mutigen jungen Mann hat sich natürlich in der Schwarzfahrerszene schnell herumgesprochen. Seither gibt es immer wieder Nachahmer. Was aber mit Trittbrettfahrern passiert – der Begriff stammt übrigens passenderweise aus alten Nahverkehrszeiten –, wissen wir spätestens seit Frau Holles Pechmarie. Alles kann immer auch anders enden. Und das in unserem Rechtsstaat nicht zuletzt aufgrund der Unabhängigkeit eines jeden Richters. Jede Entscheidung ist eine Einzelfallentscheidung, und so setzen Richter in Fällen des offensiven Schwarzfahrens seither zunehmend strengere Maßstäbe an. Die zugrundeliegende juristische Frage ist, wie offen ein Schwarzfahrer kommunizieren muss, was er da gerade tut, um nicht als »Leistungserschleicher« bestraft werden zu können. So ein bedrucktes T-Shirt ist da schon mal ein guter Ansatz. Ein Richter aus Hannover warf einem solchen T-Shirt tragenden Schwarzfahrer jedoch vor, er habe sich damit noch längst nicht auffällig genug verhalten. Die kostenlose Fahrt habe er sich daher trotzdem erschlichen. Er hätte sich mit seinem T-Shirt zunächst vor dem Führerhaus postieren und mit auffallenden Bewegungen auf den Schwarzfahrerspruch auf seinem Shirt hinweisen müssen. Dann hätte der Zugführer diesen Sachverhalt auch tatsächlich wahrnehmen können – was freilich die Erfolgsaussichten des Plans durchaus gemindert hätte.

Daher ist wohl jeder Schwarzfahrer gut beraten, sich nicht alleine auf sein T-Shirt zu verlassen, sondern zu »pimpen«, was das Zeug hält – sicher ist sicher. Ergänzen Sie deshalb Ihr Schwarzfahrer-Shirt ruhig noch um Schwarzfahrer-Buttons und -Aufkleber sowie um eine modisch kleidsame schwarze Schwarzfahrer-Schirmmütze. Singen Sie während der Fahrt ruhig eine selbstkomponierte Schwarzfahrerhymne. Hauen Sie auch Ihre Mitreisenden aufmunternd an: »Na, was hat das Ticket gekostet? Ich bin voller Bewunderung ob Ihrer Zahlungswilligkeit. Ohne Leute wie Sie würde das ganze System hier zusammenbrechen!« Falls Ihnen dieser direkte Ansatz zu peinlich ist, fingieren Sie einfach ein Telefonat und brüllen Sie lauthals in den Hörer: »Heute Abend geb ich einen aus, ich habe heute wieder kein Ticket gezogen und wieder ganz viel Geld gespart!«

Und wer es komplett rund machen will, pimpt einfach noch einen coolen T-Shirt-Slogan. Da bietet sich so einiges an: »Schwarzfahrer-Bitch« oder »Hartz vier – schwarz hier«. Ihrer Kreativität sind keine Grenzen gesetzt. Und wer dabei nicht ständig von der Gesellschaft geächtet werden will, dem empfehle ich einen ganz wunderbaren Trick. Einfach hinten aufs Shirt »Ich bin Alexander Stevens« drucken. Damit fährt man immer gut. Warum es außerdem völlig legal ist, erfahren Sie im nächsten Kapitel.

Du bist du und ich bin du – Straflos mit falscher Identität

Alexander Stevens

Stellen Sie sich einmal folgendes Szenario vor:

Der etwas extrovertierte Rechtsanwalt Lucas, der sich in Wahrheit in die völlig falsche Zeit hineingeboren sieht und viel lieber in Gewandung eines mittelalterlichen Mönchs devoten Gänsemägden nachstellen würde, besucht ein hochpreisiges All-inclusive-Wochenende auf einem Mittelalter-Event. Natürlich sind dort jungfräuliche Mägde, rauhe Rittersleut und auch zechende Mönche stets gern gesehen. Da Herr Lucas aber auf keinen Fall möchte, dass seine heimliche Leidenschaft öffentlich bekannt wird, gibt er sich – durch die Mönchskutte nebst Kapuze bereits umfassend verhüllt – gegenüber dem Veranstalter als Alexander Stevens aus. Stevens hingegen is not amused, als er im Programm des Spektakels als »der zechende Mönch Alexander Stevens, Schrecken der Gänsemägde« angekündigt wird. Und als Jurist stellt er sich sofort die entscheidende Frage: Darf der Lucas das?

Die Antwort kennt Stevens freilich schon, denn diese Frage ist ein alter Hut im Jurastudium und gleichzeitig auch nicht schwer zu beantworten: Ja, Lucas darf das. Er darf sich als Stevens ausgeben, denn dem Mittelalter-Veranstalter ist es – auf gut Deutsch – scheißegal, welcher gänsemagdverrückte Mönch da vor ihm steht. Ob Lucas oder Stevens, Hauptsache, der Typ bezahlt den Eintrittspreis – mehr interessiert ihn nicht. Und solange Lucas dabei keine Ausweisdokumente fälscht oder die Zeche prellt, macht er sich deshalb auch nicht strafbar. Und nein, der Schaustellerausweis des Mittelaltermarkts ist kein Ausweisdokument im rechtlichen Sinne.

Gut, Rechtsanwalt Stevens wird es sicherlich nicht so toll finden, von dem ein oder anderen Zeitgenossen von nun an als

Sonderling mit skurriler Vorliebe für das Mönchstum, Gänse und jungfräuliche Mägde abgestempelt zu werden. Doch seien wir mal ehrlich, es hätte auch deutlich schlimmer kommen können. Zum Beispiel, wenn Rechtsanwalt Lucas zusammen mit einer heißen Affäre im stadtbekannten Grand Hotel unter Stevens' Namen eincheckt und dabei dem Hotelportier auch von einem stark eiternden Hodenabszess erzählen würde. Da könnte Stevens durchaus auch in private Erklärungsnöte geraten. Etwa, wenn auch er mal zusammen mit einer netten Begleitung in besagtem Grand Hotel einchecken und vom arglosen Portier auf »seine« eitrige Hodenentzündung angesprochen würde. Oder gar auf die heiße Bekanntschaft vom letzten Mal, die diesmal plötzlich eine ganz andere sei.

Solange aber keine Urkunden im Rechtssinne hergestellt oder gefälscht beziehungsweise Betrügereien im Namen des anderen unternommen werden, ist das Handeln unter fremdem Namen nicht strafbar. Und das ist, wie gesagt, eigentlich ein alter Hut.

Nur, als sich der Gesetzgeber vor hundert Jahren diese Regelung ausdachte, konnte er ja nicht ahnen, dass in Zeiten von Internet, Facebook und Twitter so einiges anders läuft. Denn mittlerweile erfährt nicht mehr nur der skurrile Mittelalter-Event-Besucher von Stevens' (vermeintlichem) Besuch auf besagtem Mittelalter-Event. Ganz abgesehen davon, dass ein zechender Raubritter einen Gänsemägde jagenden Mönch womöglich gar nicht so skurril findet. Durch die modernen Kommunikationsmittel aber taucht Stevens, der lüsterne Mönch, ganz schnell auch auf der wahrscheinlich vorhandenen Webseite des Events auf. In einer Liste der Schausteller zum Beispiel. So ist mittlerweile das Handeln unter fremdem Namen ganz schnell auch potenziell für die ganze Weltöffentlichkeit sichtbar, sofern es jemand darauf anlegt.

Wenn Sie also ungestraft Ihren Nachbarn, Ihre Freunde oder andere unliebsame Zeitgenossen ärgern wollen, dann melden Sie sich doch einfach mal im Namen eines anderen bei einem Onlinehandel an, um eine gelungene Kundenrezension zu den neuesten Noppen-Drehrotor-Vibratoren zu schreiben. Oder aber Sie erstellen sich unter entsprechendem Namen ein Fake-Profil in einem der vielen sozialen Netzwerke, um sich dort Nutzerratschläge zu alternativen Heilungsmethoden »Ihres« eitrigen Hodenabszesses einzuholen.

Noch hat der deutsche Gesetzgeber nämlich nicht bemerkt, dass es dem Stevens vielleicht egal sein wird, wenn jemand in seinem Namen im Geschäft irgendwelche Damenstrumpfhosen erwirbt und sich der Verkäufer hierüber womöglich schlapplacht. Nur wenn dieser Jemand das bei Amazon oder eBay tut und dabei noch eine detaillierte Kundenrezension schreibt, die dann ganz öffentlich auch noch Stevens' Namen als Urheber ausweist, wird er das ganz schnell nicht mehr so lustig finden.

Vorsicht aber ist geboten bei der Auswahl der Bilder! Denn das eigene Bild ist im Gegensatz zum eigenen Namen durch das Kunsturhebergesetz strafrechtlich geschützt. Hierzu mehr im Kapitel *Bitte recht freundlich*. Der Kollege Lucas war aber, als er sich unter Stevens' Namen auf einer bekannten Social-Media-Plattform anmeldete, auch hierfür schlau genug. Er lud einfach sein eigenes Bild unter Stevens' Namen hoch. Das war kein Problem, er hatte die Kapuze seiner Mönchskutte einfach nur tief genug ins Gesicht gezogen. Die Status-Updates von »Alexander Stevens, zechender Mönch und Schrecken der Gänsemägde« hatten es trotzdem in sich:

Nach einer Woche Mittelalter hat der zechende Mönch Alexander Stevens alle Mägde und alle Gänse besser kennengelernt. Danke an die Gans Karin und den Gänserich Detlef für die besonders schöne Zeit mit euch!!!

Kennt sich jemand aus mit der alternativen Behandlung von Hodenabszessen? Das Ding eitert wieder raus, nervt voll, noch schlimmer als beim letzten Mal! Danke schon mal für die Tipps, euer Stephan L… äh, Alexander Stevens natürlich.

Man sieht: Solange dieser Identitätsdiebstahl nicht strafrechtlich sanktioniert wird, lassen sich im Schatten eines (un)geliebten Kollegen so wunderbar ganz ohne Scham sexuelle Vorlieben austauschen oder Behandlungsmethoden von seltenen Erkrankungen optimieren.

Man kann sich aber auch mit fremden Federn schmücken, um beispielsweise endlich einmal selbst den langersehnten Erfolg bei der Frauenwelt zu erhaschen. Zum Beispiel, indem man sich einfach als der heiße Bodybuilder von nebenan ausgibt. Oder warum, glauben Sie, habe ich mich bei einem schmuddeligen Dating-Portal unter dem Namen Lucas69 angemeldet?

Prof. Dr. mult. von Titelgeil – Wie Sie sich ganz einfach einen Titel zulegen

Alexander Stevens

Doktor, Diplom, Professor, Magister, Master, Sexgott. Was es im titelbewussten Deutschland nicht alles für geile Titel gibt, mit denen man – außer in Deutschland selbst – nirgendwo sonst richtig Eindruck schinden kann. Okay, in Österreich sogar noch etwas mehr, aber da ist ja schon jeder kraft Geburt mindestens ein Herr Geheimrat.

Titel sind jedenfalls heiß begehrt und schinden einen Mordseindruck, ob privat, beruflich oder gar in der Politik. Wobei sich ja in letzter Zeit immer wieder herausstellte, dass manch ein Politiker seinen Titel auf nicht ganz integre Art und Weise erhalten hat. Wenn aber solch finstere Machenschaften auffliegen, erregen sie den Zorn des Volkes und der selbsterklärten Plagiatsjäger. So ein Titel verschafft eben Ansehen und will ehrlich verdient sein, weswegen die meisten davon auch gesetzlich streng geschützt sind. Wer einen dieser supergeilen geschützten Titel unberechtigt führt, muss mit bis zu einem Jahr Gefängnis rechnen – ziemlich streng, im Vergleich zum völlig straflosen Missbrauch meines Namens durch den Kollegen Stephan Lucas (siehe Kapitel *Du bist du und ich bin du*).

Der Gesetzgeber begründet den sagenhaften strafrechtlichen Titelschutz damit, dass die Allgemeinheit vor unlauterer Titelführung ganz besonders geschützt werden muss. Denn durch den unbefugten Gebrauch einer solch qualifizierenden Bezeichnung erweckt man den Anschein besonderer Funktionen, Fähigkeiten und Vertrauenswürdigkeit. Okay, »Sexgott« ist zwar noch nicht rechtlich geschützt, aber Stephan Lucas hat bereits einen entsprechenden Antrag beim Justizministerium eingereicht – unter meinem Namen.

Allerdings macht sich des Titelmissbrauchs auch strafbar, wer bloße Phantasietitel oder -bezeichnungen benutzt, solange Verwechslungsgefahr mit geschützten Titeln gegeben ist. Der Schuhhersteller Doc Martens, der Zahnbürstenzombie Dr. Best und Kuchenopa Dr. Oetker sollten sich also besser in Acht nehmen – sollten die werten Herren kein Doc oder Doktor sein.

Warum ausgerechnet ein Titelgrad strafrechtlichen Schutzes bedarf – man weiß es nicht. In der Praxis kann es durchaus negative Folgen haben, wenn man sein Vertrauen allein auf formale Kriterien wie einen Doktortitel stützt. Ob ein herzkranker Patient begründetes Vertrauen in einen Augenarzt mit Doktortitel hat, der ihn wegen einer komplexen Herzklappen-OP berät, sei mal dahingestellt. Aber sei's drum, Hauptsache, der Titel stimmt!

Was aber, wenn die Allgemeinheit gerade kein entsprechendes Vertrauen in den konkreten (falschen) Titel hat? Lustigerweise hat die Lirum-Larum-Löffelstiel-Gesetzesbegründung nämlich mit dem »besonderen Vertrauensschutz«, den Doktor- und andere Titel genießen sollen, im Umkehrschluss genau das Gegenteil von dem erreicht, was sie bezwecken wollte: Denn anstelle des Schutzes nebst vorzüglicher Hochachtung der ehrwürdigen Titel bleibt der Missbrauch dann straflos, wenn die Allgemeinheit von dem falsch geführten Titel erst gar nicht berührt oder beeindruckt ist.

Will heißen: Wenn mein Kollege Stephan Lucas also seine neue Abendbekanntschaft mal wieder damit beeindrucken will, dass er sich als Major der Bundeswehr ausgibt, ist das nicht strafbar. Fast ein bisschen schade, denn seine komplett erfundenen Heldengeschichten vom Hindukusch kann außer ihm selbst wirklich keiner mehr hören. Von der Rechtsprechung geduldet wurde auch ein Kaufmann, der sich außerhalb seines Geschäfts als »Herr Doktor« ausgab, um ein wenig anzugeben. Auch ist die Selbstbezeichnung als Rechtsanwalt nicht strafbar, wenn Sie dies zum Beispiel bei einer Polizeikontrolle tun. Rattern Sie dazu ein paar sinnlose, aber gutklingende Juristenphrasen herunter, und Sie können die Polizisten womöglich sogar einschüchtern.

Ebenso wenig macht sich strafbar, wer eine Plakette mit der Aufschrift »Arzt« an seinem Pkw anbringt, um unbeanstandet in unmittelbarer Nähe von Krankenhauseingängen parken zu können.

In all diesen Fällen nämlich ist die Verwendung des geschützten Titels weder dazu bestimmt noch dazu geeignet, dass Dritte besonderes Vertrauen in die Fähigkeiten des »Doktors«, »Rechtsanwalts«, »Arztes« oder gar des »Major Lucas« fassen. Der Abschleppunternehmer braucht keinen ärztlichen Rat vom Arztplakettenverwender, der Polizist keinen anwaltlichen Rat vom falschen Anwalt, und seiner charmanten Abendbegleitung wird Lucas keine militärischen Befehle erteilen – und selbst wenn, wird sie diese kaum ernst nehmen. Wenn Sie also einen Titel nur außerhalb des dazugehörigen beruflichen Zusammenhangs führen, können Sie gar nichts falsch machen.

Gleiches gilt übrigens auch für förmliche Schreiben, zum Beispiel an eine Behörde. Denn hier darf ein Beamter, der bei seiner Entscheidung an Recht und Gesetz gebunden und zur Neutralität verpflichtet ist, sich nicht von einem Titel beeindrucken lassen. Die zahlreichen Beschwerden von »Major Prof. Dr. Stephan Lucas, Rechtsanwalt« gegen völlig zu Recht verteilte Strafzettel werden also weiterhin gänzlich erfolg- und straflos bleiben.

Zusammengefasst: Erhaschen Sie also im Umgang mit Ihren Mitmenschen beim Gebrauch des Ihnen nicht zustehenden Titels irgendwelche Vorteile, die sich aber nicht auf die besondere durch den Titel begründete Vertrauensstellung gründen, ist das nicht strafbar.

Beim nächsten Besuch Ihrer Hausbank können Sie sich also völlig straflos als frischgebackener Doktor vorstellen, wenn Sie künftig von Ihrem Bankberater ein Stück weit mehr hofiert werden wollen.

Übrigens, wenn Sie sich einen lustigen Titel im Internet kaufen wollen, einen Prof. Dr. h.c. der Ufologie zum Beispiel, dann können Sie diesen ebenfalls ganz straffrei führen. Zwar würden Sie einem Professor der Urologie zum Verwechseln ähneln. Aber mittlerweile ist die Existenz solcher Spaßtitel der Allgemeinheit hinreichend bekannt, so dass man von einem »besonderen Vertrauen« in sie und Ihren Titel nicht mehr sprechen kann. Einen Dummen, der Ihnen den Quatsch abnimmt, finden Sie aber in jedem Fall.

Aber es wird noch besser:

Weil die Vorschrift zum Titelmissbrauch voraussetzt, dass der Täter eine förmliche (Amts-)Bezeichnung führt, wie zum Beispiel Polizeihauptkommissar oder Oberfeldwebel, ist die Inanspruchnahme einer bloßen Gruppenbezeichnung auch nicht strafbar. Wer sich also etwa als Polizeibeamter, Bulle oder als Soldat bezeichnet und dadurch besonderes Vertrauen für sich in Anspruch nimmt, bleibt straflos – solange er nicht beginnt zu »ermitteln« und etwa die Privaträume der hübschen Nachbarin zu »durchsuchen«.

Fairerweise kann auch nur bestraft werden, wer den Titel selbst und damit aktiv führt. Die passive widerspruchslose Hinnahme, etwa in einem Schreiben, einer Einladung oder einem Protokoll, reicht also noch nicht aus. Möchte Kollege Lucas also wieder einmal seine Dame beeindrucken und engagiert er dafür bezahlte Komparsen, die ihn während des Dates immer wieder mit »Herr Professor« ansprechen, hat er nichts zu befürchten. Die »Frau Doktor« vom Lande, die nur deshalb so bezeichnet wird, weil sie die Frau vom ortsansässigen Landarzt ist, macht sich ebenfalls nicht strafbar, ganz egal, wie viel Vertrauen man ihr beziehungsweise ihrem Gatten entgegenbringt.

Die Strafbarkeit des Missbrauchs von Titeln und geschützten Berufsbezeichnungen scheint also eine ziemlich leere Farce zu sein.

Es gibt nach deutschem Recht ohnehin keinen Anspruch, mit seinen zahlreichen Titeln angesprochen zu werden. Zwar ist Deutschland – neben dem titelgeilen Österreich – das einzige Land weltweit, in dem etwa ein Doktorgrad in den Reisepass, den Personalausweis und den Fahrzeug- oder Führerschein aufgenommen wird. Der Titel wird deshalb aber noch nicht Bestandteil des Namens. Und in Deutschland hat man eben nur das Recht, mit seinem richtigen Namen angesprochen zu werden.

Den Satz »Für Sie immer noch Herr Doktor« können Sie also künftig mit einem hämischen Lächeln abwiegeln. Oder Sie machen es wie mein Kollege Stephan Lucas, als dieser einmal in einer Verhandlung von einem gegnerischen Verteidiger mit diesen Worten unterbrochen worden war. Lucas hatte seine Anrede nach Ansicht des Gegenübers nicht korrekt mit »Doktor Borchert« adressiert. Da entgegnete »Major Lucas« frech, dass die Anrede mit Titel eine reine Geste der Höflichkeit und des Respekts sei, er seinem Gegenüber aber eine solche Geste der Höflichkeit und des Respekts bewusst nicht entgegenbringen wolle. Ein paar Jahre später stellte sich übrigens heraus, dass Kollege Borchert gar nicht berechtigt war, einen Doktortitel zu führen.

Major Lucas scheint dafür ein Gespür zu haben.

Ich bin dann mal auf dem Klo – Wie Sie im Büro ganz legal faulenzen

Stephan Lucas

Ein feuchtes »Hatschi« von links in der U-Bahn, verschleimtes Geröchel und tuberkulöses Geschnaufe in der Fußgängerzone genau in dem Moment, wenn der entgegenkommende Passant mit gefühlten drei Zentimeter Abstand vorbeischlurft – nein, das alles ist gar nicht schön. Und klar: Solche Menschen sollen doch bitte, sich und ihrer Umwelt zuliebe, einfach noch ein paar Tage zu Hause bleiben und sich auskurieren!

Früher war ein solcher Gedanke nicht modern. Da schleppten sich selbst die weniger gewissenhaften Angestellten krank – und vor allem ansteckend – zur Arbeit und mischten sich so unters Volk. Zum Glück erwartet das heute kein vernünftiger Arbeitgeber mehr – und das ist auch gut so! Für alle und jeden.

Die Frage ist nur, wann ist man eigentlich wirklich krank? In einem arbeitsunfähigen Zustand also, den alle Beteiligten als guten Grund zum Fernbleiben anerkennen können. Erstaunlicherweise kennen so manche Ärzte – vor allem diejenigen mit besonders viel Zulauf von Arbeitnehmern – die Zahl der kommenden Krankheitstage ihrer Patienten immer schon Tage und Wochen im Voraus: »Sie sehen ja heute gar nicht gut aus. Ich schreibe Sie mal für die nächsten zehn Tage krank.«

Und da wird es dann gefährlich. Denn sollte die Krankheit überraschenderweise schon nach drei Tagen einen Abgang gemacht haben, fehlt der Kollege an den weiteren Tagen trotz putzmunterer Gesundheit an seinem Arbeitsplatz. Und das heißt im Klartext, dass der Arbeitgeber den Lohn fortzahlt, während sein Arbeitnehmer aber die dafür geschuldete Leistung, nämlich seine mehr oder weniger gute Arbeit, einfach grundlos nicht erbringt. Und das nennt man dann womöglich Betrug.

Und man muss noch nicht einmal ganze Tage fernbleiben. Grundloses Zuspätkommen, verpackt in eine plausible, aber eben unzutreffende Erklärung, führt zum selben Ergebnis. Auch hier zahlt der getäuschte Chef die verpasste Arbeitszeit, ohne dafür etwas von seinem Untergebenen zurückzubekommen.

Aber was passiert eigentlich, wenn der geschätzte Arbeitnehmer zwar gesund, munter und obendrein pünktlich an seinem Arbeitsplatz erschienen ist, also am »Erfüllungsort« seiner geschuldeten Arbeitsleistung – er jedoch ständig und immer wieder von dort verschwindet. Weil er zum Beispiel einen ganz anderen Ort aufsucht, das stille Örtchen nämlich? Wie viel örtchenbedingte Ortsabwesenheit muss der Arbeitgeber hinnehmen? Welche Dauer ist für die Abwesenheit normal, entspricht also einer durchschnittlichen und angemessenen Toilettensitzung? Und was darf der Mitarbeiter auf dem Klo so alles legal veranstalten, ohne dass er den Chef am Ende damit strafbewehrt an der Nase herumführt? Welches Verhalten ist also angebracht, um sich garantiert nicht strafbar zu machen?

Zunächst einmal muss man feststellen, dass die Toilette rechtlich so etwas wie ein »höchstpersönlicher Lebensbereich« ist. Da will, mag und soll der Arbeitgeber gar nicht groß mitmischen. Das führt sogar so weit, dass der Nasszellenbereich zur versicherungsfreien Zone erklärt wird. Das Verwaltungsgericht München entschied jedenfalls, dass der Aufenthalt auf der Toilette auch während der Arbeitszeit reines Privatvergnügen ist. Es steht zu vermuten, dass dabei ein verkappter Spaßminister am Urteil mitgeschrieben hat: Denn die Betonung sollte vermutlich eher auf dem Wörtchen »privat« als auf dem großen Wort »Vergnügen« liegen. Das mit dem Vergnügen möge aber jeder – in Rücksprache mit dem Gastroirgendwaslogen seines Vertrauens – für sich selbst beurteilen …

Mein geschätzter Dauermandant Bert Lochmüller, Beamter bei

der Stadt München, hat sich jedenfalls mal während der Arbeitszeit auf dem Klo was eingeklemmt. Nicht, was man jetzt spontan denken mag. Nein, bei ihm war es der Daumen. Und die Erklärung, wie das genau vonstattengegangen sein soll, ist er mir bis heute schuldig geblieben. Vielleicht auch besser so.

Die Sache mit dem Daumen war dann auch gar nicht mehr das Thema, weil der Arbeitgeber ja ohnehin keinen Cent zahlen musste. Ganz gleich, ob Herr Lochmüller sich nun die Nase, den Zeh oder den Ellbogen – wie auch immer – eingeklemmt hätte. Denn wir erinnern uns: Herr Lochmüller hat sich mit seinem WC-Besuch auf die Ebene seines reinen Privatvergnügens in eine rechtsfreie Zone begeben.

Womit sich die spannende Frage stellt, wie es sich denn nun verhält, würde mein Mandant auf dem Klo arbeiten? Zum Beispiel, weil ihm sein Bürokollege fortwährend auf die Nerven geht oder er die Arbeitsatmosphäre auf der Toilette als besonders angenehm empfindet. Zugegeben, ein sehr theoretischer Ansatz, denn der Beamte Lochmüller arbeitet – als typischer Vertreter seiner Zunft – meist auch dann nicht, wenn er dann doch einmal an seinem Arbeitsplatz sitzt.

Interessanter ist da schon die Annahme, er würde auf dem Klo ein Nickerchen machen. Denn das tut er ja an seinem Schreibtisch bisweilen auch. Von daher sollte es ja keinen Unterschied machen. In gewisser Hinsicht würde er dann sogar auf der Toilette arbeiten, wobei juristisch betrachtet der Beamtenschlaf wohl nicht die geschuldete Arbeitsleistung darstellt.

Aber auch das bleibt eher theoretisch, denn wenn Bert Lochmüller schläft, dann kann er ja auch kaum einen Unfall haben. Wobei: Tatsächlich häufen sich die Fälle, bei denen sich Beamte schlimmste Verletzungen zuziehen, weil sie während der Arbeit einschlafen und mit dem Kopf auf die Tischplatte knallen oder vom Stuhl kippen. Bleibt die Frage, ob das Schlafen nicht doch zumindest ein Teil der zu verrichtenden oder zumindest von einem Beamten erwartungsgemäß erfüllten Arbeit sein kann? Und wenn nicht, wie sieht es dann aber aus, wenn die fortwährenden chronischen Schlafattacken nur daher rühren, dass der Beamte oftmals infolge von Überarbeitung vom Schlaf übermannt wird? So etwas soll es geben, zumindest behauptet mein Kollege Alexander Stevens das immer, wenn ich ihn mal wieder schlafend in seinem Büro antreffe.

Sie sehen, spätestens an diesem Punkt kommen wir Anwälte ins Spiel. Wir haben dann die dankbare Aufgabe, bei Gericht zu erklären, wie ein Beamter überhaupt aufgrund von Überarbeitung vom Schlaf übermannt werden kann. Wir sollen also etwas darlegen, das sich von vornherein ausschließt. Auch die besten Anwälte kommen vermutlich spätestens hier mit – wie der Anwalt es gerne formuliert – an Sicherheit grenzender Wahrscheinlichkeit an ihre Grenzen. Vielleicht mit Ausnahme von meinem Kollegen Alexander Stevens, der möglicherweise seine eigene Sachkunde zum Thema Büroschlaf beisteuern könnte.

Obwohl eine gewisse Empathie zum Thema »Klo und Arbeitsplatz« traditionell auch bei manch anderem Kollegen der Juristenzunft vorhanden sein könnte. Denn im Aufs-Klo-Gehen sind die Juristen bisweilen großartig, vielleicht sind sie sogar die besten Klogänger von allen. Noch bis in den Beginn des neuen Jahrtausends hinein gab es bei Gericht sogenannte Klogespräche. Ein Prozess, der ins Stocken geraten war, konnte oftmals nach einem Dialog am Urinal wieder auf Spur gebracht werden. Spontan fanden sich Richter, Staatsanwalt und Verteidiger in der Sitzungspause dort wieder. Und womöglich aus der in diesem Moment eher gelösten Situation heraus verstand man sich plötzlich besser. Diese – ich möchte sagen – Tradition hat rapide nachgelassen, als die Zahl der Frauen unter den Rechtsorganen überproportional zu steigen begann. Was ich selbstverständlich in keinem Fall wertend meine. Ob im Nachbarklo mit Lippenstift und

Wimperntusche vorm Spiegel diese alte Tradition aufgenommen und fortgesetzt werden konnte? Da fragen Sie den Falschen.

Einem angestellten Anwalt aus Köln wurde jedenfalls sein Gehalt um ein Drittel gekürzt, weil er sich dem Arbeitgeber schlichtweg zu viel mit dem Thema Klo auseinandergesetzt hatte. Sprich, er hatte einfach zu lange auf dem Klo gesessen. Nun stellte sich im Prozess die Frage, woran ein Arbeitgeber dieses »zu lange« denn genau festmachen will. Und vor allem: Wie lange darf ein durchschnittlicher Toilettengang eigentlich sein? Laut Statistischem Bundesamt verbringt der Durchschnittsbürger unseres Landes 11,02 Minuten täglich auf dem Klo. Ob Säuglinge da auch mit reinfallen, die das Klo ja bis zum dritten Lebensjahr und länger meiden wie der Teufel das Weihwasser, ist bislang nicht geklärt. Ebenso wenig, wie es sich verhält mit sogenannten Wild-Pieslern, die sich gerne und notorisch in aller Öffentlichkeit an einer Wand oder einem Baum erleichtern.

Jedenfalls kam der konkrete Anwaltskollege aus Köln innerhalb von zwei Wochen auf die stolze Bilanz von sage und schreibe 384 Minuten, was knapp 40 Minuten pro Tag entspricht – Arbeitstag, wohlgemerkt. So lange also, wie eine typische Sitzung mit einem Mandanten dauert. Nur möglicherweise deutlich ergiebiger. Letzterer Ansicht war wohl auch das Kölner Arbeitsgericht: Es entschied, dass die Gehaltskürzung wegen zu häufiger Toilettenbesuche unwirksam war.

Was das heißt? Sie dürfen sich an einem normalen Achtstundentag am Arbeitsplatz im Durchschnitt pro Stunde ganze vier Minuten lang auf dem Klo aufhalten – garantiert legal.

Aber Moment: Vielleicht besser, wenn Sie Magen-Darm-Grippe oder eine ähnlich »verdauungsfördernde« Krankheit haben. So war es vom Anwaltskollegen auch vorgetragen worden. Schwer nachweisbar. Leicht behauptet. Und damit wären wir wieder genau bei dem Punkt, mit dem ich in dieses Kapitel eingestiegen bin: Es riecht plötzlich ganz schön … nach Betrug.

Sicher aufs Klo gehen Sie also am besten zu Hause. Und das hat noch einen ganz gewaltigen Vorteil: Wenn Sie nämlich von zu Hause aus auf dem Klo arbeiten, können Sie das Klo theoretisch von der Steuer absetzen. Nicht allerdings, wenn Sie in Baden-Württemberg zu Hause sind. Richter des dort ansässigen Finanzgerichts haben nämlich entschieden, dass die Privattoilette – egal, wie viele Anstrengungen dort auch an den Tag gelegt werden – nicht steuerlich abschreibbar ist.

Viel Verwirrung also bei einem drückenden Thema, vor dem sich allerdings kein gesunder Mensch drücken kann. Ich jetzt aber schon. Soll doch der Kollege Stevens an dieser Stelle erst mal übernehmen, der ist sowieso schon wieder eingeschlafen. Und ich verdrück mich – aufs Klo! Aber das ist meine Privatsache – oder soll ich sagen: mein Privatvergnügen …

Besser leben mit Urkundenfälschung

Alexander Stevens

Was muss der Mensch nicht alles ertragen, um im Leben besser dazustehen. Schon in der Schule geht das mit den leidigen Schulaufgaben los und findet seinen Zenit in Lehre, Ausbildung oder Studium mit nervigen Prüfungen, Leistungskontrollen und Examina. Und wenn man dann glaubt, den ganzen Prüfungsquatsch nach Jahren des Büffelns hinter sich gelassen zu haben, kommen diverse Fort- und Weiterbildungen hinzu. Die muss man als deutscher Musterknabe natürlich auch alle mitmachen und die Teilnahme nachweisen. Schließlich gilt: Nur wer 'nen Wisch mit 'nem Stempel besitzt, der zählt auch was in good old Deutschläääänd.

Wie einfach könnte das Leben sein, wenn man sich solch lästige Dinge einfach sparen könnte – ganz ohne Sitzfleisch, Pauken und elendiges Zeittotschlagen? Oder noch einfacher, man ist gleich im Testament der reichen Erbtante großzügig bedacht …

Auf was ich hinauswill? Im digitalen Deutschland gilt nach wie vor das gute alte Papier. Hier ist man nicht, was man isst, sondern was auf dem Papier steht. Haben Sie einen Meisterbrief, dürfen Sie einen Friseursalon aufmachen. Haben Sie ein Abiturzeugnis, dürfen Sie studieren. Haben Sie eine Rechtsanwaltszulassung, dürfen Sie Leute rechtlich beraten. Haben Sie den Fahrzeugbrief, gehört das zugehörige Fahrzeug Ihnen. Haben Sie ein Testament Ihrer Erbtante, bekommen Sie einen Erbschein. Haben Sie 'nen Erbschein, bekommen Sie das Erbe. Haben Sie einen Totenschein, gelten Sie als tot.

Wie die Lage jeweils in Wirklichkeit aussieht, interessiert dann auch keinen mehr. Daher auch der alte Juristenkalauer: Formlos = zwecklos.

Bei so viel öffentlichem Glauben in ein bisschen Tinte, Druckerschwärze und Papier könnte man doch leicht auf die Idee kommen, auch mal selbst zum Füller respektive zur Tastatur zu greifen und sich einfach selbst zu attestieren, was man alles so ist, kann und geleistet hat. Wer könnte das schließlich besser beurteilen als man selbst?

Gut, jetzt ist unser Gesetzgeber zwar sehr förmlich, aber nicht unbedingt dumm und hat in seinem vorauseilenden Gerechtigkeitsfanatismus 'nen ollen Paragraphen namens »Urkundenfälschung« erfunden. Dort steht dann geschrieben, dass derjenige, der eine (falsche) Urkunde herstellt, verfälscht oder gebraucht, mit bis zu fünf Jahren Freiheitsstrafe (oder mit Geldstrafe) bestraft wird.

Aber dieser olle Spaßverderber-Paragraph hat einen Haken: Er ist nämlich ewig alt und so überholt, dass er der heutigen Zeit schlicht hinterherhinkt. Und genau da setzen wir – liebe Leser – jetzt einfach mal gemeinsam an, um Ihren perfiden Wunsch, sich garantiert nicht strafbar zu machen, suffizient umzusetzen!

Doch ehe wir dies tun und ich Ihnen alle Tipps und Tricks rund um das legale Fälschen von Abi-Zeugnissen, Testamenten bis hin zu Ihrem ganz eigenen Reichsbürger-Ausweis gebe, kommt – wie immer – der langweilige Part vorab. Die juristischen Erklärungen zum Warum, Weshalb und Überhaupt. Ein bisschen Spaß und Wissensprahlerei müssen Sie mir schließlich auch gönnen, ich habe ja nicht umsonst – wenn Sie mir das überhaupt glauben wollen – jahrelang studiert. Und dieses Wissen werde ich gerne an Sie weitergeben, damit Sie zumindest auf dem Papier schnell erfolgreich werden können. Gern geschehen!

Also: Laut Gesetzesbegründung will der Gesetzgeber durch die Strafbarkeit der sogenannten Urkundenfälschung die Sicherheit und Zuverlässigkeit des Rechtsverkehrs schützen. Genauer gesagt: Das Vertrauen in die Echtheit von »im Rechtsverkehr« verwendeten Urkunden soll geschützt werden.

Was allerdings eine Urkunde genau sein soll, ist weder gesetzlich definiert, noch hat der Begriff eine einigermaßen klar umrissene Bedeutung. Klar ist nur: Auf einer Urkunde im Rechtssinn muss nicht »Urkunde« draufstehen.

Die »Ehrenurkunde für die 25-jährige Mitgliedschaft im Geflügelzuchtverein« – ob echt oder gefälscht – dürfte den Rechtsverkehr ziemlich kaltlassen. Was den Rechtsverkehr hingegen interessiert, sind Papiere, die geeignet sind, Rechtserhebliches beweisen zu können. Zeugnisse sind so ein Fall, schließlich beweisen sie einem potenziellen Arbeitgeber, dass Sie zum Beispiel megagut in Mathematik sind und deshalb ein Mathediplom vorweisen können.

Die Urkunde muss also irgendeine für den Rechtsverkehr relevante Erklärung enthalten. Diese Erklärung muss stofflich verkörpert sein, man kann aber auch einfach sagen: schriftlich. Sie muss verständlich sein, und sie muss zudem einen Aussteller erkennen lassen, der das Erklärte quasi garantiert. Nur wenn all diese Voraussetzungen gegeben sind, spricht man – nein, spricht der Jurist – von einer Urkunde. Mit ihrer Hilfe ist es dann möglich, einen anderen im Rechtsverkehr ganz unmittelbar »beim Wort« zu nehmen.

So, mehr müssen Sie an juristischem Theoriekram nicht wissen. Sie sehen aber, die Anforderungen an eine Urkunde sind relativ hoch. Das Gute daran: Was keine Urkunde in diesem Sinne ist, für dessen Fälschung kann man auch nicht bestraft werden.

Zu theoretisch? Dann auf zu ein paar praxisnahen Beispielen, wie man sich beim Urkundenfälschen garantiert nicht strafbar macht. Sie werden staunen, was da in unserem lustigen »Rechtsstaat« alles so möglich ist.

Und um das Ganze noch anschaulicher zu gestalten, bedienen wir uns doch bei folgenden beispielhaften Fällen der Einfachheit halber einfach mal des rein fiktiven Charakters Herrn Stephan L. Dieser durchtriebene Stephan L. ist einmal wieder der vielen

Fanpost überdrüssig, die sein deutlich besser aussehender und beliebterer Kollege Alexander S. erhält. Kurzum schnappt sich Stephan L. einen großen Packen der mit rosa Herzchen verzierten Fanbriefe für Alexander S. und ändert geschickt dessen Namen auf dem Briefumschlag in den seinen. Er fühlt sich gleich viel besser.

Urkundenfälschung? Nein! Ich will meinen Fans nicht zu nahetreten, aber die in einem typischen Fanbrief enthaltenen Erklärungen dürften für den Rechtsverkehr vollständig uninteressant sein. Ein privater Brief begründet keinerlei rechtliche Verpflichtungen und garantiert damit ja auch nichts. Außer vielleicht die unstillbare Liebe des Absenders zu Alexander S. beziehungsweise – nach der Bearbeitung durch den Kollegen – die Liebe zu Stephan L. Die ist aber dem Rechtsverkehr genauso egal wie die oben erwähnte Urkunde des Geflügelzuchtvereins. Mit anderen Worten: Private Briefe können Sie noch und nöcher fälschen – solange darin keine rechtserheblichen Tatsachen geschaffen werden.

Das beispielsweise geschieht in einem Testament. Dessen Fälschung wäre also grundsätzlich strafbar. Nicht aber, wenn Sie sich beim Erstellen eines falschen Testaments Ihrer reichen Erbtante nicht an die Formvorschriften halten und es zum Beispiel auf dem Computer abtippen und dann ausdrucken. Denn das Gesetz schreibt zwingend vor, dass ein formwirksames Testament handschriftlich aufgesetzt werden muss. Ein getipptes Testament wäre im Rechtsverkehr formaljuristisch mangels Handschriftlichkeit nicht gültig und damit kein valider Urkundenbeweis. Und die Fälschung eines nicht beweiskräftigen Dokuments ist glücklicherweise dann auch keine strafbare Urkundenfälschung. Wenn sich die wahren Erben aber mit Ihrem getippten Testament völlig zufriedengeben, 1:0 für Sie!

Keine Urkunden sind auch Phantasiedokumente, die kein gegenwärtiges Rechtsverhältnis beweisen. Wenn also Stephan L.

aus akutem Popularitätsmangel seinem Lieblingsmagazin *Stern* die angeblich auf seinem Dachboden gefundenen (in Wahrheit aber selbst geschriebenen) Hitler-Tagebücher vorlegt, um wieder in die Presse zu kommen, ist das auch keine Urkundenfälschung. Im Prinzip dasselbe wie mit dem Liebesbrief.

Und auch Stephan L.s »Reichsbürger-Ausweis« ist keine Urkunde. So einem Wisch fehlt schon vom äußeren Anschein her jede Eignung, als echter Ausweis durchzugehen und damit den Rechtsverkehr zu täuschen. Gut, vielleicht sieht das unter Reichsbürgern anders aus. Aber mit Rechtsverkehr sind nicht irgendwelche Spinnerkumpels gemeint, sondern die breite Öffentlichkeit.

Und daher ist auch die von Stephan L. an seinen Vater feierlich überreichte, leider aber gefälschte Ernennungsurkunde, die ihn als hochdekorierten Major der Bundeswehr ausweist, keine strafbare Urkundenfälschung. Denn Stephan L. hat damit nur seinen Vater, nicht aber den Rechtsverkehr getäuscht.

So, mit diesen Informationen sollten Sie auch den nächsten Fall lösen können:

Stephan L. hat auf einem Fantreffen eine Visitenkarte von seinem Idol Hansi Hinterseer abgestaubt und begibt sich zur Feier in eine nahegelegene Bar. Dort angekommen, bemerkt er die optisch eindeutig zum Fanzirkel des Florian Silbereisen gehörende Blondine Birgit, die er sogleich anbaggert. In dem von Stephan L. sehr einseitig geführten Gespräch stellt sich alsbald heraus, dass sich Birgit nur auf echte Promis einlässt. Deshalb schaltet Stephan L. schnell und holt die Visitenkarte von Hansi Hinterseer heraus, streicht dessen Kontaktdaten durch und ersetzt sie durch die seinigen. Birgit bedankt sich erfreut in der Überzeugung, Hansi Hinterseer vor sich zu haben, und gibt Stephan L. ihre Telefonnummer.

Urkundenfälschung? Natürlich nicht. Gehen wir's noch mal gemeinsam an: Die Visitenkarte gibt als »Übergeber« Hansi Hinterseer an. Aber soll sie auch rechtssicher beweisen, dass es sich hierbei um den lieben Hansi handelt? Nein. Eine Visitenkarte ist letztlich die bloße Aufzählung von Identitätsmerkmalen des Ausstellers. Das macht aber noch keine Urkunde im Rechtssinn aus. Davon abgesehen geht es Stephan L. in obigem Beispiel zwar vielleicht um Verkehr, aber sicher nicht um Rechtsverkehr. Also handelt Stephan L. gleich doppelt straflos: keine Urkunde, kein Rechtsverkehr.

Wollen Sie also beim nächsten Date richtig punkten, legen Sie sich einfach eine Visitenkarte von Alexander S. zu und schreiben Sie Ihre Kontaktdaten rein – Stephan L. kann Ihnen aus eigener Erfahrung garantieren, das wirkt bei den Damen Wunder!

Das absolute Highlight in Sachen Fälschen von Urkunden ist aber folgendes praxisrelevante Beispiel für alle, die gerne ab und zu einen zu viel trinken:

Wenn Sie mal wieder in Ihrer Stammkneipe sind und sich Ihr Bierdeckel durch jedes getrunkene Bier mit immer mehr Strichen füllt, dann gehen Sie doch einfach mal aufs Klo. Wenn Sie zurück sind, holen Sie sich doch einfach 'nen neuen Bierdeckel und malen ein paar Striche weniger drauf.

Urkundenfälschung, sagen Sie? Ne-ne-ne! Sie waren ja immerhin zwischenzeitlich mal auf dem Klo. Da hätte ja in der Zwischenzeit so einiges passieren können, sowohl auf dem Klo als auch auf Ihrem Bierdeckel. Schließlich können Sie ja nicht wissen, ob die Bedienung Sie nicht umgekehrt in Ihrer Abwesenheit beschissen hat. Solange Sie die Striche nicht kontrollieren konnten, liegt eben nur eine »Beweisbehauptung des Ausstellers« vor. Mit anderen Worten: Mit dem Bierdeckel will der Wirt ja nicht irgendetwas garantieren, sondern sich einfach nur merken, wie viele Biere Sie bestellt haben. Der Bierdeckel soll also nicht gegen den Wirt, sondern für ihn selbst Beweis erbringen. Und da Sie immer mal wieder auf dem Klo waren und der Wirt es wohl auch nicht so genau weiß (sonst bräuchte er ja keinen

Bierdeckel), beweist der Wisch im Endeffekt schlicht gar nichts. Er stellt damit auch keine beweiserhebliche Urkunde im Rechtsinne dar. Prost.

Aber weiter im Programm unserer diabolischen und völlig straflosen »Fälschungsdelikte«:

Einen Beweiswert hat eine Urkunde nur dann, wenn sie im Kontext, in dem sie zum Einsatz gelangt, ohne Nachforschungen einem bestimmten Menschen zuordenbar ist – klingt irgendwie logisch.

Wenn Stephan L. also behauptet, ein Abitur zu besitzen, und zum Beweis dafür ein Zeugnis vorlegt, das aber nicht unterschrieben ist, ist das keine Urkundenfälschung. Die juristische Begründung: An einer anonymen Äußerung kann sich niemand festhalten lassen, also entfaltet sie keine unmittelbare Rechtswirkung.

Kommen wir zum nächsten Fall: Stephan L. wird in der Fußgängerzone von einer etwas wohlgenährten Tierschützerin angesprochen. Um sich als begeisterter Walfänger, äh -schützer zu profilieren, stellt er prompt ein Spendenformular über 10 000 € aus. Bezahlen will er allerdings nicht. Wie sollte er unterschreiben:

a) mit »Müller«

b) in völlig unleserlichem Gekritzel

c) mit »Donald Trump«?

Die gute Nachricht: Alle drei Lösungen sind richtig.

In keinem Fall handelt es sich um eine strafbare Urkundenfälschung. Es fehlt nämlich dreimal an der Erkennbarkeit des vermeintlichen Ausstellers. Begründung: Bei bloßen Allerweltsnamen wie Müller ist zunächst nicht erkennbar, welcher Müller genau nun eigentlich der Aussteller sein soll. Für diejenigen unter Ihnen, die allerdings tatsächlich Müller heißen: Pech gehabt. Nein, keine Angst, auch alle echten Müllers, Meiers und Hubers können selbstverständlich wirksame Urkunden erstellen. Es muss sich nur aus dem Kontext ergeben, dass Sie der Aussteller sind, zum Beispiel durch weitere Zusätze wie Vorname, Adresse oder Geburtstag.

Und auch nichtssagendes Gekritzel ist und bleibt anonymes Gekritzel. Und solches hat nichts mit einer Urkunde zu tun (wer Herrn Lucas' Unterschrift kennt, weiß, von was ich spreche).

Und bei der Verwendung des Namens einer derart prominenten Persönlichkeit wie Donald Trump ist ganz offenkundig ausgeschlossen, dass der Präsident der USA die Erklärung wirklich selbst abgegeben hat. Die Urkunde ist somit gänzlich ungeeignet, zu beweisen, dass Donald Trump 10 000 € für gestrandete Wale spenden will. In einer deutschen Fußgängerzone.

Es ist auch nicht entscheidend, wer die Urkunde hergestellt hat. Wichtig ist nur, wer als geistiger Urheber für die Erklärung einsteht beziehungsweise wem sie zugerechnet wird. Wenn also Stephan L. die mühevoll und vor allem juristisch glanzvoll ausgearbeiteten Anwaltsscheiben seines Kollegen Alexander S. schnell unterschreibt und verschickt, ehe es Alexander S. tun kann, gilt Stephan L. als der Aussteller dieser grandiosen juristischen Ergüsse. Und er begeht dabei noch nicht einmal eine strafbare Urkundenfälschung. Eigentlich eine Frechheit!

Merken Sie sich einfach eines: Wenn Sie schon auftrumpfen, dann übertreiben Sie wenigstens maßlos. Gefälschte Schuldscheine, Diplome oder Elitezeugnisse, die Sie mit der vermeintlichen Unterschrift vom US-Präsidenten, Albert Einstein oder gar mit Gott versehen, stellen keine Urkundenfälschung dar – selbst wenn Sie im Einzelfall einen Dummen finden, der Ihnen Ihre Urkunde für bare Münze buchstäblich abkauft.

Merken Sie sich auch, dass eine Urkunde aus strafrechtlicher Sicht nie gefälscht ist, wenn der vermeintliche Ersteller sich die darin enthaltene Erklärung zu eigen machen will. Will also heißen: Wenn Stephan L. mal wieder auf die Schnelle eine rezeptpflichtige Packung Viagra benötigt, der Arzt seines Vertrauens aber nicht zur Stelle ist, dann kann Stephan L. das hierfür nötige Rezept auch einfach im Namen des Arztes als Blanko ausstellen, ohne sich einer Urkundenfälschung strafbar zu machen. Zumindest, solange der Arzt damit einverstanden ist.

Wenn Sie sich also im Studium befinden, aber keine Lust haben, die ganzen Klausuren und Prüfungen selbst zu schreiben? Dann besorgen Sie sich doch einfach einen Ghostwriter. Lassen Sie den doch die ganze Arbeit machen! Hauptsache, er gibt Ihnen vor Prüfungsabgabe seine Aufgabenblätter, die Sie dann mit Ihrem eigenen Namen unterschreiben und abgeben können. Auch das ist nicht strafbar.

Denn die Prüfung weist denjenigen aus, der sich die Prüfungsleistung durch Unterschrift zu eigen gemacht hat. Strafbar ist nur, wenn man durch die gefälschte Urkunde über die Identität des Ausstellers täuscht. Dagegen kommt es auf die Richtigkeit oder Wahrheit des erklärten Inhalts nicht an. Oder wie glauben Sie, dass Stephan L. sonst das Jurastudium erfolgreich absolvieren konnte?

Haben Sie künftig also keine Scheu, eine Urkunde zu unterschreiben. Auch wenn Sie inhaltlich lügen, bis sich die Balken biegen. So wie zum Beispiel Stephan L., der seine Bürowand mit diversen selbst unterzeichneten Zertifikaten seiner ruhmreichen Karriere als Major bei der Bundeswehr beklebt hat. Das mag peinlich sein, es ist aber keine Urkundenfälschung!

Kommen wir nun aber zur ultimativen Mega-Strafbarkeitslücke unter den Urkundendelikten. Liebe Leserinnen und Leser, sind Sie bereit? Dann los:

Ich hatte es bereits zu Anfang erwähnt: Wozu lange studieren oder eine langwierige Ausbildung machen, nur um irgendwann ein lumpiges Papier zu erhalten, aus dem hervorgeht, dass man jetzt die Befähigung zu was auch immer erreicht hat? Wäre es nicht viel einfacher, das Ganze abzukürzen, indem man sich das lumpige Papier einfach selbst ausstellt?

Nehmen wir also an, Stephan L. hat niemals Abitur gemacht, sieht sich aber schon zeit seines Lebens als Halbgott in schwarzer Robe und mit dickem Anwaltsschild an der Haustüre. Also besorgt er sich das unverschämt gute Abiturzeugnis eines gewissen Alexander S. und legt es auf den Kopierer. Über den Namen von Alexander S. legt er aber einen kleinen Zettel mit seinem eigenen Namen und kopiert sich so sein ganz eigenes und dem Original in nichts nachstehendes 1,0-Abiturzeugnis. Druckfrisch bewirbt er sich damit für ein Doppelstudium Jura und Medizin sowie als Offizier bei der Bundeswehr. Aufgrund seiner vermeintlich überragenden Noten wird er überall angenommen.

Geht nicht, weil das ja eine Urkundenfälschung wäre, meinen Sie? Sie werden Daunen staunen! Es ist KEINE Urkundenfälschung! Zwar haben Sie völlig recht: Es handelt sich bei dem Abiturzeugnis um eine schriftlich verkörperte Erklärung, die als Aussteller den Schulleiter ausweist und im Rechtsverkehr dem Beweis dienen soll, dass Stephan L. hervorragende schulische Leistungen erbracht hat. Aber es handelt sich eben um eine bloße Kopie. Und eine Kopie kann niemals beweiserheblich sein. Weil sie nicht beweist, ob der ursprüngliche Aussteller dieses Schreiben in dieser Form auch wirklich unterschrieben hat – ist ja nur 'ne Kopie.

So sieht es tatsächlich die ganz einheitliche Rechtsprechung. Der Urheber übernimmt bei einer bloßen Kopie ja gerade nicht die unmittelbare Verantwortung für die Richtigkeit der Wiedergabe – schließlich unterschreibt er nur das Original.

Daran ändert auch das Argument nichts, die Fotokopie sei im Rechtsverkehr als Ersatz für das Original praktisch anerkannt, ihr werde vergleichbares Vertrauen entgegengebracht und sie sei somit ebenso schutzwürdig. Denn schutzwürdig sind nicht x-beliebiges Vertrauen, Bequemlichkeit und Leichtgläubigkeit.

Also, meine Damen und Herren, wollen Sie Ihr Abi, Ihr Diplom oder Wissenschaftszeugnis nachholen und sich dabei nicht nur Kosten und Mühen, sondern auch noch sehr viel Zeit sparen, gehen Sie einfach in den Copyshop Ihres Vertrauens – Stephan L. kann Ihnen da eine gute Adresse empfehlen.

Aber Vorsicht: Neben Zeugnissen, echten Pässen, ja selbst dem Kfz-Kennzeichen wurden auch Restaurant-Speisekarten von der Rechtsprechung als Urkunden gewertet. Seien Sie also künftig vorsichtig, wenn Sie aus Jux bei Ihrem nächsten Restaurantbesuch die Speisekarte des veganen Restaurants mit Ihrem Kugelschreiber um einen Schweinebraten ergänzen – das wäre eine waschechte und vor allem strafbare Urkundenfälschung!

Du kannst mich mal am Schlumpf schlumpfen! – Ganz legal beleidigen und beschimpfen

Stephan Lucas

Wenn Sie in einer größeren Stadt mit dem Cabrio unterwegs sind oder alternativ bei geöffnetem Fenster mit einem handelsüblichen geschlossenen Pkw, dann lernen Sie innerhalb kürzester Zeit Dutzende Straftäter kennen. Denn die Rad fahrenden Mitbürger überschlagen sich förmlich mit ihrem »Pass doch auf, du Arschgeige«, einem gepflegten »Keine Augen im Kopf, du Pappnase?«, gefolgt von nett gemeinten Bezeichnungen wie »Armleuchter«, »Affenarsch«, »Wichser«, »Flachwichser«, »Wichskrüppel«, »Sackgesicht«, »Pimmelflöte«, »Hühnerficker«, »Kackwurst« und unzähligen anderen verbalen Ergüssen, die in ihrer Geschmacklosigkeit schier grenzenlos sind.

Die Autofahrer stehen den Radfahrern dabei in nichts nach, auch wenn ihre verbalen Ausraster meist – aufgrund geschlossener Fenster – nicht zu hören sind. Um sich trotzdem bemerkbar zu machen, greifen sie häufig auf – wie Robert Lembke sagen würde –»typische Handbewegungen« zurück: wahlweise der gestreckte Mittelfinger, der tippende Finger an der Stirn oder – von Südeuropa zu uns rübergeschwappt – eine mit Daumen und Zeigefinger angedeutete Öffnung. Und alles nur, weil Sie vielleicht einen kleinen Tick zu spät aufs Grün reagiert oder sich bereits bei Dunkelgelb erdreistet haben anzuhalten. Oder Sie haben für einen besseren Verkehrsfluss sorgen wollen und die Autos, die auf der Rechtsabbiegespur Schlange stehen, auf der Geradeausspur überholt, um dann im letzten Moment doch noch einzufädeln. Vielleicht sind Sie auch einfach ein passionierter Twingo-Fahrer und als dieser manch einem anderen

Verkehrsteilnehmer mit Stuttgarter Fahrzeugmodell zu langsam unterwegs?

Jedenfalls: Wildfremde Menschen werden mit den geschilderten Darstellungsformen im Verkehr tagtäglich zu Kriminellen. Und wer jetzt meint, wo kein Kläger, da kein Richter, der hat weit gefehlt. Tatsächlich gibt es Mitbürger, die einfach zu viel Zeit haben oder sich zur Entschleunigung im hektischen Gesellschaftsleben schlicht die Zeit nehmen, genau diese Straftaten zur Anzeige zu bringen. Und dann kann's teuer werden. Es drohen Strafen von mehreren tausend Euro, Wiederholungstäter können für ihre verbalen und pantomimischen Entgleisungen sogar im Knast landen. Als Rechtsanwalt und damit als »Organ der Rechtspflege« müsste ich Ihnen daher raten, solcherlei Attacken besser seinzulassen.

Doch wer wird diesen Rat schon befolgen? Es gibt ganze Kurse, in denen Menschen lernen, einfach mal richtig schmutzige Worte in ihre sauberen Münder zu nehmen. So lange, bis ihnen eine gepflegte »alte Kanalratte« über die Lippen geht. Denn jeder Mensch muss mal zwischendurch die Sau rauslassen – um noch einen Tiernamen zu bemühen. Eigentlich schade. Menschen, die auf einer Party vielleicht beste Freunde geworden wären, treffen sich ein einziges Mal in ihrem Leben ausgerechnet im Straßenverkehr. Und da kommt es zu dem äußerst knapp gehaltenen Dialog: »Fick dich« und »Selber, du Missgeburt«. So spielen alleine in Deutschland rund 60 Millionen strafmündige Bürger mit ihrer weißen Weste. Oder besser: mit ihrem weißen Führungszeugnis – der Eintrittskarte in den nächsten Job.

Einerseits ganz Mensch und andererseits kein Straftäter sein zu wollen, dieser Widerspruch gehört aufgelöst. Denn Sie wollen sich ja am Ende garantiert nicht strafbar machen. Hierfür überlegen Sie sich am besten erst mal, welches böse Wort oder welche unverschämte Satzphrase Ihnen bei Ihrem Disput mit dem unfreundlichen Gegenüber guttun würde. Sind Sie mehr der »Tiertyp« – Stichwort Kanalratte –, gehen Sie gerne subtil vor: »Dich muss man schon sehr lieb haben, um sich nicht zu übergeben.« Oder stellen Sie gerne die menschliche Anatomie auf den Kopf mit einem gepflegten »Arschgesicht«?

Haben Sie erst einmal die für Ihr Gefühl atmosphärisch perfekte, der jeweiligen Situation geschmeidig angepasste Beleidigung herausgefunden, folgt der nächste Schritt: die pragmatische Umsetzung. Wie stellen Sie es nun an, dass die perfekte Beleidigung auch galant an den strengen Vorschriften des Strafgesetzbuchs vorbeiführt?

Die Rechtslage zur Beleidigung ist in Deutschland kompliziert, und es kommt, wie immer, auf den jeweiligen Einzelfall an. Es ist also stets eine gewisse Vorsicht geboten. Ganz grundsätzlich gesprochen liegt eine Beleidigung immer dann vor, wenn Sie mit Ihrer Äußerung einer anderen Person gegenüber Ihre Missachtung zum Ausdruck bringen wollen. Dass dies die Voraussetzung einer Beleidigung ist, ergibt einen gewissen Sinn. Das ist aber noch nicht alles! Die Beleidigung im strafrechtlichen Sinn muss mit einem Werturteil verknüpft sein, eine Tatsachenbehauptung dagegen ist grundsätzlich gerade keine Beleidigung. Anders gesagt: »Du bist ein Arsch!« ist ein (potenziell strafbares) Werturteil, »Du hast einen Arsch!« dagegen eine (straflose) Tatsachenbehauptung.

Die Grenzen von der Tatsachenbehauptung zum Werturteil sind allerdings fließend. Was ist zum Beispiel mit der nüchternen Feststellung: »Du hast einen fetten Arsch«? In manchen Fällen lässt sich zwar der Wahrheitsgehalt einer solchen Aussage nicht bestreiten. Man könnte allerdings argumentieren, dass die Bezeichnung »fett« alleine schon eine Beleidigung ist. Dann lieber: »Du hast einen vollschlanken Arsch.«

Aber auch bei erweislichen Tatsachenbehauptungen ist eine gewisse Zurückhaltung angebracht. Es kommt immer auch auf den konkreten Kontext an. Als ein Professor der Urologie (nicht Ufologie, vergleiche hierzu Kapitel *Prof. Dr. mult. von Titelgeil*) seinem Patienten Herrn Boch die medizinisch zutreffende Diagnose einer ernstzunehmenden Erektionsstörung übermittelte, war das selbstredend eine Tatsachenbehauptung, ohne jeden Ausdruck von Missachtung. Als dagegen eine Gruppe lustiger Frauen einige Zeit später in großen weißen Kreidebuchstaben auf ein Fußballfeld »Herr Boch kriegt keinen hoch« schrieb, war die Lage natürlich eine ganz andere. Das Gericht wertete den Schriftzug zwar nicht als Verleumdung oder üble Nachrede – die Aussage war nach medizinischer Expertise wie auch nach empirischen Studien der beteiligten Damen erweislich wahr –, aber eben doch als eine Beleidigung. Diesen jungen Frauen sei es nicht darum gegangen, eine belegbare medizinische Beurteilung bekanntzugeben, sondern Herrn Boch gezielt in der Öffentlichkeit als »Schlappschwanz« zu erniedrigen.

Sie sehen also, alles nicht so einfach. Und es geht noch weiter: Die Bewertung, mit der Sie Ihre Missachtung ausdrücken, kann nicht nur mündlich und schriftlich, sondern auch symbolisch, durch Gesten oder durch sogenannte Tätlichkeiten (zum Beispiel Anspucken) erfolgen – Letztere werden sogar besonders hart bestraft.

Allerdings gibt es auch ein paar »Schlupflöcher«, die Sie kennen sollten. So muss klar sein, dass das, was Sie da von sich geben, Ihre eigene Äußerung ist. Was zum Beispiel bei einem »Ich finde, dass du ein Schwachkopf bist« eine klare Sache ist – also Vorsicht.

Gleichzeitig muss das Opfer Ihrer Beschimpfungen auch verstehen, dass Sie es gerade mit wenig Niveau verbal in Beschlag nehmen. Das ist doch schon mal ein erfolgversprechender Ansatz. Haben Sie also die für Sie idealen schimpfenden Worte gefunden, wäre es deshalb doch eine erste, ganz einfache Idee, die

Beleidigung in eine Sprache zu transportieren, die Ihr verhasstes Gegenüber gar nicht erst versteht. Vielleicht genügt Ihnen dabei ja schon das Machtgefühl des höheren Wissens, so wie beim Kellner, der als Einziger weiß, dass er zuvor in das Glas gespuckt hat, aus dem Sie, der Querulant, gerade genüsslich trinken.

Sagen Sie doch einfach mal in ruhigem Ton: »Yo me follo a tu madre!« Das ist spanisch, klingt schön und heißt nichts anderes als »Ich ficke deine Mutter«. Aber Vorsicht: Antwortet Ihr Gegenüber souverän mit: »Nunca pensé que mi madre iria tan lejos con su compasion«, dann wissen Sie spätestens jetzt, dass das Objekt Ihrer Verbalattacke Sie sehr wohl verstanden hat. Denn es hat sinngemäß nichts anderes erwidert als »Ich hätte nie gedacht, dass meine Mutter mit ihrem Hang zum Mitleid so weit gehen würde«.

Es mag also von vornherein klüger sein, sich einer selteneren Sprache zu bedienen. Sie müssten dann allerdings für sich selbst herausfinden, ob Sie noch so etwas wie Genugtuung empfinden, wenn Sie ihm statt »Arsch« ein saftiges finnisches »Perse«, ein maltesisches »Hmar« oder ein rätoromanisches »Chül« entgegenschmettern. Und vielleicht ist es auch ein bisschen dünn für Sie, in einer Sprache Schimpfwörter vom Stapel zu lassen, die man ja sonst gar nicht spricht und lebt. Womöglich sprechen Sie auch all die bösen Wörter falsch aus – und Ihr Gegenüber, der die Sprache vielleicht sogar perfekt beherrscht, versteht nur aufgrund Ihrer schlechten Aussprache nicht, dass Sie ihn gerade als »Schwanzlutscher« bezeichnen.

Für die ganz Kreativen: Auch Phantasieworte können eine gangbare und legale Alternative sein. »Du kannst mich mal am Schlumpf schlumpfen!« ist rein objektiv betrachtet eine unverständlich-sinnlose und damit neutrale Aussage, ganz ohne beleidigenden Inhalt. Durch den richtigen Kontext und die Phantasie des geschmähten Gegenübers sollte der Satz seine Wirkung dennoch nicht verfehlen. Bleiben Sie aber bitte streng beim Phantasievokabular, durchmischen Sie nichts. Mit dem Ausspruch »Du bist nichts weiter als Schlumpfwichse« ging eine junge Frau laut Richterspruch gegenüber ihrem verhassten Kontrahenten schon wieder zu weit.

Bleibt die Möglichkeit, nicht einfach nur mit einem einzigen bösen Wort aufzuwarten, sondern das Ganze etwas feinfühliger aufzuziehen. Gut könnte gehen, wenn Sie Ihre Anmache in einen etwas längeren, leicht verschnörkelten Satz gießen. Ob damit wirklich schon die Grenze zur Ehrverletzung überschritten ist, wird nur sehr schwer richterlich überprüfbar sein. Denn gerade die individuell gesetzten Sprechpausen, die Mimik und die Stimmenmodulation spielen bei der Bewertung des Gesagten eine wichtige Rolle. »Jedes Mal, wenn ich Sie so anschaue, frage ich mich: Was wollte die Natur?« Dieser Satz bietet aus den genannten Gründen eine echte Chance zur Straflosigkeit. Oder auch: »Es gibt doch so viele Möglichkeiten, einen guten Eindruck zu machen. Warum lassen Sie sie alle ungenutzt?« Und auch ein Ansatz wäre: »Der Witz, den ich Ihnen jetzt erzählen werde, ist so gut, da fallen Ihnen glatt die Titten runter. Oh, ich sehe, Sie kannten ihn schon.« Und vielleicht noch der: »Sie gehören anscheinend auch zu den Menschen, die sich von keinem Kleidungsstück trennen können, nicht wahr?« Alles nicht schlecht. Aber ein emotional geladenes »Arschloch« ist eben manchmal schwer zu ersetzen.

Apropos: Sie könnten es natürlich mit einem noch intellektuelleren Ansatz versuchen. So hat der bekannte Ausspruch »Leck mich am Arsch« seinen literarischen Ursprung bei Johann Wolfgang von Goethe im Schauspiel *Götz von Berlichingen*. Daher wird er häufig mit dem Euphemismus »Götz-Zitat« umschrieben. Auch Wolfgang Amadeus Mozart betitelte eines seiner Lieder mit »Leck mich im Arsch« (Köchelverzeichnis Nr. 231). Ebendieser knackige Satz bietet, je nach Bildungsstand, Gepflogenheit, Herkunft, Landsmannschaft, Geschmack oder äußerem Anlass, ein breites Spektrum an Deutungsmöglichkeiten. Von der einfachen Ehrenkränkung und Beschimpfung bis hin zu Schmerz, Freude und Rührung ist alles an möglichen Emotionen dabei. Es gibt allerdings – wenig überraschend – viele Gerichte, die in der Aussage dennoch in erster Linie eine strafbare Beleidigung sehen. Nicht aber das Amtsgericht Ehingen, als es die wütende Götz-Äußerung eines schwäbischen Taxifahrers zu beurteilen hatte. Dieser hatte die immer frecher werdenden Versuche eines potenziellen Kunden, zu feilschen, mit ebendiesem Zitat quittiert. Der Taxifahrer habe den aufmüpfigen Kunden nicht in seiner Ehre herabgesetzt, urteilte das Gericht. Im schwäbischen Sprachraum werde »Leck mich am Arsch« alltäglich verwendet, was natürlich zunächst mal ein schwaches Argument ist. In Schwaben wird schließlich auch tagtäglich gestohlen, schwarzgearbeitet und die Steuer hinterzogen. Doch das Gericht urteilte unbeirrt, dass Götz-Zitat habe im Schwäbischen sozialadäquaten Zwecken gedient. Auf diese Weise würden nämlich seit je als Zumutung empfundene Bitten »zurückgewiesen«.

Wenn Sie also nicht in Schwaben leben, sollten Sie mit dem Götz-Zitat besser zurückhaltend umgehen. Ein Mandant von mir wollte besonders schlau sein und sagte zum Gefängniswärter, er könne »ihn mal am Arsch lecken«. Das sei doch nur ein freundliches Angebot gewesen, erklärte er später dem Richter, der Vollzugsbeamte hätte darauf eingehen oder es einfach lassen können. Für den begehrten Freispruch reichte es am Ende nicht. Aber es war immerhin mal ein Ansatz.

Näher kommen wir der Sache, wenn wir die Leute einfach als das bezeichnen, was Sie sind. Den Studenten verabschieden wir also in leicht abfälligem Tonfall mit den Worten »Sie Student!« oder, vielleicht überzeugender, den Kollegen Stevens mit »Sie Anwalt!«. Auch »Winkeladvokat«, »Rechtsverdreher« oder »Paragraphenreiter« wird man vielleicht durchgehen lassen können, nicht aber, wenn es zum Beispiel dem Richter oder Staatsanwalt in einem Prozess über die Lippen geht.

Zu behaupten, man habe sich versprochen, kann gutgehen, muss es aber nicht. Ein geschätzter Kollege sagte mal zum Staatsanwalt: »Herr Schwänzlein, äh, Kränzlein.« Den Versprecher nahm ihm aufgrund des vorangegangenen zornigen Disputs niemand ab. Vielleicht hätte er einfach den guten alten Sigmund Freud heranziehen sollen. Denn eine Beleidigung ist nur strafbar, wenn sie willentlich erfolgt, und ein Freudscher Versprecher geschieht ja üblicherweise ganz ohne den Willen des Sprechenden. Die Entschuldigung »In der Kanzlei reden wir intern immer vom Schwänzlein, und jetzt ist mir das einfach so rausgerutscht« hätte also funktionieren können. So kreativ war der Kollege leider nicht: Es gab ein Verfahren bei der Rechtsanwaltskammer und eine Geldstrafe wegen Beleidigung von immerhin 2500 €. Sie sehen also, so eine Beleidigung kann schnell teuer werden. Ein weiterer Praxistipp: Vorab auf den sozialen Kontext und die Anzeigefreudigkeit potenzieller Opfer achten. Im Bierzelt bleibt ein fröhliches »Du Arschloch« üblicherweise ungeahndet, im Gerichtssaal dagegen ist stets mit Konsequenzen zu rechnen.

Aber mit etwas Glück gibt es weitere Möglichkeiten strafloser Beleidigung: Wenn Ihnen der Typ gegenüber nämlich nicht nur rein zufällig unsympathisch ist, sondern er sich auch sonst ganz gerne danebenbenimmt. Zum Beispiel, wenn er sein Umfeld ganz regelmäßig mit verbalen Entgleisungen stört.

Reagieren Sie nur auf eine Ihnen gegenüber ausgesprochene Beleidigung, haben Sie gute Chancen, straflos aus der Sache herauszukommen, auch wenn Sie den Initiator an »Einfallsreichtum« noch übertreffen. Zwar ist es im Regelfall nicht erfolgversprechend, eine Gegenbeleidigung vor Gericht mit Notwehr zu rechtfertigen. Denn auch wenn die persönliche Ehre als notwehrfähiges Rechtsgut anerkannt ist, kann eine Gegenbeleidigung die bereits ausgesprochene Beleidigung nicht mehr abwehren. Der gegnerische Verbalangriff ist ja schon abgeschlossen. Allerdings: Bei wechselseitig begangenen Beleidigungen darf das

Gericht von Strafe absehen. Und glauben Sie mir, das Gericht wird von dieser Möglichkeit sehr gerne Gebrauch machen. Der Nachteil: Auch Ihr Feind hat gute Chancen, straflos davonzukommen.

Womöglich ist Ihr Gegner aber auch der Typ, der regelmäßig sein Auto auf dem Behindertenparkplatz abstellt. In diesem Fall hauen Sie ruhig mal ein »Parkplatzschwein« raus. Es könnte Ihnen guttun. Denn es müsste an und für sich ganz gut flutschen und ließe sich auch in puncto Wucht und Lautstärke facettenreich einsetzen. Diese Bezeichnung wollte der Fahrer eines Geldtransporters nicht hinnehmen – musste es aber. Er hatte ohne Berechtigung auf einem Behindertenparkplatz geparkt. Ein Zeuge machte ein Foto, bezeichnete ihn auf einem Zettel an der Windschutzscheibe als »Parkplatzschwein« und veröffentlichte das Bild im Internet. Das Amtsgericht Rostock urteilte: »Wer unbefugt einen Behindertenparkplatz blockiert, darf Parkplatzschwein genannt werden.«

Und vielleicht täte es Ihnen nach all den bisher gesammelten Strafzetteln ja auch mal gut, einen Polizeibeamten auf offener Straße einfach als »Bullen« zu bezeichnen. Sie hätten durchaus gute Chancen, straffrei aus der Nummer rauszukommen. Seit es bei der Polizei so einen süßen, knuffigen Kuschelbären käuflich zu erwerben gibt, der sich doch tatsächlich »Bulli« nennt, ist das Eis in dieser Hinsicht doch sowieso schon gebrochen. Von den Polizeijungs, die den Mädels im Club den Spruch »Baby, ich bin Bulle« aufdrücken, mal ganz abgesehen. Solange »es« also nicht offenkundig als Beleidigung gemeint ist, raus damit. Das Amtsgericht Augsburg urteilte jedenfalls zugunsten eines 29-Jährigen. Der Begriff sei inzwischen Teil der Umgangssprache, also keine straffähige Beleidigung.

Nicht immer geht es allerdings so liberal zu. Auf einer Antikriegsdemo mischten sich auch ein paar Zivilbullen unters Volk. Als einer von ihnen einen Demonstranten in ein scheinbar privates Gespräch verwickeln wollte, um an Informationen zu gelangen, entgegnete der Demonstrant abweisend mit den Worten: »Mit Spitzeln rede ich nicht.« Die Folge: eine Verurteilung durch das Münchner Amtsgericht wegen Beleidigung. Eigentlich zu Unrecht. Denn mag der Begriff zweifelsfrei negativ behaftet sein, definiert der Duden »Spitzel« als jemanden, der in fremdem Auftrag andere heimlich beobachtet, aufpasst, was sie sagen und tun, und die Beobachtungen seinem Auftraggeber mitteilt. Der Demonstrant, das wird man ihm wohl konstatieren müssen, hatte es mit dem verwendeten Begriff so ziemlich auf den Punkt gebracht. Und dass er mit solchen Leuten nicht sprechen will, ist sein gutes Recht. Das wird er doch wohl auch mal sagen dürfen ... Ach ja, nein, durfte er nicht. Deshalb vielleicht doch besser mit Polizisten gar nicht erst reden. Niemand in Deutschland ist dazu verpflichtet. Meist redet man sich eh nur um Kopf und Kragen. Und dann kommt am Ende auch noch ein Beleidigungsverfahren obendrauf – das ist vermeidbar.

Bei dieser Gelegenheit kann ich gleich mit einem weiteren Mythos aufräumen. Entgegen der althergebrachten Meinung gibt es keinen Straftatbestand für die Beleidigung von Polizisten oder sonstigen Amtsträgern, die sogenannte Beamtenbeleidigung. Lediglich die »Verunglimpfung des Bundespräsidenten« wird deutlich härter als die »normale« Beleidigung bestraft. Zumindest auf dem Papier übrigens sogar härter als etwa in der Türkei die Beleidigung des Staatspräsidenten.

Abgesehen davon sind die restlichen Amtsträger der Bundesrepublik formalgesetzlich nicht besonders geschützt, auch bei Polizisten oder Staatsanwälten muss der ganz normale Beleidigungsparagraph herhalten. Der Unterschied liegt in der praktischen Handhabung: Bei Amtsträgern aller Art bejaht die Staatsanwaltschaft stets das sogenannte öffentliche Interesse an der Strafverfolgung, das für die Ahndung einer Beleidigung erforderlich ist. Übrigens wird auch bei Beleidigungen im Straßenverkehr regelmäßig das öffentliche Interesse an der Strafverfolgung als gegeben angesehen, also Vorsicht! Bis vor einigen Jahren gab es bei Verurteilungen wegen Verkehrsbeleidigungen sogar Punkte in Flensburg.

Bei Beleidigungen im eher privaten Umfeld kann der Staatsanwalt dagegen mangels öffentlichen Interesses an der Strafverfolgung auf den sogenannten Privatklageweg verweisen, der – vorsichtig gesagt – sehr steinig ist. Bei Beleidigungen unter Schülern, Kneipenbrüdern oder Nachbarn wird der Staatsanwalt das auch ganz bestimmt tun, wenn es sich »nur« um normale Beschimpfungen ohne Gewalt handelt – das Risiko einer Strafverfolgung ist in diesem Kontext durchaus kalkulierbar. Vorsicht ist dagegen stets in der Öffentlichkeit, vor Gericht, im Verkehr und insbesondere im Umgang mit Amtsträgern geboten!

Wenn Sie sich also schon mit der Obrigkeit anlegen wollen, dann bleiben Sie bei Ihren Beschimpfungen am besten weniger konkret. Hält Sie die Polizei zum Beispiel im Rahmen einer Verkehrskontrolle auf, sagen Sie bloß nicht: »Was soll denn das schon wieder, ihr scheiß Bullen?« Denn damit hätten Sie mindestens zwei Polizisten eindeutig beleidigt. Es ist besser, Ihre Äußerungen ein bisschen allgemeiner zu halten. Nach einer Grundsatzentscheidung des Bundesverfassungsgerichts ist nämlich der Ausspruch »Soldaten sind Mörder« keine Beleidigung. Die Begründung des Gerichts: Die beleidigende Äußerung muss immer konkret einzelne Personen betreffen. Wenn man aber ganz allgemein von Soldaten spricht, dann ist nicht klar, gegen wen die Beleidigung konkret gerichtet ist.

Äußern Sie also in der Polizeikontrolle »Scheiß Bullen – also, alle auf der ganzen Welt«, wird es zumindest schwieriger.

Was dagegen immer geht: Sollten Sie doch mal von der Polizei aufgehalten werden, dann begrüßen Sie den Polizisten doch einfach mal mit »Herr Oberförster, zum Wald geht es da lang!«. Oberförster sei keine Beleidigung, urteilte das Amtsgericht Berlin-Tiergarten, denn es handele sich doch durchaus um einen ehrbaren Beruf. Ob das dann auch umgekehrt gilt, wenn Sie einen Oberförster mit einem »Guten Tag, Herr Kommissar« begrüßen, wage ich fast zu bezweifeln.

Wenn Sie ganz besonders mutig sind, können Sie es auch mal mit »Sie Prostituierte« versuchen, es bieten sich dafür in erster Linie Polizeibeamtinnen an. Denn mit dem Prostitutionsgesetz wurde auch das horizontale Gewerbe zu einem ehrbaren Beruf erklärt. Eine Garantie, dass Sie damit durchkommen, möchte ich an dieser Stelle aber ausdrücklich nicht abgeben.

Reden ist Silber, Schweigen ist Gold – Das richtige Verhalten gegenüber einem Polizisten

Stephan Lucas

Dass Sie einen Polizeibeamten freundlich »Herr Oberförster« nennen dürfen, das wissen Sie ja bereits (siehe vorheriges Kapitel). Was Sie allerdings noch nicht wissen: Sie dürfen ihm gegenüber auch sonst fast alles, was Sie auch gegenüber einem Oberförster dürften. Daran hat sich auch nichts geändert, nur weil die meisten Polizisten in Deutschland mittlerweile blaue Uniformen tragen und nur noch die Beamten in Bayern in ihren grünen 70er-Jahre-Relikten an die (meist freundlicheren) Waldhüter erinnern.

Die vielleicht wichtigste Gemeinsamkeit dieser beiden ehrenhaften Berufe ist es sicherlich, dass Sie sowohl gegenüber einem Förster als auch gegenüber einem Polizisten ganz einfach den Mund halten dürfen. Ja, schweigen, gar nichts sagen, und das immer und wann Sie es wünschen, vor allem und gerade auch dann, wenn die Polizei Sie mit strafrechtlichen Vorwürfen konfrontiert und zum Beschuldigten erklärt. Mit der Polizei nicht zu reden, ihr keine Fragen zu beantworten und bereits der Ladung zu einem polizeilichen Vernehmungstermin nicht zu folgen, das alles ist Ihr gutes Recht. Und zwar immer. Sie machen sich so garantiert nicht strafbar.

Wie auch der Oberförster von Ihnen sicherlich kein »Waidmannsdank« ernten wird, wenn Ihnen sein »Waidmannsheil« nicht gefallen hat, so darf auch der Polizeibeamte auf sein begrüßendes »Führerschein und Fahrzeugpapiere bitte« Ihrerseits nicht mit einer verbalen Reaktion rechnen.

Aber dabei bleibt es ja oft nicht. Polizisten haben meistens so viele Fragen: »Gehört das Auto Ihnen?«, »Wo, bitte schön, fahren Sie um diese Uhrzeit hin?«, »Haben Sie Alkohol getrunken?« Und so weiter. Lassen Sie sich nicht verunsichern: All das sind Fragen, die Sie getrost unbeantwortet lassen dürfen – sowohl gegenüber dem Oberförster, der Sie das aber kaum fragen wird, als eben auch gegenüber dem Polizisten, der gerade durch die Seitenscheibe in Ihr Auto lugt.

Der Polizei nicht zu antworten ist aber nicht nur völlig legal, es ist meistens auch noch das Beste, was man Ihnen raten kann.

Und das sagt Ihnen jemand, der die Gabe des Redens sonst nur allzu gerne ausgiebig aktiv zu nutzen weiß. Denn das Schweigerecht habe ich sicherlich nicht erfunden. Fragen Sie mal den geschätzten Kollegen Alexander Stevens, der gerade, wie so oft, wieder auf dem Kanzleisofa schläft – beziehungsweise es versucht. Schlafentzug sei Folter, murmelt er mal wieder. Unsinn, sage ich da, und neu ist der Spruch auch nicht. Schon beim letzten Mal hat er sich völlig grundlos echauffiert, als er so dalag und ich ihm – für meine Verhältnisse recht wenig ausführlich – von den Prozesstagen eins bis achtzehn in einer spannenden Zigarettenschmuggelangelegenheit erzählte. Sie ahnen gar nicht, was für Beweisschwierigkeiten es da gibt!

Aber zurück zum Thema: Schweigen hin oder her, eine gewisse Mitwirkungspflicht haben Sie gegenüber polizeilichen Anordnungen schon – wohlgemerkt, Anordnungen, nicht Fragen! Zumindest auf Aufforderung sollten Sie also schon den Führerschein herzeigen, sonst kostet es. Wohlgemerkt, nur als Kraftfahrer – sind Sie unmotorisiert unterwegs, geht Ihr Führerschein die Polizei überhaupt nichts an. Lediglich Ihre Personalien müssen Sie auf polizeiliche Aufforderung stets bekanntgeben, wenn Sie nicht gegen § 111 Ordnungswidrigkeitengesetz verstoßen wollen. Heißt im Klartext: Ihren Vor- und Nachnamen müssen Sie preisgeben, ebenso Ihr Geburtsdatum und auch Ihren Geburtsort, Ihre Wohnanschrift, Ihren Beruf, Ihren Familienstand und

Ihre Staatsangehörigkeit – aber darin erschöpft es sich dann auch schon. Und niemand kann Sie zwingen, diese Angaben mündlich vorzunehmen. Schreiben Sie sie ruhig auf und lassen Sie sich ruhig auch ein bisschen Zeit dabei.

Hören Sie das mit Ihrem Schweigerecht gerade zum ersten Mal? Keine Bange: Sie sind nicht alleine. Millionen anderen geht es genauso. Sie outen sich damit allerdings womöglich als jemand, der in früheren Jahren so charmante Krimiserien wie *Derrick* oder *Der Alte* rauf und runter geschaut hat. Oder – und das können Sie sich jetzt aussuchen – als jemand, der gerne mal bei den realitätsfernen Reality-Formaten wie *Auf Streife* oder *Blaulicht-Report* hängenbleibt. Aber auch das sollte Sie nicht verunsichern. Denn auch diese Tatsache teilen Sie mit vielen Millionen anderen. Gut also, und auch das mögen Sie doch bitte mit vielen Millionen anderen teilen – dass Sie jetzt dieses Buch lesen.

Denn die Rechte des Beschuldigten, so wie es unsere Gesetze vorsehen, werden in all diesen Sendungen mit Füßen getreten. Es steht dem Beschuldigten nämlich frei, ob er sich zur Beschuldigung äußern möchte oder nicht. Zudem darf er jederzeit – auch schon vor seiner ersten Vernehmung – einen von ihm zu wählenden Verteidiger um Rat fragen.

Unfassbar, ich weiß: Stefan Derrick hat das irgendwie nie so klar zum Ausdruck gebracht. Welcher mündige Bürger sollte in den Siebzigern, Achtzigern und Neunzigern also darauf kommen, dass man gegenüber der Polizei schweigen darf? ZDF-Freitagskrimi-Fans mussten ja zwangsläufig nachhaltig beeindruckt sein, wenn ebendieser Stefan Derrick dem mutmaßlichen Täter förmlich die Pistole auf die Brust setzte und in martialischem Auftritt und schärfstem Ton sein Gegenüber zur Aussage zwang.

Sätze wie »Reden Sie gefälligst« oder »Geben Sie doch endlich zu, dass Sie ihn umgebracht haben« ließen weder den Verdächtigen noch den interessierten TV-Zuschauer auch nur für eine Sekunde auf die Idee kommen, dass es in Deutschland so etwas wie ein Schweigerecht oder gar ein Recht auf einen Anwalt geben könnte. Die gesetzlich vorgeschriebene diesbezügliche Belehrung blieb jedenfalls regelmäßig aus. Spielte ja auch keine Rolle. Denn über Derrick gab es ja keine weitere Instanz – das ewige Lügen hatte spätestens nach 60 Minuten ein Ende. Danach war der Fall ein für alle Mal aufgeklärt – ganz egal, wie sehr die ermittelnden TV-Helden unsere Gesetze auch überstrapaziert haben mochten.

Denn all die Ignoranz gegenüber den Rechten der Beschuldigten blieb ohne Konsequenzen für die ermittelnden Polizisten. Was Derrick am Ende meinte herausgefunden zu haben, war von nun an Gesetz. Es galt endgültig. Und der Zuschauer konnte beruhigt durchschnaufen und um 21.15 Uhr entspannt den *Sport-Spiegel* schauen.

Aber ich will auch gar nicht zu lange auf dieser Polizeiberühmtheit rumhacken. Seit in der Vergangenheit des Derrick-Darstellers Horst Tappert gewühlt und seine bemerkenswerte »Karriere« als Mitglied der Waffen-SS aufgedeckt wurde, ist Derrick mit seiner Krimisendung sowieso für immer aus der Wiederholungsschleife verbannt. Schade eigentlich, dafür noch mehr Platz für alte Folgen von *Rudis Tagesshow* und *Zum Blauen Bock*.

In der virtuellen Welt aber waren Kommissar Köster, sozusagen der »Ur-Alte«, und dessen Nachfolger, der »Alte« Kommissar Kress, auch nie einen Deut besser als Kollege Derrick. Und die ganzen Totos und Harrys und wie all die Blaulichter am Nachmittag heute auch heißen mögen, sind dermaßen traditionell aufgestellt, dass sie direkt in die Fußstapfen der guten alten ZDF-Ermittler treten: keine Belehrungen, illegale Überrumpelungen, Suggestionen, Drohungen – das volle Programm. Und nicht ein einziger Beschuldigter kommt auf die Idee, einfach mal die Klappe zu halten und sich nicht aufs Glatteis führen zu lassen. Ganz selten nimmt sich einer in den Krimis mal einen schmierigen Anwalt, schweigt dann aber auch nicht, sondern macht in dessen Gegenwart aus juristischer Sicht selten dumme Aussagen. Denn mal ehrlich: Wenn man einmal ins Visier der Polizei geraten ist, wird ein »Ich war es doch gar nicht« die Kommissare kaum von weiteren Ermittlungen gegen Sie abschrecken. Echte Vorteile haben Sie also üblicherweise nicht, wenn Sie die Fragen der Ermittler beantworten.

Und bedenken Sie: Die Polizei weiß während Ihrer Befragung immer mehr als Sie. Zumindest glauben die Polizisten das. Denn Sie selbst mögen zwar die ganze Wahrheit über Ihre Schuld oder Unschuld kennen, aber Sie wissen bedauerlicherweise nicht, von welcher Wahrheit die Polizisten ausgehen. Was wurde womöglich Falsches über Sie gesagt, was wurde am Tatort falsch eingeschätzt oder ausgewertet? Steht da in einem Vernehmungsprotokoll erst einmal Ihr Ja oder Nein drin, kommen Sie davon nur schwer wieder runter – meist gar nicht mehr. Und wie viele dieser Jas und Neins werden wohl bisweilen regelrecht ergaunert?

Was lernen wir also? Es hat seinen Sinn, dass sich so manche der realen Polizeibeamten bei den Methoden der Fernsehkommissare bedienen. Denn oft kommen sie damit einfach durch. Kriminalistische List, so sagt der spitzfindige Strafrichter, ist eben erlaubt und hat mit rechtswidrigen Ermittlungsmethoden angeblich nichts zu tun.

Also: Schweigen Sie und besorgen Sie sich einen Verteidiger Ihrer Wahl. Tricksen Sie ruhig auch mal die Polizisten ein wenig aus: »Ich sage erst etwas in Gegenwart meines Anwalts.« Ob Sie dann etwas sagen, können Sie sich immer noch in Ruhe überlegen. Ihr Verteidiger wird sich zumeist erst mal die Verfahrensakte besorgen, damit er und Sie inhaltlich überhaupt auf Augenhöhe mit den Ermittlern stehen. Es wäre mehr als riskant, nein kopflos, Fragen zu beantworten, ohne dass ein Dritter aufpasst, ob hier gesetzlich sauber gearbeitet wird.

Ein Cousin meines guten alten Mandanten Bert Lochmüller stand im Verdacht, versucht zu haben, seinen Vater zu töten. Vermutlich war dem auch so. Verwandte kann man sich eben nicht aussuchen. Besagter Cousin hatte sich ebenfalls, noch vor meiner Ankunft als Verteidiger, gegenüber Kommissar Derricks Pendant in der realen Welt äußerst gesprächsbereit gezeigt.

Ein Auszug aus dem Vernehmungsprotokoll: »Haben Sie Ihren Vater mit dem Gesicht gegen das heiße Ofenrohr geschubst?« – »Ja.« – »Wollten Sie ihn denn umbringen?« – »Nein.« – »Ihnen ist aber schon klar, dass so was auch tödlich ausgehen kann?« – »Ja.« – »Und trotzdem haben Sie ihn gegen das Rohr geschubst?« – »Ja.« Danke, das genügt: Anklage wegen versuchten vorsätzlichen Totschlags.

Was war passiert? Die Polizei hatte hier einen alten Trick angewandt. Wenn man nicht direkt vorhatte zu töten, grundsätzlich aber wusste, dass die Tat theoretisch auch hätte tödlich enden können, und einen das aber letztlich von der Tat nicht abgehalten hat, dann nennt sich das: Vorsatz. Es ist zwar die schwächste aller Vorsatzformen, man spricht dann vom sogenannten Eventualvorsatz. Aber es ist eben im strafrechtlichen Sinn trotzdem Vorsatz. Dieser Cousin, der sicherlich alles wollte, nur nicht den Tod des eigenen Vaters, hatte sich durch die linken Fragen der Polizisten letztlich auf ein volles Geständnis eingelassen – wohlgemerkt, ohne es selbst mitzubekommen. Allein dank eines befreundeten Kollegen des geschätzten Alexander Stevens gab es am Ende eine Verurteilung »nur« wegen gefährlicher Körperverletzung. Er ist schon toll, mein Kollege Stevens, oder zumindest hat er tolle Freunde …

Also noch mal: Nutzen Sie Ihr Schweigerecht. Sie dürfen das. Garantiert. Und sogar ein »Guten Tag« ist eigentlich schon zu viel, wenn die Polizei Ihnen Vorwürfe machen will. Bitte lachen Sie nicht! Wer sagt Ihnen, dass es später von den Spürnasen nicht dazu herangezogen wird, über Sie zu sagen, Sie hätten Ihre geäußerte Begrüßung in dem Moment so auffallend freundlich gestaltet. Das kann sich schnell auf die Strafzumessung auswirken, wenn der Beamte später bei Gericht erklärt: »Wissen Sie, Herr Vorsitzender, der Angeklagte hat meines Erachtens gar keine Reue gezeigt, so frech und so lächelnd, wie er noch mit uns geredet hat.«

Und wer jetzt meint, anhand der Art und Weise, wie eine Frage gestellt wird, könne doch zumindest später das Gericht die Wertlosigkeit der erfolgten Antworten erkennen und demgemäß beurteilen, der hat weit gefehlt. Denn halten Sie sich fest: Es wird bei der Polizei kein Wortprotokoll geführt. Die Polizei fasst die von Ihnen gegebenen Antworten in eigener freier Sprache zusammen. Mehr verlangt das Gesetz – warum auch immer – leider nicht. Legte der ermittelnde Beamte Ihnen gerade noch die Antwort in den Mund, frei nach dem Motto: »Also, jetzt hilft's doch nichts mehr, Sie sind überführt, gestehen Sie es also endlich«, dann steht im später gefertigten Protokoll womöglich lediglich: »Auf Frage: Ja, ich gestehe.«

Merken Sie was? Schweigen hätte viel Unheil von Herrn Lochmüllers Cousin abwenden können. Aber vielleicht mal anders. Darf ich Sie einfach mal fragen – also rhetorisch, denn wenn Sie jetzt antworten, ist das Buch ja längst geschrieben: Welchen Grund könnte es geben, trotz all dieser Gefahren und Risiken mit der Polizei zu reden? Ganz genau: Es gibt keinen.

Für Bestreiten, für Erklärungen, Rechtfertigungen oder von mir aus auch Ausreden und Schutzbehauptungen gibt es keinen Bonus. Für ein frühes Geständnis vielleicht. Aber dann warten Sie doch bitte wenigstens die Akteneinsicht und die Beratung Ihres Verteidigers ab. Entgegen den – natürlich abseits des Protokolls gegebenen – Versicherungen der Ermittler macht das nämlich keinen Unterschied. Es macht doch jedenfalls Sinn, im Moment Ihres Geständnisses wenigstens zu wissen, in welchem Kontext die sogenannte geständige Einlassung steht. Wenn aufgrund der Akte ein guter Verteidiger, sagen wir mal Alexander Stevens (Achtung, Ironie!), Ihnen erklärt, dass Sie bei dieser oder jener Beweislage mit hoher Wahrscheinlichkeit freigesprochen werden müssten, sollten Sie noch einmal nachdenken. Wollen Sie wirklich etwas zugeben, das man Ihnen wahrscheinlich nicht wird nachweisen können?

Und manch ein wahres Geständnis bringt Sie sogar in große Bedrängnis. Sie gestehen zum Beispiel, weil Sie sich ertappt fühlen, in einem Moment der Wut Ihren Nachbarn geschlagen zu haben. Und das, obwohl die Polizei Ihnen eigentlich vorwirft – wie sich aber erst danach für Sie herausstellt –, an diesen Kerl im großen Stil Drogen verkauft zu haben. Was Sie gar nicht getan haben. Sie haben ihn ja nur geschlagen. Was die Polizei aber gar nicht wusste. Bisher jedenfalls. Fatal. Warten Sie also lieber erst mal ab. Gestehen können Sie dann immer noch.

Und wenn Sie entgegen meinem Rat doch etwas sagen wollen, dann ist sogar auch Folgendes garantiert nicht strafbar: Quatsch zu erzählen. Und das sogar vor Gericht.

Nehmen wir also an, Sie wären Ludwig der Schlecker, seines Zeichens der berüchtigtste Eisdieb der Welt. Der Richter fragt Sie, also Sie, der Sie tatsächlich der gesuchte Eisliebhaber sind, ob Sie tatsächlich den Schulkindern der Klasse 3A das ganze Eis im schuleigenen Gefrierschrank weggeschleckt haben. Dann machen Sie sich mit einem »Nein« niemals strafbar. Sie dürften sogar behaupten, dass Sie Eis in Wahrheit gar nicht mögen, dass sämtliche kalte Süßspeisen bei Ihnen allenfalls ein massives Ekelgefühl auslösen und Sie daher das ganze Jahr über nur kochend heißen Kakao zu trinken pflegen. Alles kein Problem. Denn als Beschuldigter unterliegen Sie im Gegensatz zu einem Zeugen nicht der Wahrheitspflicht. Selbst wenn Sie lügen, dass sich die Balken biegen, dürfen Sie nicht wegen Falschaussage bestraft oder gar vereidigt werden. Heikel könnte es erst werden, wenn Sie ergänzend und, wohlgemerkt, wahrheitswidrig ausführen, dass Sie aber Ihren Nachbarn Ed von Schleck bei den kinderverachtenden Straftaten am Gefrierschrank beobachtet hätten. Denn das nennt man dann eine falsche Verdächtigung, und die ist strafbar.

Hinter alldem steckt der Gedanke, dass sich niemand einer eigenen Straftat selbst überführen muss. Deshalb dürfen Sie auch straflos Beweise, die gegen Sie verwendet werden könnten, verstecken oder gar vernichten.

Tun Sie das mit dem Lügen aber besser trotzdem nicht. Lügen haben kurze Beine, und das Lügen ohne Kenntnis der Aktenlage entpuppt sich schnell als ein selbstgestelltes Bein – das im Zweifel auch lang genug ist, dass Sie darüber fallen. Es wäre ja doch nicht wirklich hilfreich, wenn Sie aussagten, die Drogen auf der Party nicht berührt, sondern sie nur aus dem Augenwinkel gesehen zu haben. Und hinterher stellt sich aufgrund der Aktenlage heraus, dass Sie mit einem anderen Partygast verwechselt worden sind und einige Zeugen sogar behaupten, Sie an dem Abend gar nicht gesehen zu haben. Jetzt hätten Sie sich unnötig als Tatverdächtigen ins Spiel gebracht, obwohl Sie schweigend von ganz alleine aus der Nummer herausgekommen wären. Außerdem darf das Gericht aus Ihrer wahren oder gelogenen Aussage durchaus eigene Schlüsse ziehen. Man könnte Ihnen beispielsweise besondere Unglaubwürdigkeit unterstellen. Oder Sie einer besonders rechtsfeindlichen Gesinnung bezichtigen, weil Sie nach Erblicken der Drogen nicht sofort etwas unternommen haben. Das Gericht könnte damit im Zweifel sogar härter bestrafen.

Und noch etwas, bitte beherzigen Sie das: Sie müssen bei der Polizei nichts aussagen, auch nicht als Zeuge. Wenn Sie also nicht gerade der typische zweifelsfreie Zeuge sind, der einen Autounfall vom Gehweg aus beobachtet hat, dann konsultieren Sie doch bitte zunächst einen Anwalt. Auch wenn Sie mit der Tat nichts zu tun haben und von der Polizei nur als Zeuge belehrt werden. Sie können manchmal gar nicht so schnell gucken, wie Sie von der Zeugenrolle in den Beschuldigtenstatus rutschen – zumindest in diesem Punkt sind die guten alten Derrick-Folgen dann auch recht nahe dran an der Realität. Denken Sie nach: Wie oft fällt dem cleveren TV-Ermittler auf, dass der zunächst unverdächtige Zeuge sich bei seiner Aussage in Widersprüche verstrickt hat und plötzlich doch der Hauptverdächtige ist? Eben.

Jede Frage ist im Zweifel eine Frage zu viel. Kennen Sie den Drogendealer Robert Rauschmann? Wenn Sie diese Frage ehrlicherweise mit »Ja« beantworten, würde sich doch gleich die Frage stellen, warum Sie diesen Kerl, der so fies mit Drogen dealt, überhaupt kennen. Da Sie als Zeuge – wenn Sie denn aussagen – die Wahrheit kundtun müssen, wäre es hier klug, einfach die Klappe zu halten.

Sie brauchen bei der Polizei auch nicht begründen, warum Sie nichts sagen. Sagen Sie also bloß nicht, dass Sie sich nicht selbst belasten wollen – das ist nicht hilfreich! Geben Sie lieber den notorischen Querulanten, der aus Prinzip nicht mit der Polizei reden will.

Lassen Sie also Ober-Ober-Chefkommissar Stefan Derrick alles so weit alleine ermitteln. Seien Sie sich dabei bewusst, dass weder er noch irgendeiner seiner »realen« Kollegen Polizei, Staatsanwaltschaft und Gericht in einer Person sein kann.

Und wenn Sie immer noch ein letztes Argument brauchen: Der Staatsanwalt entscheidet, ob er Anklage erhebt, nicht der ermittelnde Polizist. Sagen wir, die Polizei glaubt Ihnen. Das heißt noch lange nicht, dass Ihnen der Staatsanwalt auch glaubt. Der kann nämlich einfach trotzdem Anklage erheben, das Einverständnis seiner Kollegen bei der Polizei braucht er dazu nicht.

Vielleicht können Sie jetzt langsam verstehen, wieso es überhaupt so Leute wie den geschätzten Kollegen Dr. Stevens gibt, meiner Meinung nach einer der besten oder zumindest bestgestylten Anwälte Deutschlands (wieder Ironie!). Weil wir nämlich dann, wenn Derrick & Co. ihre Akten kurz vor dem Abspann schließen, diese im Rahmen der Akteneinsicht wieder aufmachen, um mal genau zu schauen, was die Polizei da eigentlich alles so veranstaltet hat. Und je weniger (bitte gar nichts!) Sie gesagt haben, umso mehr Möglichkeiten bieten sich, Sie optimal zu verteidigen – selbst wenn Sie Oberförster sein sollten.

Download-Piraterie – Musik und Filme ab jetzt gratis

Alexander Stevens

Es gibt wohl heutzutage kaum noch jemanden, der nicht über einen internetfähigen Computer verfügt – mit Ausnahme des Kollegen Lucas, der fest davon überzeugt ist, dass dieses »Internetz« ohnehin nur ein überbewerteter Hype der verrohten Jugend sei und sich auf Dauer nie durchsetzen werde.

Entgegen Lucas' Meinung kann man in diesem »Internetz« aber so einiges anstellen: chatten, einkaufen, Reisen buchen, aktuelle News lesen, jedes Fleckchen der Erde aus der Vogelperspektive entdecken, elektronische Briefe verschicken, sich auf Flirtportalen daten und natürlich auch Musik und Filme ansehen beziehungsweise herunterladen.

Während also der Kollege Lucas das langersehnte Album seines Schlageridols Hansi Hinterseer im Plattenladen seines Vertrauens für einen Schnäppchenpreis von gerade einmal 29,95 € erwirbt, kaufen seine gleichgesinnten, meist deutlich älteren, aber »internetzaffineren« Mitfans selbiges Album mittlerweile deutlich günstiger per Mausklick übers Internet. Und manche laden sich einfach das neueste Musikvideo mit ihrem Idol in weißem Anzug und der redundanten Fünftonmusik gleich über YouTube, Videograbber und von anderen bekannten Download-Portalen herunter – für lau.

Dieses Gebaren der anderen Hansi-Fans stört Lucas allerdings beträchtlich. Abgesehen von seiner mehr oder weniger begründeten Sorge um das finanzielle Wohlbefinden seines Idols, nimmt er vor allem daran Anstoß, dass diese Möchtegernfans den qualitativ hervorragenden Hörgenuss einer CD dem seiner Meinung nach deutlich schlechteren digitalen Klangerlebnis des Downloads vorziehen. Dass auch eine dolby-digitale CD das

Wort »digital« bereits im Namen trägt, weiß Lucas, für den die CD ohnehin bereits ein kaum hinnehmbarer Kompromiss ist im Vergleich zu einer guten alten Vinylschallplatte, natürlich nicht.

Aber Rechtsanwalt Stephan Lucas plant einen analogen Gegenschlag. Er fragt sich also, wie das mit »illegalen« Downloads im Internet rechtlich zu bewerten ist, um sich mit einer Flut von Anzeigen gegen seine sparsamen Mitfans endlich als Hansis Liebling zu etablieren.

Sein Gedanke: Eigentlich verhält es sich mit den illegalen Downloads doch genau wie mit dem Dieb, der in den Laden geht und einfach, ohne zu bezahlen, die neue Hochglanz-CD einsteckt. Hansi hat schließlich seine Musik und seine Videos unter erheblichem Kostenaufwand produziert und ist auf die Einnahmen angewiesen. Aber auch, wenn der konkurrierende Fan nur streamt, also den Film oder die Musik sofort nutzt, ohne die Datei aktiv herunterzuladen, kennt Stephan Lucas keine Gnade: Es gebe doch faktisch keinen Unterschied zum Dieb, der in den Supermarkt geht und dort den Apfel vor Ort verzehrt, ohne ihn zu bezahlen. Ob er recht hat?

Beim »Klauen« von geistigem Eigentum spricht der Jurist nicht von Diebstahl, sondern von Urheberrechtsverletzung. Klingt gleich etwas harmloser, obwohl es prinzipiell nichts anderes ist. Nicht zuletzt spricht man im Volksmund ja von »Raubkopierern«. Aber das deutsche Strafrecht respektiert eben die klugen Köpfe in der Bevölkerung (siehe Kapitel *Terrorismus für Fortgeschrittene*), schließlich sind illegale Downloads immerhin mit einem gewissen Maß an technischem Verständnis und damit zumeist auch mit Intellekt oder zumindest einiger Lernfähigkeit verbunden. Und weil die klugen Straftäter besonders schützenswert sind, drückt der Gesetzgeber beim Urheberrecht auch ein Auge zu – gut, möglicherweise auch deswegen, weil die Justiz unter der Masse an Verfahren schier zusammenbrechen würde, käme jemand auf die Idee, jede einzelne Urheberrechtsverletzung konsequent verfolgen zu wollen.

Aber der Reihe nach. Zunächst ist es nicht uninteressant zu wissen, dass das Urheberrecht den reinen Konsum von urheberrechtlich geschützten Werken gar nicht erst regelt. Wer einen Film im Fernsehen ansieht oder Musik im Radio hört, braucht sich um das Urheberrecht glücklicherweise keine Gedanken machen. Das gilt in denklogischer Konsequenz selbst dann, wenn man sich in ein Kino einschleicht, ohne zu bezahlen, oder sich in ein Konzert setzt, ohne eine Eintrittskarte gekauft zu haben. In diesem Fall könnte man allenfalls wegen Leistungserschleichung zum Nachteil des Veranstalters bestraft werden (wobei es auch hier Schlupflöcher gibt – siehe Kapitel *Mein T-Shirt sagt mehr als tausend Worte*), nicht aber wegen einer Urheberrechtsverletzung. Denn es gilt wie immer der verfassungsrechtlich garantierte Grundsatz: keine Strafe ohne Gesetz.

Folglich könnte man zumindest beim unentgeltlichen Streamen davon ausgehen, keine Straftat zu begehen. Schließlich ist der reine Konsum nicht strafbar und Streamen doch eigentlich nichts anderes als Kino, Livekonzert oder Fernsehen. Leider aber ist es nicht ganz so einfach, denn die Rechnung darf man nie ohne die perfiden, kleinkarierten, spitzfindigen, kasuistischen, kleinlichen, pedantischen, rabulistischen, sophistischen, übergenauen, wortklauberischen Juristen machen.

Beim Streaming nämlich wird, technisch gesehen, zumindest vorübergehend eine Kopie des Films oder des Musikstücks in den Arbeitsspeicher geladen beziehungsweise auf der Festplatte zwischengespeichert.

Und sobald man etwas kopiert oder speichert, handelt es sich, juristisch gesehen, um eine Vervielfältigung. Und die ist grundsätzlich strafbar, sobald man dies ohne Erlaubnis des Urhebers tut. Das Gesetz gibt dem Urheber das alleinige Recht zu entscheiden, wer Vervielfältigungen machen darf und wer nicht.

Wer eine Software kauft, erwirbt vom Urheber das Recht, die Software abzuspeichern und damit zu vervielfältigen. Beim Streaming erlaubt der Urheber eines geschützten Werks aber im Regelfall eine unentgeltliche Vervielfältigung gerade nicht.

Aber: Der Gesetzgeber hat einige Ausnahmen geschaffen, bei denen der Urheber gerade nicht gefragt werden muss. Das Stichwort lautet »Privatkopie«. Für private Zwecke erlaubt der Gesetzgeber die Vervielfältigung eines geschützten Werks. Solange man also nur streamt und damit keine Erwerbszwecke verfolgt, sprich das kopierte Werk nicht weiterverkauft oder für die »Vorführung« Geld verlangt, ist alles in Ordnung. Oder?

Es gibt ein Aber vom Aber: Die Grenzen der erlaubten Privatkopie sind nämlich dann erreicht, wenn man Kopien von »offensichtlich rechtswidrigen« Vorlagen macht. Und da ist der Haken: Denn in der Regel sind gerade die interessanten Streaming-Angebote selten als legal einzustufen. Welcher Urheber stellt seine aktuellen, teuer produzierten Filme und Serien schon gerne kostenfrei im Internet zur Verfügung, zumal auf dubiosen Internetseiten in Russland, Togo oder auf Karibikinseln, von denen man noch nie gehört hat? Und die zudem überladen sind mit noch dubioseren Werbeangeboten? Und all das, nur damit Sie am Sonntagnachmittag, direkt im Anschluss an Ihr spätes Katerfrühstück, im Schlabberlook die ersten 14 Folgen der neuesten US-Serie schauen können? Das wird ein Internetnutzer grundsätzlich nicht für rechtmäßig halten dürfen, da sind sich die Gerichte einig. Die Privatkopie ist also leider auch kein Ausweg.

Also auf zum Aber vom Aber des Abers:

Denn es gibt natürlich, wie immer im deutschen Recht, eine Ausnahme von der Ausnahme: einen Gummiparagraphen, der es unter gewissen Bedingungen erlaubt, temporäre Kopien anzufertigen, also Daten herunterzuladen, die nach kurzer Zeit wieder gelöscht werden.

Das Problem dabei: Der Gesetzgeber verlangt dazu, dass es

sich um eine »rechtmäßige Nutzung« handeln muss. Und rechtmäßig ist die Nutzung nur dann, wenn der Urheber auch zustimmt. Allerdings wollen Urheber in der Regel Geld verdienen und verzichten darauf nur allzu ungern. Warum sollten sie einem kostenlosen Streaming-Angebot also zustimmen? Zumal der durchschnittliche »Streamer« an besagtem Sonntagmorgen mit seinen roten Augen und der zerzausten Frisur nicht so furchtbar umwerfend aussieht, dass man ihm auch nur irgendetwas kostenlos anbieten möchte.

Bleibt also nur noch das Aber des Abers vom Aber des Abers:

Nachdem nämlich der Gesetzgeber den intelligenten – oder sagen wir: technisch versierten – Straftäter gerne schützt, hat sich nun der Bundestag in die Debatte eingeschaltet. Grund war ein Vorfall im Dezember 2013, wobei Zehntausende Internetnutzer, die sich über ein Streaming-Angebot im Internet Sexfilme angesehen hatten, Abmahnungen von Anwälten erhielten. Ob auch der Kollege Lucas mit von der Partie war – als Abmahner oder als Konsument –, kann ich nicht genau sagen. Die Betroffenen jedenfalls sollten jeweils 250 € zahlen, weil sie angeblich Urheberrechte verletzt hatten. Die »Grünen«, deren Wählerschaft von der Affäre womöglich härter betroffen war als andere, hatten daraufhin in einer Anfrage an die Bundesregierung mehr Rechtssicherheit für die Konsumenten von Video-Stream-»Filmchen« verlangt. Es sei nämlich zu befürchten, dass der »durchschnittliche« Verbraucher nur schwer erkennen könne, ob der Konsum von Video-Streams legal sei oder nicht.

Prompt kam die Antwort der Bundesregierung: Die geltende Rechtslage sei »verbraucherfreundlich«. Im Streitfall obliege es nämlich nicht dem Internetnutzer, sondern dem Inhaber der Urheberrechte, den Nachweis zu führen, dass eine Vorlage offensichtlich rechtswidrig hergestellt oder offensichtlich unerlaubt öffentlich zugänglich gemacht worden sei. Für den jeweiligen

Verbraucher müsse es »nach seinem individuellen Bildungs- und Kenntnisstand« erkennbar sein, dass die Vorlage eine »offensichtlich« illegale Quelle sei, heißt es in der Antwort. Der Internetnutzer sei dabei nicht zu »aktiven Nachforschungen« verpflichtet.

Also mit anderen Worten: Streaming ist irgendwie erlaubt, solange das Streaming-Portal nicht *www.illegal.de* oder ähnlich heißt. Ob die Antwort der Regierung allerdings nur für Pornofilme gilt und ob unsere Volksvertreter aufgrund des Männeranteils von mehr als zwei Dritteln im Parlament einen gewissen Eigennutz bei dieser Antwort verfolgten, bleibt offen. Blöd nur, dass bei Abmahnungen aufgrund von »illegalem« Porno-Streaming die meisten Betroffenen lieber still und heimlich bezahlen, als es auf einen öffentlichkeitswirksamen Gerichtsprozess ankommen zu lassen.

Ich will Ihnen hier das Schreiben eines meiner Mandanten, angeklagt wegen illegalen Streamings, nicht vorenthalten:

Sehr geehrter Herr Staatsanwalt,

in der Strafsache gegen mich gebe ich alles zu! Den Film »Arielle, die Nicht-mehr-Jungfrau« habe ich mir nachts, als meine Frau schlief, heimlich auf dem Computer angesehen.
Bitte schicken Sie mir keine Post mehr nach Hause und rufen Sie mich auch nicht zu Hause an. Ich habe mir extra ein Handy mit einer neuen Nummer besorgt. Bitte kontaktieren Sie mich im Bedarfsfalle nur über dieses Handy! Und bitte geben Sie mir eine milde Strafe, der Film war nämlich sehr schlecht.

Dass sich der Betroffene in Wirklichkeit gar nicht strafbar gemacht hatte, war fast genauso ärgerlich wie der Strafbefehl über 1200 €, den ihm der Staatsanwalt trotz des freundlichen Schreibens nach Hause schickte, ohne ihn vorher noch einmal angerufen zu haben. Denn Gerichtspost muss nach deutschem Recht zwingend förmlich zugestellt werden, auf Papier und üblicherweise per Post. Strafmildernd hatte der Staatsanwalt allerdings die mögliche Konfrontation des heimlichen Pornoguckers mit seiner Ehefrau berücksichtigt.

Zusammengefasst lässt sich festhalten, dass sich die Juristen, wie so oft, mal wieder uneinig bezüglich der Frage sind, ob Streaming nun strafbar ist oder nicht. Wenn Sie ganz auf Nummer sicher gehen wollen, müssen Sie einfach nur die Zwischenspeicherung in Ihrem Browser ausschalten, auch wenn das den Genuss Ihrer Lieblingsserie etwas holprig machen dürfte.

Ach, und übrigens: Wenn der Nutzer davon ausgehen darf, dass ein Internetportal die angebotenen Inhalte selbst regelmäßig überwacht und Illegales löscht (so zum Beispiel bei YouTube), dann darf er auch davon ausgehen, dass es sich um eine legale Quelle handelt. Somit dürfen Filme nicht nur gestreamt, sondern auch legal heruntergeladen werden. Schließlich laden etwa Musiklabels nicht selten selbst brandneue Videos dort zu Werbezwecken hoch. Man muss also auch bei geschützten Inhalten nicht zwingend auf eine »Raubkopie« schließen.

Herr Lucas muss also zusehen, sich anderweitig bei Hansi Hinterseer beliebt zu machen, die Anzeigen gegen seine Fankollegen wegen illegaler Downloads kann er sich sparen. Zu überlegen wäre, ob er auf das nächste Konzert in irgendeinem Feststadl zwischen zwei Kuhweiden ein paar von ihm getragene Schlüpfer mitnehmen möchte, die er dann im richtigen Moment auf die Bühne wirft. Hansi Hinterseer wäre – womöglich – begeistert.

Bitte recht freundlich – Ganz legal Polizisten abschießen

Stephan Lucas

Sie machen gerne mal ein Foto? Dann lassen Sie das mit dem »Cheese« aber besser sein. Nehmen Sie lieber einen der anderen Klassiker wie »Spaghetti« oder meinetwegen »Ameisenscheiße«. Zumindest dann, wenn Sie auch mal gerne einen Schnappschuss von Oberförstern oder Polizisten bei der Arbeit machen. Denn »Cheese!« könnte von den Ordnungshütern womöglich als »Schieß!« missverstanden werden. Nicht, dass der Beamte seinerseits zum »Schnappschuss« ansetzt. Bedenken Sie, Polizisten sind nicht immer zum Lächeln aufgelegt und scharf bewaffnet. Und man weiß ja, dass manche Dienstwaffe in den letzten Jahren etwas locker saß. Mit der vermeintlichen Aufforderung zur Abgabe eines Schusses würden Sie Ihren Freund und Helfer nur unnötig provozieren. Und das tun Sie im Zweifel sowieso schon, wenn Sie nach der Kamera greifen und meinen, damit abdrücken zu müssen. Das haben Polizeibeamte meistens gar nicht gerne.

Erstaunlich, wie die Polizei da offensichtlich mit zweierlei Maß misst. Denn die Ordnungshüter selbst nutzen die Möglichkeiten der modernen Foto- und Filmtechnik nur allzu gerne. Sie tun es, wenn es darum geht, sich mit ihrem Umfeld, sagen wir, »aktiv auseinanderzusetzen«. Es gibt heute wohl keine Demonstration ohne eine semiprofessionelle Foto- und Filmdokumentation durch die Damen und Herren von der Polizei. Das mag höchstens dann anders sein, wenn es die Polizeigewerkschaft selbst ist, die in eigener Sache den Menschenauflauf organisiert.

»Bitte lächeln!« heißt es auch im Straßenverkehr. Streifenwagen haben an der Frontschreibe eine Kamera. Die Geräte schalten sich automatisch ein, wenn die Beamten Blaulicht oder das

Stopp-Schriftzeichen auf dem Autodach aktivieren. Ist ein Einsatz beendet, muss das Videoauge – laut Gesetz – von den Polizisten manuell wieder ausgeschaltet werden. Es zu vergessen wäre allerdings menschlich. Und auch bei der Polizei soll es ja Menschen geben. Die Aufnahmen bleiben jedenfalls 24 Stunden gespeichert. Dann erst werden sie automatisch gelöscht.

Das gilt aber nur – und jetzt kommt's –, wenn keine mutmaßliche Straftat dokumentiert wurde und das Video auch nicht als Beweismittel dienen könnte. Was eine mutmaßliche Straftat ist, entscheidet die filmende Polizei selbst. Und als Begründung genügt ein sogenannter Anfangsverdacht. Und die Anforderungen an die Begründung eines solchen Anfangsverdachts sind – vorsichtig ausgedrückt – nicht hoch. Man kann auch sagen, die Anforderungen sind extrem niedrig.

Und jetzt sollen Bundespolizisten auch noch mit einer »Bodycam« ausgestattet werden. Deren Einsatz wurde erstmals 2013 in einem Pilotprojekt getestet. Seither findet die Körperkamera in verschiedenen Bundesländern immer mal wieder Anwendung, Tendenz steigend.

Die entsprechend präparierten Ordnungshüter tragen bei ihrem Einsatz ein Schild mit der Aufschrift »Videoüberwachung«. Auf Knopfdruck können sie mit den Kameras dann ihr Gegenüber aufzeichnen. Sozusagen »POV«: Point of View. Der Ton wird dabei nicht gespeichert.

Und genau da setzt die Kritik der Datenschützer an. Die Kameras gewährleisten eben keine vollständige Erfassung der Situation. Sie zeigen ja nur einen bestimmten Ausschnitt. Eben den Point of View. Gefilmt wird ja gerade nicht das Handeln des Polizisten, sondern nur das des Gegenübers. Wie praktisch.

Wenn man sich diese von der Polizei mehr und mehr genutzten technischen Möglichkeiten aber mal genau vor Augen führt, dann ist doch wohl nachvollziehbar, wenn Sie im Gegenzug auch einen Polizeieinsatz fotografisch oder filmisch festhalten wollen, oder? Mit selbiger Intention, wohlgemerkt. Auch Sie wollen ein mögliches Fehlverhalten der Ordnungshüter dokumentieren können, aus Ihrem ganz eigenen POV. POV gegen POV sozusagen.

Grundsätzlich dürfen Sie in der Öffentlichkeit filmen und fotografieren, was und wen immer Sie möchten. Deshalb können Sie auch einen Polizeibeamten dabei filmen, wie er Ihrem Fahrzeug einen Strafzettel verpasst. Oder seinen währenddessen quer auf der Straße geparkten Streifenwagen, der einen völlig unnötigen Stau produziert. Rechtlich knifflig wird es erst dann, wenn Sie das soeben gefertigte Bildmaterial nicht nur zu Beweiszwecken behalten oder daheim zu Ihrer Belustigung ansehen, sondern es auch veröffentlichen wollen. Denn da greift das Urheberrecht.

Zum Urheberrecht hat Ihnen der Kollege Stevens im Kapitel *Download-Piraterie* ja schon einiges erzählt. Aber eigentlich bin ich damit überhaupt nicht einverstanden. Ich habe es so nicht freigegeben und da auch noch einiges richtigzustellen: Ich habe mir nie Musik von Hansi Hinterseer besorgt! Auch nicht von Helene Fischer. Und erst recht nicht heruntergeladen, schon gar nicht illegal! Hansi und Helene, ihr wisst das! Die Musik ist auch wirklich sehr schlecht, zumindest hat mir das ein Mandant mal so erzählt. Das ist alles nicht wahr, was der Kollege Stevens da schreibt. Er muss da etwas verwechselt haben.

Und deswegen muss ich Ihnen zum Thema Urheberrecht jetzt auch etwas aus meinem POV sagen.

Fangen wir mit dem Thema Veröffentlichung an. Sie erinnern sich: Solange Sie die Polizeibilder nicht veröffentlichen, gibt es noch kein Problem. Wenn Sie aber etwas veröffentlichen, brauchen Sie die Zustimmung des Rechteinhabers, oder es gibt Ärger. Da spielt es dann auch keine Rolle, ob Sie das Bildmaterial auf einer der vielen sozialen Netzwerkseiten posten oder ob es gleich um 20.15 Uhr in einem *Brennpunkt* gesendet wird. Ob Tauschbörsen, YouTube, WhatsApp oder was auch immer Ihnen an ähnlichen Plattformen einfällt: Das alles stellt im Zweifel eine Veröffentlichung beziehungsweise Verbreitung ohne Zustimmung des Rechteinhabers dar und ist damit zumindest problematisch.

Gut, das ergibt bei Filmen und Musik auch einen gewissen Sinn. Was aber hat das Urheberrecht mit den lustigen Polizeibildern zu tun, werden Sie sich fragen? Eine ganze Menge.

Denn sobald Filme oder Fotos veröffentlicht werden, greift das sogenannte Kunsturhebergesetz. Ja, Kunst. Sie haben richtig gelesen.

Gemäß Kunsturhebergesetz macht sich strafbar, wer Fotos ohne Einwilligung des Abgebildeten »verbreitet oder öffentlich zur Schau stellt«. Alleine schon, dass Sie vom Strafzettelschreiben ein Foto schießen und Ihnen die mitwirkenden Ordnungshüter diese »kunstvolle« Szenerie überhaupt erst ermöglichen, macht die Beamten quasi zu den Urhebern oder zumindest Rechteinhabern im Sinne des Rechts am eigenen Bild.

Weitere Anforderungen an die »Kunstfertigkeit« stellt das Gesetz allerdings nicht! Sie sollten also von den Damen und Herren in Grün und Blau nicht zu viel erwarten. Niemand verlangt, dass diese beim Aufschreiben Ihres Pkws einen bunten Ball auf der Nase balancieren und dabei womöglich auch noch einen einhändigen Handstand hinlegen. Nicht jeder dieser Straßenarbeiter ist automatisch ein begnadeter Aktionskünstler, und das muss er auch nicht sein. Denn alles ist irgendwie Kunst, jeder Mensch ist ein Künstler. Zumindest aus dem postmodernen POV des Gesetzgebers.

Vielleicht auch besser so. Über Geschmack und damit über die Frage, was denn Kunst überhaupt ist, sollte man eben nicht streiten. Und wenn wir mal ehrlich sind, hat so ein Knöllchen ja auch seine ganz eigene Ästhetik. Und die kann locker mit manchem weißen Blatt Papier mithalten, auf dem meinetwegen in der linken oberen Ecke ein verbogener Esslöffel mit rötlichen Speiseresten klebt. Als Kunstwerk deklariert kostet ein so gestalteter Bogen Papier vermutlich schlappe 10 000 €. So viel zum Thema Kunst.

Nun kann man anzweifeln, dass ein Verkehrspolizist Ihnen das eben von ihm geschossene Bild auch zur Veröffentlichung freigeben wird. Das dürfte umso mehr gelten, wenn Sie ein Porträt oder eine Nahaufnahme gemacht haben. Ist das Gesicht eines Beamten klar erkennbar, spielt es auch keine Rolle, ob das Streifenhörnchen besonders gut getroffen ist, vor Schönheit nur so strotzt oder trotz fehlender Makellosigkeit durch sein putziges Lächeln und seine drolligen Ohren besticht. Es kommt nämlich nicht darauf an, ob der freundliche Mensch in Uniform aus Ihrem POV heraus mit der Veröffentlichung des Bildes eigentlich nur gewinnen könnte.

Die Einwilligung kann allerdings dann unterstellt werden, wenn der Abgebildete für die Fotosession eine Entlohnung erhalten hat. Entgegen aller Gerüchte erhalten die fleißigen Beamten allerdings keine Provision für Strafzettel. Und selbst wenn es so wäre, hält der Staat die Hand ja wegen des Falschparkens und nicht wegen des »Kunstevents Knöllchenverteilen« auf. Damit Sie jetzt nicht auf falsche Gedanken kommen: Finger weg von Zuwendungen Ihrerseits! Schnell handeln Sie sich ein Verfahren wegen Bestechung ein.

Wurde Ihr Model nicht bezahlt, schmeißt es sich aber im Blitzlichtgewitter regelrecht in Pose, dann dürfen Sie durchaus auch von einer unausgesprochenen Einwilligung ausgehen. Männer in engen Uniformen, die leicht frivol tanzend ihre Schlagstöcke spielerisch in den Händen drehen, haben Sie aber höchstens beim Besuch einer Bühnenshow der Chippendales gesehen. Im echten Leben werden Sie den Beamten, der mit Ihrer Kamera wie ein Model »spielt«, nicht finden. Im Zweifel nur denjenigen, der ganz »spielerisch« Ihren Fotoapparat konfisziert. Denn auch wenn das Fotografieren selbst völlig in Ordnung geht, ist aus dem polizeilichen POV mit höchster Wahrscheinlichkeit damit zu rechnen, dass die gefertigten Lichtbilder anschließend von Ihnen ohne Zustimmung veröffentlicht werden. Es besteht diesbezüglich also angeblich eine sogenannte Gefahr der unerlaubten Verbreitung, und dann darf die Polizei so einiges: auf Ihren Personalien bestehen und womöglich Ihre Kamera – zumindest vorübergehend – einsacken, um irgendwelche angeblichen Löschungsansprüche durchzusetzen. Und eine solche Einschätzung der Gefahr ist aus dem POV der Polizei natürlich schnell gebastelt, ganz gleich, was Sie mit den Fotos wirklich vorhaben.

Irgendwie sogar nachvollziehbar. Man macht sich als Polizist eben häufig unbeliebt. Bei fast allen Aktionen wird man von mindestens einem der Anwesenden nicht gemocht. Der mutmaßliche Dieb, der Wegelagerer und der Falschparker, sie alle hegen einen gewissen Unmut gegenüber den Damen und Herren in Uniform. Durchaus und gerade auch dann, wenn die Polizisten ganz korrekt ihren Job machen. Und wenn ausgerechnet Sie meinen, ein Foto schießen zu müssen, dann werden Sie im Zweifel genau eine dieser nicht ganz so zufriedenen Personen sein.

Aber Moment! Es gibt sehr wohl Situationen, in denen die Polizei Ihnen das Fotografieren auch ohne Einwilligung nicht madig machen darf. Selbst dann, wenn die Verbreitung an eine interessierte Öffentlichkeit äußerst wahrscheinlich ist.

Wir erinnern uns: Problematisch wird es insbesondere, wenn es sich um Porträt- oder Nahaufnahmen handelt, auf denen das Gesicht eines Beamten klar erkennbar ist. Im Umkehrschluss ist also die Verbreitung solcher Bilder erlaubt, auf denen die Polizei als eine Art Beiwerk abgebildet ist.

Ein Beispiel gefällig? Stellen Sie sich einen großen Parkplatz vor. Den wollen Sie wegen der vielen schönen Sportwagen, die darauf stehen, fotografisch festhalten. Sie klettern also auf einen Baum oder steigen auf eine Mauer. Dann stellen Sie in Ihrer Kamera die Panoramafunktion ein und drücken ab. Nun befindet sich unter diesen 350 Fahrzeugen nicht nur zufällig der heiße Schlitten von Alexander Stevens. Nein, dort parkt auch Polizeioberwachtmeister Fritz, kurz POM Fritz (ein alter Kalauer unter Polizisten, man sieht, die Herren sind kreativ …). POM Fritz parkt seinen Streifenwagen mitten in der einzigen Halteverbotszone und konsumiert währenddessen genussvoll eine extragroße Portion Pommes frites. Sie drücken ab – völlig unabhängig von POM Fritz oder dessen Park- und Essverhalten, versteht sich. Darum geht es auf Ihrem sportlichen Panoramafoto doch nun wirklich nicht. Und so wird er auch nichts gegen eine hypothetische Veröffentlichung des Fotos haben dürfen. Auch dann nicht, wenn aufgrund der modernen Fototechnik selbst Panoramabilder derart hochauflösend sind, dass man POM Fritz nebst Pommes frites mittels der Vergrößerungsfunktion klar erkennen könnte. Das kann man Ihnen doch nicht so einfach unterstellen, bei diesem tollen Panorama. Und bei diesem heißen Schlitten von Alexander Stevens …

Und noch etwas: Wenn Sie ein Foto aus dem sogenannten »Bereich der Zeitgeschichte« fertigen, darf Ihnen ebenfalls kein Polizist reinfunken. Selbst wenn er nicht nur Beiwerk ist, sondern recht präsent das Foto befüllt.

Unter Zeitgeschichte fiele zum Beispiel ein Besuch der Queen in Deutschland. Nicht schon wieder, werden Sie vielleicht sagen. Keine Sorge, der letzte liegt noch nicht lange zurück. Und es ist ja auch nur ein Beispiel. Eng von der Polizei beschützt, winkt sie also in die tobende Menge. Hier können Sie nach Herzenslust draufhalten und anschließend die Bilder veröffentlichen. So wie Sie eben lustig sind. Auch wenn der Vordergrund weiträumig von der massiven Gestalt des POM Fritz ausgefüllt wird.

Zurück zur Zeitgeschichte: Gemeint sind Momente, die für die Nachwelt festgehalten werden »sollten«. Und manche Personen sind so dermaßen berühmt, dass sie immer und überall Zeitgeschichte schreiben. Allein schon, weil sie sich irgendwie, irgendwo, irgendwann der Öffentlichkeit zeigen. Das gilt vermutlich für die Queen genauso wie für unsere Bundeskanzlerin, für Lothar Matthäus, für Dieter Bohlen, für Beate Zschäpe (traurig, aber wahr) und vermutlich auch für Daniela Katzenberger, deren Mann und dessen Papa.

Bei anderen, weniger bekannten – deshalb aber nicht immer automatisch unwichtigeren – Personen entsteht die Zeitgeschichte nicht bereits automatisch durch ihre pure Anwesenheit. Beispielhaft kann man da vermutlich getrost die überwiegende Zahl der Ex-Bewohner des Dschungelcamps nennen, nahezu alle Ex-Insassen des Big-Brother-Hauses und die gesamte C-bis-Z-Promi-Bande. Darunter offen gesagt vermutlich auch die meisten Darsteller irgendwelcher Gerichts- und Gerechtigkeitsshows.

Bei all diesen Persönlichkeiten entsteht ein Moment der Zeitgeschichte erst durch ein gewisses Maß an Aktion. Mag also manch ein Z-Promi für sich alleine noch keine Zeitgeschichte schreiben, ändert sich dies womöglich bei entsprechend angepasster »Action«. Anders ausgedrückt: Allein durch das Erscheinen des Dschungelcamp-Gewinners entsteht noch kein Moment der Zeitgeschichte. Das wäre ja noch schöner! Stellt er sich aber mitten am Münchener Marienplatz hin und pieselt in einen Brunnen, sind wir vermutlich schon wieder mittendrin in atemberaubendem Zeitgeschehen. Auch die vermutlich nunmehr eingreifende Polizei muss dann damit leben, dass sie im selben Moment von Ihrer Handycam für die Nachwelt festgehalten wird. Die persönlichen Interessen des abgebildeten Beamten haben dann schlichtweg hinter dem drängenden Interesse der Öffentlichkeit an den Umtrieben der unwichtigen Person zurückzutreten.

Das Problem ist: Ihnen wird es ja meistens nicht darum gehen, überhaupt einen Polizisten vor die Linse zu bekommen. Womöglich geht es eher darum, einen Moment tatsächlichen oder vermeintlichen Fehlverhaltens der Ordnungshüter zu verewigen. Ein Strafzettel für den falschgeparkten SUV des Kollegen Alexander Stevens ist aber kein Moment der Zeitgeschichte. Da müsste Väterchen Zufall schon einen ganz besonders guten Tag haben und Ihnen just im selben Moment auch noch einen »echten« Promi durchs Bild schicken, meinetwegen Alexander Stevens himself.

Oder es gelingt Ihnen, zwei Fliegen mit einer Klappe zu schlagen. Mit etwas Glück schreiben die Polizisten, die Sie gerade bei der Arbeit fotografieren wollen, just durch diese Verrichtung ihrer Arbeit selbst Zeitgeschichte. Das wird zum Beispiel für sämtliche polizeiliche Auflösungsaktionen einer Versammlung gelten, beispielsweise einer Demonstration. Aber Vorsicht: Nicht jede Menschenansammlung ist auch eine Versammlung im rechtlichen Sinn. Das nichtgenehmigte Grillen im Park ist keine politische oder religiöse oder sonstige Veranstaltung.

Mag sein, dass ein Moment der Zeitgeschichte entsteht, wenn der Polizist einen uneinsichtigen Wildgriller brutal zu Boden bringt und ihm zur Fixierung seinen Stiefel gegen den Hals drückt. Wollen Sie dieses Zeitgeschehen zu Beweiszwecken oder auch zur Veröffentlichung festhalten, bedürfte es eigentlich keiner Einwilligung seitens der Polizei. Dass die Polizei Ihnen vor Ort aber tatsächlich die Kamera und überhaupt die Ruhe lassen wird, dafür will ich trotzdem lieber nicht die Hand ins Feuer oder in die Grillkohle legen. Auch wenn ein berechtigtes Interesse der Öffentlichkeit an so einer Situation sicherlich nicht von der Hand zu weisen ist.

Stichwort Öffentlichkeit: Besondere Privilegien genießt übrigens die Presse. Wegen der Pressefreiheit gilt im Umgang mit Vertretern dieser Zunft für die Polizei generell ein deutlich strengerer Maßstab. Grundsätzlich darf kein Fotoverbot gegen sie ausgesprochen werden. Denn ein Journalist sollte von seinem professionellen POV aus besser als der Durchschnittsbürger in der Lage sein zu entscheiden, ob er möglicherweise gerade Geschehnisse der Zeitgeschichte festgehalten hat oder nicht.

Wenn die Polizei ihm das Fotografieren trotzdem verbieten will, dann muss eine sachliche Klärung mit den Presseunternehmen durch die Einsatzleitung erfolgen. Und da geht es dann um das Ob und Wie der Verwendung und Veröffentlichung der Bilder. Dabei kann es zu vielfältigen Einzelfallentscheidungen kommen. Zudem: Sollten Sie beruflich Paparazzo sein, dann werden Sie Ihre Rechte im Detail vermutlich kennen.

Was also tun, wenn Sie das Vorgehen der Polizei unbedingt bildlich festhalten wollen, aber keinen Presseausweis zur Hand haben? Letztlich empfiehlt es sich, eine der geschilderten Ausnahmesituationen zu provozieren. Denn dann kann Ihnen die Polizei gar nichts – Einwilligung hin oder her.

Auf der sicheren Seite sind Sie vor allem immer dann, wenn um Sie herum Zeitgeschichte geschrieben wird. Nehmen Sie also einfach immer einen echten Promi mit auf Ihre Fotostreifzüge, zum Beispiel den berühmten Alexander Stevens. Dann lassen Sie ihn im richtigen Moment durchs Bild wackeln, und schon gelangen Sie über das gerade stattfindende Zeitgeschehen zur Berechtigung, das soeben bildlich eingefangene Verhalten der Polizei zu verbreiten. Und auf eine Einwilligung pfeifen Sie dann einfach.

Du kommst hier nicht rein – Völlig strafloser Hausfriedensbruch

Alexander Stevens

»Niemand hat die Absicht, eine Mauer zu bauen«, hieß es einmal vor längst vergangener Zeit. Und doch vergeht heutzutage kaum ein Moment, in dem wir uns nicht irgendwelchen Zugangshindernissen ausgesetzt sehen. Sei es der Aufkleber »Eisessen verboten« am Eingang zum Lieblingskaufhaus, die »handyfreie Zone« im Flughafen, aggressiv anmutende Überschriften an Bahnhöfen »Zutritt nur mit gültigem Fahrschein« oder die nicht selten gehörten, aber immerhin netten Abweisungen vom Türsteher wie »Heute nur für Stammgäste«.

Aber sind all diese dreisten, typisch deutschen Beschränkungen unserer Bewegungsfreiheit eigentlich rechtens? Was, wenn Sie doch mal mit einem Eis und trotz Verbotsschilds ins Kaufhaus gehen? Und was, wenn Sie mal wieder zusammen mit Ihren halbstarken Gangsterfreunden am Bahnhof abhängen, aber gerade nicht mit den ohnehin von steter Unpünktlichkeit geplagten Zügen der Deutschen Bahn fahren wollen? Und was ist, wenn Ihnen einmal mehr der Zutritt zur Nobeldisco P2 verweigert wird, wo doch ausgerechnet dort immer die heißesten Girls abhängen?

Kein Problem, da sind Sie nämlich nicht allein. Denn meinem Kollegen Stephan Lucas geht es da ganz ähnlich. Mal abgesehen davon, dass auch ihn niemand im P2 haben will, macht er sich auch sonst im Leben nur wenig Freunde. Und ich meine, daher auch schon erste Stephan-Lucas-Verbotsschilder an diversen Kaufhäusern in der Münchener Fußgängerzone entdeckt zu haben. Stören tut ihn das aber herzlich wenig, und der Grund dafür liegt einmal mehr in unserem Strafgesetzbuch, das Herr Lucas zwar nicht ganz so gut beherrscht, aber, wie heißt es so schön:

Auch ein blindes Huhn findet mal ein Korn oder eben eine Gesetzeslücke.

Paar Beispiele gefällig?

Fangen wir doch einfach mal mit den Leuten an, die man als Laden- oder Restaurantbesitzer nicht in seinen Räumlichkeiten haben will – die Schmarotzer und Nichtbezahler. Sie werden mir recht geben: Auf Leute, die durch Kaufhäuser flanieren, nur um sich dort aufzuwärmen, oder die Toiletten von Restaurants benutzen, ohne sich ein üppiges Essen zu bestellen, kann man gut verzichten. Aber wie ist das eigentlich rechtlich? Kann man die nicht einfach rausschmeißen oder mit martialischen Schildern voller Drohungen fernhalten?

Fragen Sie einfach den Kollegen Lucas. Denn der kann Ihnen eine ganze Partitur davon singen, wie es ist, zu ebenjenen zu gehören, die man lieber draußen als drinnen hat. Wobei Sie ihn wahrscheinlich besser nicht singen hören wollen.

Erinnern Sie sich doch mal an diesen längst vergangenen, aber nicht weniger unleidigen Pokémon-GO-Hype! Da sah man in jeder Stadt weltweit unzählige Menschen jeden Alters durch die Straßen und Gassen schlendern, den Blick stur auf das Smartphone gerichtet. Alle auf der Suche nach imaginären (Poké-) Monstern, die man per App einsammeln musste. Und wer, glauben Sie nun, musste natürlich und vor allem trotz seines digitalen Einwandererstatus mit an vorderster Front dabei sein?

Richtig, Pokémonster Lucas.

Wo andere Pokémonjäger auf der Suche nach den imaginären Biestern vor Kaufhäusern, Restaurants oder gar Behördengebäuden haltmachten, war Kollege Lucas der Erste, der hier seine Chance witterte. Sehr zur Verärgerung der Hausrechtsinhaber natürlich.

So zum Beispiel, als Kollege Lucas an seinem Stammrestaurant (McDonald's) vorbeikommend, den schicken Laden betrat, um angestrengt einen Pokémon zu fangen, ohne aber – wie sonst üblich – dort auch seine tägliche Ration (zwei Big Macs, drei Cheeseburger, ein MacChicken, zwei große Cola nebst großer Pommes und als Nachtisch ein McFlurry mit Extraportion Smarties) zu bestellen. Lediglich mit einem frisch gefangenen Pokémon verließ er den »Mäc«, um nach weiteren Monstern zu suchen.

Wo soll nun das strafrechtliche Problem liegen, fragen Sie sich?

Kleiner Tipp: § 123 Strafgesetzbuch, Hausfriedensbruch! Denn wer unter anderem in Geschäftsräume widerrechtlich eindringt oder ohne Befugnis darin verweilt, ohne sich auf Aufforderung zu entfernen, der wird mit Freiheitsstrafe bis zu einem Jahr oder mit Geldstrafe bestraft.

Jetzt wird der ein oder andere Leser sagen: »Ja, Moment mal, der McDonald's ist doch ein öffentlicher Ort, da kann doch jeder rein, genauso wie etwa in einen Kaufhof, Supermarkt oder sonstigen Laden auch? Außerdem ist der Stephan Lucas doch Stammkunde!«

Mag alles sein, zu bedenken gebe ich nur: Wollen Restaurants, Kaufhäuser, Supermärkte und andere Geschäfte auch wirklich jedem Menschen Eintritt in ihren Laden gewähren? Auch potenziellen Ladendieben oder Räubern? Doch ganz sicher nicht! Und vermutlich auch nicht denjenigen, die sich nur sinnlos im Laden herumtreiben, ohne jemals etwas zu kaufen. Obdachlose, die sich nur aufwärmen wollen, oder eben solche Freaks wie Stephan Lucas, die nur auf der Jagd nach Pokémons sind. Und der Straftatbestand des Hausfriedensbruchs bestraft grundsätzlich jedes Betreten gegen oder ohne den Willen des Eigentümers, des Besitzers oder des Personals.

Aber ehe wir jetzt vorschnell den armen Lucemon, äh, Lucas wegsperren – bei öffentlichen Gebäuden gibt es einen entscheidenden Unterschied:

Wo bei privaten Räumlichkeiten für Fremde ein generelles Betretungsverbot herrscht, fordern Restaurants und Geschäfte geradezu zum Eintritt auf. Und genau deswegen gilt für öffentlich zugängliche Räumlichkeiten grundsätzlich einmal auch eine generelle Zutrittserlaubnis. Schließlich weiß ja auch der Laden- oder Geschäftsinhaber zu dem Zeitpunkt, in dem ein Mensch seine Räumlichkeiten betritt, nicht, ob es sich um einen zahlungskräftigen oder kaufunwilligen Kunden handelt. Und wenn dem Laden- oder Geschäftsinhaber der herumlungernde Kunde nicht passt, kann er ihn immer noch auffordern, seine Räumlichkeiten zu verlassen. Oder ihn gleich vor dem Betreten aussieben, durch einen Türsteher zum Beispiel.

Genau deshalb liegt auch kein Hausfriedensbruch vor, wenn jemand ohne konkrete Kaufabsicht oder sogar zu völlig geschäftsfremden Zwecken einen öffentlich zugänglichen Laden betritt. Denn solche Geschäftsräume laden schließlich genau hierzu ein. Und solange kein entgegenstehender Wille klar und ausdrücklich kommuniziert wird, muss ein Ladenbesitzer oder Geschäftsherr eben diejenigen persönlich seines Hauses verweisen, die er nicht dahaben möchte.

Ergo konnte auch Stephan Lucas als potenzieller Kunde ohne weiteres in den McDonald's gehen. Angezeigt hätte ihn sowieso niemand: Dass er reger Fastfood-Verzehrer ist, sieht man ihm ja ohnehin schon rein äußerlich an. Es schien daher ziemlich wahrscheinlich, dass er sich im Zuge der eifrigen Pokémonjagd doch noch sein üppiges Happy Meal kaufen würde – diesmal aber to go.

Wie immer gibt es da noch ein ABER: Denn die generelle Zutrittserlaubnis von potenziellen Kunden zu öffentlich zugänglichen Räumlichkeiten findet ihre Grenze, wenn offensichtlich und äußerlich erkennbar wird, dass man den Besucher nicht in seinen Räumen haben möchte.

Extremes Beispiel: Wenn ein maskierter Kassenräuber den Laden oder das Geschäft betritt. Einen Räuber möchte man nämlich unter keinen Umständen im Laden haben. In solchen Fällen ist die generelle Zutrittserlaubnis von vornherein widerrufen.

Wenn also Stephan Lucas bei seinem nächsten Besuch bei McDonald's zwar einen dicken Cheeseburger kauft, aber danach noch – ohne etwas zu verzehren – in die Räumlichkeiten des teuren veganen Luxusrestaurants Goldene Rübe geht, um dort seinem Idol Hansi Hinterseer aufzulauern, könnte die Sache schon anders aussehen, oder? Immerhin ist die Goldene Rübe ein Laden, in dem Stephan Lucas nie im Leben freiwillig etwas konsumieren würde. Für gesundes oder gar veganes Essen gibt er aus Prinzip kein Geld aus. Auch äußerlich wäre Stephan Lucas mit seinem Autogrammjäger-Mäppchen in der Hand ganz offensichtlich erkennbar auf Promi- und nicht auf Sojaschnitzeljagd, versteht sich. Und mit seinem Cheeseburger to go zwischen den Zähnen würde er auch mehr als deutlich machen, was er von veganem Essen hält.

Könnte jetzt für Lucas dasselbe wie für den Kassenräuber gelten, nämlich der Widerruf der generellen Zutrittserlaubnis, wenn er das exklusive Restaurants nur zum Zweck des Autogrammjagens betreten will?

Um die Sache aufzulösen: Nein. Stephan Lucas macht sich als bekennender Hansi-Hinterseer-Fan (leider) auch hier nicht des Hausfriedensbruchs strafbar, ebenso wenig der Obdachlose, der sich nur aufwärmen möchte. Zwar mag es bei Herrn Lucas ähnlich offensichtlich sein wie beim maskierten Räuber, dass er ganz bestimmt nicht hier ist, um die kulinarischen Köstlichkeiten zu genießen. Bei Autogrammjägern lässt sich allerdings nicht von vornherein darauf schließen, dass sie als Kunden gänzlich unerwünscht sind. Immerhin hat es sich für Herrn Lucas bei McDonald's ja auch angeboten, sich bei der Gelegenheit noch einen fetten Cheeseburger zu gönnen. Und wenn es dem Personal des Edelveganers zu blöd mit dem jagenden Lucas wird, dann können sie ihn ja immer noch rausschmeißen und des Hauses verweisen. Wenn er dann trotz unmissverständlicher Aufforderung noch bleiben sollte, wäre er aber wirklich wegen Hausfriedensbruchs dran.

Und um dabei gleich noch mit einem anderen Mythos aufzuräumen: Wenn an der Eingangstür Aufkleber mit skurrilen Verboten wie Handy-, Eis-, Hunde- oder gar Pokémonverbot angebracht sind, haben sie – abgesehen davon, dass sie potenzielle Kunden abschrecken mögen – strafrechtlich keinerlei Bedeutung. Zwar wird rein formal der Zutritt ausdrücklich verboten, das Verbot aber durch die faktische Öffnung »unter den Augen des Verkaufspersonals« wieder aufgeweicht und dadurch aufgehoben. Denn anders als der maskierte Bankräuber, der garantiert in jedem Fall schon beim Betreten gänzlich unerwünscht ist, gewährt in der Praxis das Verkaufspersonal demjenigen, der gegen irgendwelche Schilder verstößt, dennoch wortlos Zugang. Er wird quasi toleriert – zumindest noch beim Betreten. Das Personal müsste also direkt zu der unerwünschten Person gehen und sie auffordern, den Laden zu verlassen.

Im Übrigen wäre eine andere Auslegung des Gesetzes schlicht unpraktikabel, da sich ansonsten quasi ununterbrochen Menschen wegen Hausfriedensbruchs strafbar machen würden. Es könnten streng genommen auch keine Testkäufe für Preisvergleiche oder Verbraucherzentralen durchgeführt werden, selbst der klassische Einkaufsbummel ohne konkrete Kaufabsicht geriete zur rechtlichen Grauzone. Und der kaufinteressierte, aber eisessende Millionär respektive die mit Mops im Arm shoppende Millionärsgattin hätten trotz üppiger Käufe eine Verurteilung wegen Hausfriedensbruchs zu befürchten, weil ein entsprechendes Verbot an der Türe klebte.

Und selbst der zur kriminellen Tat festentschlossene Ladendieb begeht noch keinen Hausfriedensbruch, solange er sich äußerlich neutral verhält. Sonst müsste letztlich auch der heißblütige Latino-Lover der Tochter bestraft werden, der diese zu einem Schäferstündchen gegen den Willen des Vaters besucht. Selbst dann, wenn der Vater ihm zuvor die Türe noch bereitwillig geöffnet und ihn zunächst in der irrigen Absicht eingelassen hat, ihm die vermeintliche Unterstützung der Tochter beim »Mathelernen« zu ermöglichen.

Zusammengefasst: Erweckt jemand den Eindruck eines »ordnungsgemäßen Benutzers«, liegt ein Hausfriedensbruch nur vor, wenn zuvor ein individuelles Hausverbot erteilt worden ist.

Und für all diejenigen unter Ihnen, die beim Eisessen, Gassigehen, Autogrammjagen oder bei anderen verbotenen Aktivitäten im Supermarkt Ihres Vertrauens erwischt worden sind und jetzt ein Hausverbot ausgesprochen bekommen haben, kein Problem: Denn wenn Sie sich künftig einfach unbemerkt am Personal vorbeischleichen, ist das auch nicht strafbar, denn die Vorschrift des Hausfriedensbruchs soll ja nicht vor Täuschung schützen.

Dasselbe gilt übrigens auch, wenn es zu einer solchen Täuschung gar nicht erst kommt, weil der Hausherr es unterlässt zu kontrollieren, ob auch Personen mit Hausverbot den Laden betreten. Deshalb können auch Stadionverbote nur dann rechtliche Wirkung entfalten, wenn sie individuell ausgesprochen wurden und beim Einlass auf diese hin kontrolliert wird. Denn wie gesagt: Wer sich einschleicht, dringt nicht ein, selbst dann, wenn gegen ihn ein individuelles Verbot ausgesprochen wurde und die Kontrollpersonen beim Einlass getäuscht werden.

Böse Zungen behaupten übrigens, diese relativ liberale Gesetzeslage existiere nur, um findige Polizisten zu schützen. Denn die vielen Schlupflöcher rund um den Hausfriedensbruch gelten natürlich auch umgekehrt. Zum Beispiel dann, wenn sich etwa die Polizei den Zutritt zu einer Wohnung durch einen Trick verschafft.

Also Obacht, wenn sich Polizisten plötzlich als verschollene Enkel an Ihrer Haustüre ausgeben …

Und wer den ganzen Schmu rund um den Hausfriedensbruch zum Exzess treiben will, der bestehe beim nächsten Discobesuch unter allen Umständen auf Einlass. Selbst wenn der Türsteher Sie schon weit vorm Eingang mit den altbekannten Worten »Du kommst hier nicht rein« begrüßt. Ja, Sie haben ganz richtig gehört!

Denn jemandem ein rechtswirksames Hausverbot zu erteilen ist in Deutschland gar nicht so einfach: Bei »elementaren Wertverletzungen« verliert die Ausübung des Hausrechts nämlich wegen Sittenwidrigkeit ihre Wirksamkeit. Dies muss beispielsweise angenommen werden, wenn Gaststätteninhaber Ausländern den Zutritt versagen oder bei einem generellen, nicht durch die Natur der Veranstaltung bedingten Krawattenzwang. Hierin sei nach Ansicht der Rechtsprechung ein Verstoß gegen die Menschenwürde zu sehen. Und nachdem heutzutage so ziemlich alles unter »Political Correctness« subsumiert werden kann, wäre der Satz des Türstehers »Heute nur für Stammgäste« ziemlich diskriminierend, finden Sie nicht auch?

Aber bevor Sie sich jetzt mit aufgepumpten Türstehern anlegen, suchen Sie Ihre Pokémons oder die kurze Aufwärmphase zwischen Ihrem illustren Weihnachtsshopping anstatt in der kalten Fußgängerzone lieber gleich in den vielen staatlichen Gebäuden und solchen des öffentlichen Dienstes. Denn dort herrschen geradezu idyllische Zustände für all diejenigen, die alles Nichtbehördliche erledigen wollen. Der rechtlich eingeräumte Gemeingebrauch verdrängt nämlich das ansonsten grundsätzlich »freie« Hausrecht des Inhabers. Da ein Bürger bei Behörden oder staatlichen Einrichtungen jederzeit ein »Informationsrecht« und damit sogar ein Recht auf Einsicht in den Behördenablauf hat (das sogenannte Demokratieprinzip), setzt der Erlass eines Hausverbots gegenüber einem Bürger eine »nachhaltige Störung des Dienstbetriebs« voraus. Übersetzt heißt das: Dort können Sie so ziemlich alles treiben, ehe Ihnen ein Hausverbot droht. Will also Stephan Lucas seine Pokémons wieder mal im Gerichtssaal jagen, sich dort gemütlich aufwärmen oder aber nur auf Autogrammjagd gehen, dann ist das völlig legitim – solange er dabei den ordnungsgemäßen Ablauf der Gerichtsverhandlung nicht stört.

Die »echte« Louis Vuitton aus Patpong – Wie Sie legal Markenprodukte kaufen, einführen und zu Geld machen

Alexander Stevens

Es ist wirklich kein Geheimnis: Die Louis-Vuitton-Tasche (Modell Monogram Canvas), mit der Kollege Lucas seit geraumer Zeit äußerst stolz herumläuft, ist nicht nur die 20-€-Fälschung eines zwielichtigen türkischen Basars, nein, sie ist eine ziemlich schlechte Fälschung obendrein. Verziert ist das gute Stück mit diversen, möglichst auffälligen Attributen, welche die »Authentizität« der Tasche besonders unterstreichen sollen. Dazu zählt eine völlig überdimensionierte Goldplakette, die zwar auf der originalen Tasche nicht zu finden ist, ihre Wirkung auf Herrn Lucas aber nicht verfehlt. Sie führt unter anderem dazu, dass er gleich noch eine ganze Ecke stolzer durch Bahnhöfe, Flughäfen und Hotellobbys flaniert. Gleichzeitig führt die Plakette dazu, dass – abgesehen von Stephan Lucas selbst – der blutigste Laie schnell erkennt, dass es sich bei der Tasche um alles andere, nur um keine echte Louis Vuitton handelt. Immer wieder spreche ich den Kollegen Lucas etwas spöttisch auf seine »Louis Patpong« an, in Anspielung auf das thailändische Glasscherbenviertel, wo einem die »echten« Louis-Vuitton-Taschen nur so nachgeschmissen werden. Kollege Lucas ist allerdings bis heute der Überzeugung, dass ich damit lediglich das Modell seiner Tasche meinen würde und nur mit vermeintlich tiefgründigen Kenntnissen des Taschensortiments diverser Luxusmarken prahlen möchte. Falsch gedacht!

Besonders skurril wurde es, als Kollege Lucas nach einer »Konferenz« in der Türkei (in Wirklichkeit war es wohl eher ein billiger Kurzurlaub, den er seinen überarbeiteten Kanzleikollegen als »Fortbildung« in was auch immer verkauft hat) mit einer dort erworbenen Louis Vuitton bei der Einreise am Münchner Flughafen demonstrativ an den Zollbeamten vorbeiflanierte. Stolz zeigte er damit den Flughafenmitarbeitern, was für ein ganz besonders »hübsches« (Damen-)Handtäschlein er doch jetzt besaß. Übrigens ganz offensichtlich, ohne sich auch nur den Hauch eines Gedankens zu den möglichen Rechtsfolgen der Einfuhr eines nicht sonderlich echten Handtäschleins zu machen. Denn wer hat sich noch nicht gefragt, wie es sich denn eigentlich rechtlich mit gefälschten Markenprodukten verhält? Darf man sie überhaupt straflos erwerben und besitzen, geschweige denn nach Deutschland einführen? Und was, wenn man die Fälschung verkauft, zum Beispiel höchstbietend bei eBay, um Geld für ein Original anzusparen?

Wie schon mehrfach erwähnt, ist in Deutschland so ziemlich alles durch Gesetze geregelt, selbstverständlich gibt es im Strafrecht auch einen eigenen Paragraphen in Sachen Markenrechte und Verstöße gegen diese. Stark verkürzt zusammengefasst steht in § 143 Abs. 1 Markengesetz, dass mit Freiheitsstrafe bis zu drei Jahren oder Geldstrafe bestraft wird, wer im geschäftlichen Verkehr eine eingetragene Marke widerrechtlich benutzt.

Dass es sich bei dem Label Louis Vuitton um eine eingetragene Marke handelt, ist so weit völlig klar. Keine Rolle spielt auch, wenn eine gefälschte Tasche richtig schlecht gefälscht ist, wie es beim Kollegen Lucas ebenso unzweifelhaft der Fall ist. Es kommt dem Gesetzgeber hier nicht auf eine tatsächliche Verwechslungsgefahr an, sondern auf die unbefugte Nutzung der Marke.

Und dass Herr Lucas das neckische »Marken«-Täschlein auch durchweg benutzt, steht außer Frage. Wobei »benutzen« im strafrechtlichen Sinn nicht das Mit-sich-Führen oder Besitzen der Tasche meint, sondern den reinen Import, das Anbieten bei eBay oder auf dem Flohmarkt sowie das Besitzen zu diesen Zwecken.

Widerrechtlich ist diese Benutzung auch, da Stephan Lucas eben Stephan Lucas heißt und nicht Louis Vuitton beziehungsweise er mangels entsprechender Französischkenntnisse auch leider nicht beim Markeninhaber anrufen konnte, um um Erlaubnis für die Benutzung zu bitten.

Man könnte also fast meinen, Herr Lucas stand schon fast mit einem Bein im Knast, als er inbrünstig und voller Stolz mit seiner Louis Patpong am Zollbeamten vorbeiflaniert ist.

Ganz so einfach ist die Sache aber nicht, auch wenn ich es mir in Anbetracht des Flughafenflaneurs Lucas manchmal wünschen würde. Um sich nämlich wegen einer Markenrechtsverletzung tatsächlich strafbar zu machen, muss man das gefälschte Produkt zusätzlich auch »im geschäftlichen Verkehr« benutzen. Und mit Geschäftsverkehr ist nicht etwa der Kauf eines Markenprodukts gemeint, sondern vielmehr die Benutzung im Zusammenhang mit einer auf einen wirtschaftlichen Vorteil gerichteten kommerziellen Tätigkeit – also keinesfalls im rein privaten Bereich.

Will also heißen, solange Kollege Lucas sich nur eine oder zwei solcher gefälschten Louis-Vuitton-Täschchen leistet, um sie ausschließlich für private Zwecke zu verwenden, kann er auch zukünftig wieder bei der Einreise mit seinem zufrieden angeberischen Grinsen an den Zollbeamten vorbeiflanieren und dabei genüsslich seine Louis Patpong streicheln.

Wer also im Urlaub oder sonst wo mehr oder weniger offensichtlich gefälschte »Marken«-Produkte kauft, möge sich künftig keinen Zwang antun, solange man das Zeug nur für sich selbst kauft. Der Zoll toleriert in der Regel bis zu zwei solcher Produkte – in Erklärungsnot wird man dagegen geraten, wenn man gleich zehn von den Dingern mitbringt, denn dann deutet doch einiges auf eine kommerzielle Tätigkeit hin.

Apropos kommerziell: Was, wenn Lucas meinen Spott und die Häme leid ist und sich entschließt, seine klumpige Tasche endlich loszuwerden, indem er sie zum Beispiel bei eBay verkauft? Oder besser noch an einen seiner Mandanten?

Tja, auch hier entscheidet sich des Rätsels Lösung wiederum allein an der Frage der Geschäftsmäßigkeit. Und nach der herrschenden Ansicht in der Rechtsprechung liegt eine Teilnahme am Geschäftsleben durch Wahrnehmung eigener oder fremder Geschäftsinteressen – so die Definition – beim Verkauf einer einzigen Tasche noch nicht vor. Daher könnte Lucas in diesem Fall – der natürlich rein hypothetisch ist, Lucas würde seine echte Louis Patpong niemals freiwillig hergeben – auch nicht rechtmäßig abgemahnt werden. Denn hierzu müsste er geschäftsmäßig handeln.

Eine einzige Fake-Tasche auf eBay zu verticken ist also auch nicht strafbar. Wer aber häufiger Fake-Produkte verscherbelt, muss aufpassen. Ach, und Herrn Lucas sei dringend angeraten, beim (einmaligen) Verkauf anzugeben, dass es sich um eine Markenfälschung handelt, andernfalls drohen ihm Schadensersatzforderungen. Wer nämlich in seinem Angebot eine Louis-Vuitton-Tasche anpreist (auch ohne den Zusatz »echt«), ist, egal, wie günstig er sie anbietet, zur Lieferung eines Originalprodukts verpflichtet und schuldet dem Käufer gegebenenfalls den Wert einer echten Tasche als Schadensersatz.

Es sei denn, Sie finden einen ähnlich markengeblendeten Käufer wie Herrn Lucas, den Sie mit überdimensionierten Aufdrucken und Plaketten von der »Echtheit« des Produkts überzeugen können.

Hessen sehen und sterben

Stephan Lucas

Eines kann ich Ihnen sagen: Was ich mir von meinem jungen Kollegen Stevens manchmal anhören muss, das ist nicht feierlich. Da gibt's dann Diskussionen, die nicht enden wollen.

Klar, das muss man aushalten können. Dafür sind wir schließlich streitfähige Juristen. Und an sich streite ich ja auch gerne. Aber eigentlich macht es mir viel mehr Spaß, mit Lexi die Nächte durchzuzechen. Gemeinsam mit vollem Karacho und Skiern unter den Füßen die beschneiten Abhänge von St. Moritz runterzurasen oder zusammen im Tonstudio Songs einzusingen, auf die die Welt nur so gewartet hat.

Aber wie gesagt, manchmal läuft es halt nicht ganz so harmonisch. Mit Blick auf dieses Kapitel höre ich ihn schon wieder Sätze wie »Keiner will das lesen, mein Lieber!« oder »Hör doch auf, die Leute damit zu langweilen!« sagen.

Der hat gut reden. Meint wohl, die Leute wollen immer nur über Sex lesen. Aber wissen Sie was? Er ist eben kein Hesse. Sonst würde er das nämlich ganz anders sehen.

Ich weiß gar nicht, was der Stevens eigentlich genau ist. Als ich ihn kennenlernte, schrieb er sich noch mit ph statt mit v. Also nicht Stevens, sondern Stephens. Ich habe ihn auch anfangs immer mit seinem ursprünglichen Namen angesprochen, phonetisch völlig korrekt mit kurzem e – Stephens eben. Das gefiel ihm ganz und gar nicht. »Nein«, sagte er dann jedes Mal energisch: »Ich heiße Stiiiiieevens.« Und dann kam irgendetwas schwer Nachvollziehbares von wegen englischer Herkunft.

Erst neulich, bei seinem letzten London-Trip, postete er ein Foto bei Facebook und betitelte es mit dem Wort »Heimat«. Andererseits habe ich mal gehört, dass dieser alte Brite seine Kindheit überwiegend in München-Schwabing verbracht und die Schulzeit bei den Regensburger Domspatzen durchlebt hat. Egal.

Ich jedenfalls bin Frankfurter – und damit Hesse. Warum das für dieses Kapitel, das der Stiiiiieevens ja so unfassbar langweilig findet, sehr bedeutsam ist? Passen Sie nur auf! Es hat definitiv mit meiner Herkunft zu tun. So viel sei schon mal verraten. Und die ist bei mir eben eindeutig nachvollziehbar.

Geboren in Dribbdebach – also zugegebenermaßen auf der falschen Mainseite Frankfurts –, zog ich bereits im zarten Alter von einer Woche nach Hibbdebach. Dribbdebach bedeutet nichts anderes als »jenseits des Flusses«. Dort liegt nicht zuletzt auch der – zugegeben – wunderschöne Stadtteil Sachsenhausen. Aber ich gehörte eben immer schon nach Hibbdebach, und das liegt logischerweise »diesseits des Flusses« im Frankfurter Norden. Dort bin ich aufgewachsen.

Und was soll ich sagen: Ich bin und bleibe durch und durch ein echter Lokalpatriot. Und das fällt mir bei dieser wunderschönen Stadt am Main auch nicht gerade schwer. Neben London, Warschau und Moskau ist Frankfurt eine der wenigen europäischen Städte mit echter Skyline. Bei diesem internationalen Ruf können sich die meisten Auswärtigen zunächst gar nicht vorstellen, dass die Metropole Frankfurt gerade einmal rund 700 000 Einwohner hat. Nicht zuletzt in diesem scheinbaren Widerspruch liegt Frankfurts ganz besonderer Charme: eine Weltstadt, die letztlich eben doch klein und bisweilen ganz schön »frankfurterisch« daherkommt.

Wäre da nicht dieser kleine, doch bedeutsame Makel, den wir Hessen alle mit uns herumschleppen. Und damit sind wir beim eigentlichen Thema. Und Alex, dein freches »Langweilig«-Gefasel ist mir mittlerweile auch egal. Ich fühle mich als bekennender Frankfurter und Hesse eben in einer gewissen lokalpatriotischen Pflicht! Und das kannst du britischer Halb-Regensburger, Halb-Münchner Semi-Kosmopolit eben nicht nachfühlen.

Also, ich lass es jetzt raus. Bitte festhalten. Denn es könnte Sie umhauen. In Hessen, diesem wunderschönen Fleckchen Erde mit dieser ebenso wunderschönen, pulsierenden Weltstadt am Main, gibt es etwas, das es in ganz Deutschland nicht gibt. Sind Sie bereit? Dann lesen Sie weiter: In Hessen gilt heute noch die Todesstrafe! Puh. Lassen Sie's erst mal sacken.

Und dann weiter im Text. Denn es ist wahr. In der hessischen Landesverfassung unter Artikel 21 ist es schwarz auf weiß zu lesen: »Ist jemand einer strafbaren Handlung für schuldig befunden [...], kann er zum Tode verurteilt werden.«

Aber der Reihe nach: Das ist zunächst definitiv mal eine deutliche Ansage. Und es gibt sie nun schon seit 1946. Kurz nach Kriegsende trat nämlich die hessische Verfassung als erste deutsche Nachkriegsverfassung durch eine Volksabstimmung in Kraft. Rund 76 Prozent der hessischen Bevölkerung hatten ihr zugestimmt. Diese Zustimmung galt eben auch der Möglichkeit, besonders harte Verbrechen mit dem Tode zu bestrafen. Und seither wurde die Todesstrafe auch in etlichen Fällen verhängt. Etwas zynisch gesagt: Man war, frisch nach dem Krieg, wohl noch ein bisschen im »Thema« drin. Anders kann ich mir diese juristische Fehlleistung im sonst so liberalen Hessen jedenfalls nicht erklären.

Nun wollen Sie vermutlich garantiert nicht zum Tode verurteilt werden. Wer möchte das schon? Und ich kann Sie da auch gleich beruhigen. In keinem einzigen Fall wurden die verhängten Todesstrafen bislang vollstreckt. Die letzte Hinrichtung in Hessen liegt im Gegenteil sehr lange zurück: Im Jahr 1864 wurde in Marburg ein Schuhmacher namens Ludwig Hilberg mit dem Schwert exekutiert. Er hatte zugegeben, seine schwangere Geliebte getötet zu haben.

Lesen Sie in diesem Zusammenhang vielleicht noch einmal mein Kapitel *Reden ist Silber, Schweigen ist Gold*. Was hatte ich da zum Thema gesagt? Richtig. Im Zweifel lieber die Klappe halten. Der Beschuldigte Hilberg hat das bei seinem unschönen Geständnis womöglich nicht so ganz auf dem Schirm gehabt.

Er hatte es allerdings damals auch nicht leicht. Ein schlaues Buch wie dieses gab es wohl noch nicht. Und von verschiedenen Fachtagungen weiß ich, dass die Strafverteidigung seinerzeit ein bisschen brachlag.

Sei's, wie es ist. So ein letztes, wirklich abschließend beruhigtes Durchatmen ist bei Ihnen vermutlich ausgeblieben.

Denn so schön es auch ist, dass seit über 150 Jahren in Hessen niemand mehr hingerichtet wurde – so ein Todesurteil an der Backe zu haben ist kein angenehmes Gefühl. Und wer garantiert, dass es sich die Vollstrecker nicht in Zukunft mal anders überlegen?

Aber ich kann Sie auch hier beruhigen: Drei Jahre nach Inkrafttreten der hessischen Verfassung änderte sich noch etwas anderes ganz entscheidend. Im Jahr 1949 trat unser Grundgesetz in Kraft. Und seither können selbst die blutrünstigsten aller hessischen Richter die Todesstrafe gar nicht mehr verhängen. So schlimm ein Verbrechen auch gewesen sein mag. Denn es gilt der Grundsatz: Bundesrecht bricht Landesrecht.

Und Artikel 102 des deutschen Grundgesetzes besagt ganz einfach und eindeutig: »Die Todesstrafe ist abgeschafft.« Deswegen ist sie in Hessen außer Kraft gesetzt und kann auch nicht als Strafmaß angewendet werden. Und da spielt es dann auch keine Rolle, ob es den einen oder anderen Hardliner-Richter vielleicht hier und da jucken könnte.

Ein kluger Richter aus Berlin hat den berühmt-berüchtigten Artikel 21 als »Zombie in der hessischen Landesverfassung« beschrieben. Und ich meine, er trifft damit den Nagel ganz gut auf den Kopf. Zu Recht fährt er fort: »Eine Verfassung sollte etwas Besonderes sein. Dieser Artikel ist für Hessen eher peinlich.« Das ist er in der Tat. Deshalb ja auch mein langes Vorgeplänkel. Sie sehen es mir mittlerweile mit Sicherheit nach.

Aber es bleibt die Frage, warum die Todesstrafe dann eigentlich immer noch im Gesetzbuch des Landes Hessen steht?

Eine recht gute Erklärung wäre der hierfür erforderliche Volksentscheid. Ein solcher ist nämlich notwendig, um den besagten Artikel streichen zu können. Und vielleicht will man ja einfach nur nicht riskieren, dass unser schönes Hessen nach so einem Entscheid noch blöder dasteht als jetzt schon. Was wäre wohl los, wenn eine starke Minderheit im zweistelligen Prozentbereich für die Beibehaltung der Todesstrafe votieren würde? Dann wäre Hessen die Todesstrafe zwar los, aber das Signal im wahrsten Sinne des Wortes fatal.

Hessen bleibt damit allerdings vorerst weiterhin »bemakelt«. Andererseits fällt dieser Makel bei all den unfassbar schönen Dingen, die Hessen nun mal zu bieten hat, vielleicht ja gar nicht so sehr ins Gewicht, oder?

Ach ja: Was aus den bislang Verurteilten geworden ist? Ehrlich gesagt, ich weiß es nicht. Womöglich haben sie sich alle mittlerweile auf ganz natürliche Weise aus dem Leben verabschiedet.

Na, komm schon, Stiiiiieevens, mein Lieber! Schau dir Hessen und »mein« Frankfurt doch einfach endlich mit mir zusammen an. Und weißt du was? Zum Henker mit der Todesstrafe.

Bezahlter Sex ohne Bezahlung

Alexander Stevens

Sex ist ja bekanntlich in den Köpfen vieler Menschen eng mit Moral verbunden. Manche Menschen, wie Kollege Lucas zum Beispiel, lehnen entsprechend sogar jedweden Sex ab und leben ein Leben in Enthaltsamkeit. Andere leben zwar extrem unkeusch, würden dies aber niemals offen zugeben. Wieder andere leben eher unfreiwillig in Keuschheit. Wie heißt es so schön in diesem alten Sprichwort: »Man lobe nicht als Sittsamkeit den Mangel an Gelegenheit.« Stephan Lucas kann jedenfalls ein langes Lied davon singen.

Nun gibt es ja durchaus eine Möglichkeit für unfreiwillig keusche Mitmenschen, sich auch ohne positive Wirkung auf das andere Geschlecht sexuelle Aktivität zu verschaffen. Prostitution ist zwar gesellschaftlicher Alltag, aber gleichzeitig ein ständiges Tabu. Der Bezahlsex gilt als ganz besonders verrucht und unmoralisch, manch einer sieht darin sogar eine unverzeihliche Sünde.

Ich für meinen Teil möchte Ihnen im Folgenden jede moralische Bewertung ersparen. Das ist auch gar nicht nötig, hat diese doch für uns Juristen der deutsche Gesetzgeber längst getroffen. Bereits im Jahr 2001 wurde das horizontale Gewerbe nämlich ganz offiziell gesetzlich anerkannt und damit quasi auch legalisiert.

Begründet wurde dieser Schritt von unseren ehrbaren und altruistischen Politikern im Übrigen mit dem Ziel, die Prostituierten besser zu »schützen«. Schließlich können diese seit Einführung des sogenannten Prostitutionsgesetzes, das die neckische Abkürzung ProstG trägt, theoretisch ganz offiziell eine Sozialversicherungsnummer, die Rente und Arbeitslosengeld beantragen. Nun ja. Ob es in der Praxis wirklich ein Vergnügen ist, sich bei der Arbeitsagentur als arbeitsuchende Prostituierte zu melden, sei einmal dahingestellt. Eines ist allerdings Fakt: Die leichten Damen und Herren sind nunmehr verpflichtet, ihr Gewerbe anzumelden und fleißig Steuern zu bezahlen.

Der Vorteil liegt zunächst also einmal ganz klar beim Staat. Denn durch die gesetzliche Anerkennung der Prostitution ergeben sich nicht nur Rechte, sondern auch Pflichten. Und auch Sie, liebe Leserin und lieber Leser, können daran freudig anknüpfen, um bei Ihren Abenteuern im Rotlichtbezirk von nun an so richtig Geld zu sparen.

Wenn Sie also (das nächste Mal) ein Bordell, einen berüchtigten Parkplatz oder einfach den nächstgelegenen Nachtclub aufsuchen, dann lassen Sie es bitte (wie sonst auch) nach allen Regeln der Kunst richtig krachen. Seien Sie leidenschaftlich, lustvoll und hemmungslos! Zeigen Sie, was in Ihnen steckt. Treiben Sie es bunt und wild! Nehmen Sie sich, was Sie brauchen! Hauen Sie auf die Pauke! Geben Sie den Tiger, die Tigerin. Schreien Sie voller Inbrunst »Yippiyeiyä«, wenn Sie zum Höhepunkt gelangen – aber tun Sie sich und Ihrem Geldbeutel am Ende des ganzen Spektakels einen Gefallen: Ehe Sie den Abflug machen, tun Sie das, was Deutsche am besten können: Beschweren Sie sich!

Denn mit der gesetzlichen Anerkennung der Prostitution gelten – wie oben gezeigt – auch gesetzliche Pflichten: So auch die gesetzliche Mängelhaftung. Sprich, wenn die Leistung respektive das dazugehörige Ambiente schlecht oder gar nicht erfüllt werden, stehen Ihnen sämtliche Rechte auf Nacherfüllung, Rücktritt und Schadensersatz zur Verfügung. Das Bürgerliche Gesetzbuch, jenes Buch, das die Rechtsprobleme der Bürger und Bürgerinnen untereinander regelt, macht da nämlich keine Ausnahme – zumindest nicht mehr seit der gesetzlichen Anerkennung der Prostitution.

Bemängeln Sie also ab jetzt die Sauberkeit des Zimmers, den tropfenden Wasserhahn, den Lärm aus dem Nachbarzimmer, die fehlenden Handtücher oder die zu rauhen Zewa-Wisch&Weg-

Tücher. Selbst die fehlenden Feuerlöscher und Rauchmelder können Sie auf Ihre lange Liste der Beschwerden setzen. Und natürlich bemängeln Sie auch die mangelhafte Dienstleistung an sich. Eintöniges Gestöhne Ihres Gegenübers etwa oder der zu harte beziehungsweise zu sanfte, vielleicht aber auch der zu lasche oder gar zu dreckige Sex des Dienstleisters.

Und es kommt noch besser: Wenn Sie auf ein Etablissement stoßen, das mit vollmundigen Versprechungen wie etwa einer geilen Orgasmusgarantie wirbt, haftet der oder die Prostituierte sogar verschuldensunabhängig dafür, Ihnen auch wirklich einen geilen Orgasmus zu bescheren. Bleibt der Orgasmus aus oder ist er schlicht nicht geil, zahlen Sie auch nicht beziehungsweise weniger – und zwar garantiert.

Und jetzt kommt's: Weil Sie in einem solchen Falle die Zahlung rechtmäßig verweigern dürfen, ist es natürlich nicht strafbar, hinterher auch noch sein Geld wegzustecken. Sind Sie mit einer vereinbarten Leistung nicht einverstanden und verweigern deshalb die Gegenleistung, gibt es hiergegen keinen strafrechtlichen Schutz. Querulanten, die es trotzdem mit einer polizeilichen Anzeige versuchen, werden mit einem aus Textbausteinen zusammengesetzten Standardschreiben der Staatsanwaltschaft wie folgt abgespeist: Das Strafrecht dient nicht dazu, zivilrechtliche Ansprüche durchzusetzen, mit freundlichen Grüßen.

Okay, etwas praxisbezogener gedacht mag es einen kleinen Wermutstropfen geben: Mancher Zuhälter könnte die Ihnen gesetzlich zustehenden Mängelrechte womöglich ein klein wenig anders deuten und Sie im wahrsten Sinne des Wortes mit schlagkräftigeren Argumenten doch noch von der Bezahlung des vollen Preises überzeugen.

Das Hauptproblem in der Praxis wird aber sein, dass die meisten Mitarbeiter im Rotlichtgewerbe ausnahmslos gegen Vorkasse arbeiten. Mit der Folge, dass Sie am Ende derjenige sind, der seine (Teil-)Rückzahlungsansprüche gerichtlich durchsetzen müsste.

Puh. Sofern Sie nicht die absolut oberste Preisklasse gebucht haben, wird der an das ortsansässige Amtsgericht vorab zu bezahlende Gerichtskostenvorschuss in der Regel den eingeklagten Rückzahlungsanspruch übersteigen. Ob Sie Ihr Geld zurückbekommen, ist selbst bei einer nicht eingehaltenen Orgasmusgarantie durch den Bordellbetreiber noch lange nicht garantiert. Im schlimmsten Fall zahlen Sie drauf, indem Sie beispielsweise pfändbare Ansprüche gegen eine unbekannt verzogene Prostituierte erwerben und auf den Verfahrenskosten sitzenbleiben. Und selbst wenn Sie Erfolg haben und der Gerichtsvollzieher trifft die Domina Ihres (Nicht-mehr-)Vertrauens zu Hause an, der pfändbare Gegenwert von Liebesschaukeln, gebrauchten Gynäkologenstühlen und der illustren Dildosammlung dürfte Sie trotz Ihres Rechtssieges vor Gericht wenig erfreuen. Ach, eins noch: Bedenken Sie, Gerichtsverhandlungen sind in der Regel öffentlich.

Es gibt aber glücklicherweise eine noch viel bessere Lösung für all diejenigen unter Ihnen, die unkomplizierten Sex ohne Bezahlung und strafrechtliche Konsequenzen wollen. Gehen Sie daher künftig wie folgt vor:

Suchen Sie nach Interessenten für ein hochbezahltes Erotik-Shooting. Inserieren Sie im Internet, in der lokalen Zeitung, am Schwarzen Brett der Uni oder auch wahlweise des nächstgelegenen Lebensmittelladens. Bestehen Sie auf Bewerbungen mit aussagekräftigen Bildern, das spart Ihnen Zeit und Enttäuschungen.

Teilen Sie den Bewerbern mit, dass es – wie so oft in dieser Branche – ein Auswahlverfahren geben wird, zu dessen Zweck (unbezahlte) Probeaufnahmen gemacht werden müssen. Geben Sie sich aufopfernd der guten Sache hin und mimen Sie den Sexualpartner der oder des Interessenten einfach selbst. Behaupten Sie doch einfach, ausgebildeter Pornodarsteller zu sein, geschützt ist diese Berufsbezeichnung in Deutschland nämlich nicht. Falls Ihr Gegenüber noch zögert, schwärmen Sie von den Zehntausenden von Euro, die Sie als Profi jeden Monat verdienen. Tragen Sie ruhig dick auf. Hauptsache, Sie haben schönen, ausdauernden Sex, und vor allem den Sex, den Sie schon immer haben wollten. Gern auch vor laufender Kamera.

Sobald Sie sich einen ausreichenden »Eindruck« vom Interessenten gemacht haben, verabschieden Sie sich freundlich mit der Ankündigung, sich im Falle einer positiven Entscheidung zu melden. Das war's.

Mangels geeigneter Bewerber entscheiden Sie sich natürlich schweren Herzens dafür, das Projekt sterben zu lassen – es ist halt heutzutage schwer, gutes Personal zu finden. Aber vielleicht wird es ja bei Ihrem nächsten Projekt besser. Das Casting wird es zeigen.

Betrug? Strafbar? Drohender Knast? Nein!

Wenn die oben aufgezeigte Vorgehensweise von nun an Ihre neue Masche ist, um an kostenlosen Sex zu gelangen, nur zu! Denn strafbar ist das nicht, und einen ruppigen Zuhälter werden Sie auch kaum fürchten müssen.

Sie können sogar noch einen ganzen Schritt weiter gehen. Sollten sich keine geeigneten Bewerber/innen für Ihre unbezahlten »Probeaufnahmen« finden, dann versprechen Sie doch einfach schon für das Casting eine üppige, aber in der Höhe nicht näher bestimmte Vergütung. Keine Sorge, Sie brauchen trotzdem nicht bezahlen.

Warum? Betrug ist bekanntlich strafbar, und das Ganze riecht doch ganz gewaltig danach, oder? Das stimmt. Betrug im strafrechtlichen Sinne liegt dann vor, wenn jemand um etwas Vermögenswertes betrogen wird. Wer also jemandem durch geschickte Täuschung Geld oder auch nur eine wertvolle Briefmarke abluchst, der betrügt. Auch wer nur vorgibt, etwas leisten zu wollen, und es dann nach Erhalt der Gegenleistung wider Erwarten doch nicht tut, betrügt. Wir betrügen unsere Laiendarsteller also, oder?

Nein! Das Strafrecht ist gnadenlos – und zwar gegenüber dem verhinderten Casting-Bewerber. Es stellt sich nämlich zunächst die Frage, worin genau der Vermögensschaden bei angebotenem Sex liegt und wie man dessen Höhe bemessen kann. Bei gewerblicher Prostitution kann man das in etwa sagen, da gibt es feste Tarife. Wie sieht es aber bei einem (unqualifizierten) Amateur aus?

Ganz genau: Da bleibt der Gesetzgeber bei seiner spießbürgerlichen, biederen und pikierten Grundhaltung, dass Sex gegen Bezahlung »bäh« und damit sittenwidrig ist. Und solange Ihr Amateur kein Gewebe angemeldet hat, kann er Ihnen gar nichts. Das Strafrecht schützt schließlich kein Unrecht. Wenn dem Drogendealer seine Drogen abgeluchst werden, soll dieser ja auch keinen strafrechtlichen Schutz genießen und den Dieb der illegalen Drogen anzeigen können. Am Ende könnte er noch seinen entgangenen Gewinn einklagen, das ginge ja doch zu weit.

Und für die Damen unter Ihnen, die keine Lust haben, sich für Sex bezahlen zu lassen, gerne aber ein paar Drinks oder andere Geschenke entgegennehmen: Solange Sie keine Prostituierte sind (die müsste ja wie oben dargelegt ihre versprochene Leistung dann auch erbringen, um sich nicht schadensersatzpflichtig zu machen), können Sie durchaus Sex versprechen. Sie machen sich nicht strafbar, wenn Sie das Versprechen nicht einlösen. Verstößt das doch allenfalls gegen die guten Sitten. Quatscht Sie also der nächste verhinderte Sugardaddy an der Bar an, nehmen Sie ihn ruhig nach allen Regeln der Kunst aus. Lassen Sie sich die teuersten Drinks ausgeben, machen Sie ihm wilde Versprechungen, und verabschieden Sie sich durch das Toilettenfenster, wenn es Ihnen zu langweilig wird. Strafbar machen Sie sich damit ganz bestimmt nicht.

Aber wie wir in diesem Kapitel gelernt haben, kann man Sex ja auch ohne langwierige Bargespräche, schlechte Anmachsprüche oder das fruchtlose Ausgeben teurer Drinks haben. In diesem Sinne, ich hege wieder Hoffnung für den Kollegen Lucas.

Dä hät nix zo kamelle! – Wie Sie beim Karneval auf jeden Fall straflos bleiben

Stephan Lucas

Na, sind Sie bereits über die Überschrift gestolpert? Dann sind Sie – so wie auch ich – bestimmt kein Kölner und sollten dieses Kapitel deshalb unbedingt erst recht lesen! Nur schon mal so viel: Es geht um Karneval und Kamellen.

Und wenn Sie doch ein Kölner sind, dann sollten Sie bitte ebenfalls und erst recht weiterlesen. Sie können dann kritisch prüfen, was dieser Lucas aus Frankfurt, der nur recht überschaubare Erfahrungen bei der »Frankforter Fassenacht« sammeln durfte, neben einem kräftigen »Helau und Alaaf« noch so zum Besten zu geben hat.

Der echte Kölner weiß schon mal, dass das Zitat im Titel nichts weiter bedeutet als: »Der hat nichts zu schimpfen!« Und das sagt sich als Kölner natürlich leicht. Vor allem und gerade wenn es um die Tage vor Aschermittwoch geht. Denn der Kölner weiß im Zweifel am besten, wie er zur fünften Jahreszeit mit all den fliegenden Bonbons und sonstigen Gegenständen, die die rollenden Umzugswagen im hohen Bogen verlassen, in fröhlichster Jeckenmanier und ohne Streit umzugehen hat.

Aber auch in Kölle ist es wie überall sonst auf der Welt: Wo Menschen aufeinandertreffen oder wo Kamellen auf Menschen treffen, da kann es auch Probleme geben.

Und wo's Probleme gibt, da gibt es Anwälte. Und wo es Anwälte gibt, da ist auch das nächste Gericht nicht weit. Und je nachdem, wie Sie sich an Karneval, Fastnacht oder Fasching benehmen, können Sie ganz schnell mit lautem »Humba, Humba, Humba, Tätärä« in die Mühlen der Justiz geraten. Und ich rede jetzt nur von den Bonbons und all dem fliegenden Zeug rund um die Karnevalsumzüge. Gar nicht mal von den diversen »Sexfallen«, die spätestens mit der neuen Rechtslage an den tollen Tagen womöglich schon beim harmlosen »Bützchen« auf Sie warten mögen. Dieses aufregende Feld aber überlasse ich großzügig Alexander Stevens (siehe Kapitel *Nein heißt ja und ja heißt nein*).

Ich dagegen konzentriere mich statt auf Schweinkram lieber voll auf die andere schönste Nebensache der Welt: Süßkram!

Und auch da heißt es: Vorsicht! Schnell kann das Werfen all dieser klebrigen Leckereien strafrechtlich relevant werden. Wenn der Wurf eines Bonbons oder eines anderen »karnevalsüblichen« Gegenstands nämlich zu einer Sachbeschädigung oder einer Körperverletzung führt, dann ist der Spaß oft schnell vorbei.

Aber keine Sorge, ich mache Sie fit für Köln und, ja, meinetwegen auch für Düsseldorf. Und – spätestens jetzt betrete ich hochexplosives Terrain – auch für all die anderen Hoch- und leider auch »Tiefburgen« des Karnevals in diesem Land. Danach wissen Sie, wie Sie sich im Umgang mit den bisweilen ollen, jedenfalls aber meist steinharten Kamellen garantiert nicht strafbar machen.

Gemeint mit den »Tiefburgen« (ein schönes Wort, ich habe es eben selbst kreiert!) sind Städte, die – anders als Köln – ganz und gar keine Hochburgen des bunten Treibens sind. Diese Tiefburgen (was für ein Wort!) sind es, die den lustigen Kamellenwerfern bisweilen Probleme machen. Städte also, die irgendwann mal begonnen haben, mehr schlecht als recht auf den fahrenden Karnevalszug aufzuspringen.

Und weil eben viele »Tiefbürger« (Sie haben richtig geraten, auch dieses Wort habe ich selbst kreiert) den Karneval nicht verstanden haben, gibt es in manchen Regionen umfassende Umzugsordnungen, die von karnevalistischem Wurfmaterial ausgehende Gefahren zu minimieren versuchen. Zum Beispiel in Bad Salzig. Die Stadt liegt zwar am Rhein, aber eben nicht in Nordrhein-Westfalen, sondern in Rheinland-Pfalz. Und Bad Salzig ist eben auch keine Hochburg des Karnevals wie Mainz, sondern, genau, eine »Tiefburg« mit vornehmlich »Tiefbürgern«.

Vor »Treffern« aber fürchten sich anscheinend auch die dortigen Behörden. Nach der geltenden Umzugsordnung für den Karnevalsumzug müssen in Bad Salzig alle größeren Gegenstände wie Schokoriegel, Spielzeug, Dosen oder Flaschen von Hand zu Hand überreicht werden. Und was ist mit der Kamelle? Unklar. Kommt auf die Größe an.

Eines ist jedenfalls klar: Wenn es in Bad Salzig früher üblich war, Melonen, Raviolidosen oder Sektflaschen von den Umzugswägen zu werfen, erscheint die Verordnung durchaus sinnvoll und sogar notwendig – sicher ist sicher.

Völlig übertrieben hat es allerdings das Landratsamt Weilheim im bayerischen Penzberg. Aus Sicherheitsgründen darf dort von den Umzugswägen gar nichts mehr geworfen werden – nicht einmal mehr Bonbons, Gummibärchen oder Marshmallows. Die Penzberger Narren und Narrhalesen fanden das jedoch gar nicht gut und entwickelten deshalb eine pragmatische Lösung: Seither parken sie ihre Wägen ganz einfach, anstatt sie weiterhin durch die Stadt zu fahren. Denn wo sich nichts bewegt, gelten auch die Auflagen für einen Umzug nicht. Die Kölner Erfinder des Karnevalsumzugs würden sich allerdings im Grabe umdrehen.

Nehmen wir außerdem die Stadt Flehingen. Beim Flehinger Faschingsumzug wurde behördlich ausdrücklich untersagt, mit Stroh, Heu, Mist, Sägemehl oder anderem Unrat zu werfen. Klingt nicht gefährlich – außer man wirft gleich einen ganzen Heuballen –, ist aber eben total verrückt. Und ebendiesem verrückten Treiben musste wohl Einhalt geboten werden. Aber warum um alles in der Welt haben die Umzügler dort überhaupt mit all dem Bauernzeugs um sich geworfen? Und was bitte meint die Verordnung mit »Unrat«? Der Duden versteht darunter nichts anderes als Schmutz, Schrott, Abfall und Müll. Aber ganz konkret: Essensreste, alte Windeln, abgelaufenen Lachs, was meint die Gemeinde genau? Und wie kamen die Flehinger dazu, Müll von ihren Umzugswägen zu werfen?

Doch selbst da, wo klassisch immer schon Kamellen geworfen wurden, kann es zu Problemen kommen. So verlor Mitte der 90er Jahre ein Mann in Trier angeblich einen Zahn, weil eine etwas zu ambitioniert geworfene Kamelle ihm direkt in den Mund geflogen war. Obwohl, was heißt ambitioniert? War die Kamelle wirklich der Grund für den Dentalverlust? Vielleicht hatte der gierige Mann ja das Bonbon einfach nur mit dem Mund fangen wollen, was dann gänzlich schiefgegangen war? Und über Alter und Mundhygiene des Mannes ist auch nichts bekannt. Vielleicht wackelte der Zahn ja schon seit einigen Tagen bedenklich und hatte nun auf diese närrische Art und Weise einen Abflug gemacht?

Die Klage des Mannes jedenfalls blieb ohne Erfolg. Das Landgericht Trier fand den Vortrag übertrieben. Es könne nicht für alle denkbaren Schäden Vorsorge getroffen werden. Um jedem Risiko zu entgehen, hätte der Mann zu Hause bleiben müssen. Guter Spruch. Unserem Pechvogel vom Trierer Karnevalsumzug allerdings konnte er vermutlich nicht dauerhaft weiterhelfen. So einer wie der zieht das Unglück womöglich an. Und die meisten Unfälle passieren nun mal nachweislich im Haushalt, jedenfalls – wie wir ja nun auch wissen – gerne und häufig auf dem Klo (siehe Kapitel *Ich bin dann mal auf dem Klo*).

Aber gut. Kommen wir zum Punkt, oder besser gesagt zu einer Kölner Gerichtsentscheidung. Das Kölner Amtsgericht nämlich musste kurz nach Karneval über eine klagende Seniorin entscheiden. Die Dame war von zwei Schokoriegeln am Auge verletzt worden. Man sieht, auch die Heimatstadt des Karnevalsumzugs bleibt von solchen Wurfstreitigkeiten längst nicht mehr unbehelligt. Nicht zuletzt, seitdem nach unbestätigten Vermutungen immer mehr Flehinger in die schöne Stadt am Rhein gezogen sind.

Diese Einwanderer scheinen gezielt auf der Suche nach Gelegenheiten, in der anonymen Masse die Sau beziehungsweise ihren Unrat herauszulassen.

Aber die Kölner können aufatmen. Der Richterspruch erfolgte in alter Karnevalstradition. Mit dem Wurf von Süßigkeiten sei zur Narrenzeit nun einmal zu rechnen, urteilte das Gericht. Und es fügte an: Wem es zu gefährlich sei, der sollte sich besser in eine norddeutsche Kate verziehen. Klare Ansage. Und Norddeutschland, so meine Auffassung, könnte da vielleicht wirklich eine gute Lösung sein. Bayern und insbesondere das bayerische Penzberg kommen eher nicht in Betracht.

Und zu guter Letzt noch eine andere Gerichtsentscheidung: Ein Mann aus Eschweiler bekam beim alljährlichen Karnevalsumzug nicht Kamelle ab, sondern es traf ihn ein Tulpenwurf im Auge. Das dortige Amtsgericht begründete seine Klageabweisung gegenüber dem Kläger frech: Potenzielle Werfer müsse man eben genau im Auge behalten – Tätää, Tätää, Tätää!

Merke also: Mit dem Werfen von Kamellen – jedenfalls zu Karneval – machen Sie sich normalerweise garantiert nicht strafbar. Mag das, was Sie da durch den Wurf anrichten, auch objektiv eine Sachbeschädigung oder Körperverletzung sein. Dabei reden wir ohnehin allenfalls von einer fahrlässigen Begehung. Und eine fahrlässige Sachbeschädigung ist nun mal nicht strafbar. Fahrlässige Körperverletzung zwar schon. Aber im Zweifel ist – nach Meinung der meisten Gerichte – der Getroffene selbst schuld.

Man könnte das auch juristischer ausdrücken: Indem der Unglücksvogel zur fünften Jahreszeit in der Menge mitfeiert, willigt er in solche Unfälle, die nun einmal passieren können, letztlich ein. Und eine Körperverletzung, in die der Geschädigte vorher einwilligt, ist ebenfalls nicht strafbar (siehe Kapitel *Man muss nur wollen*).

Achten Sie nur darauf, in Bad Salzig nichts zu Großes zu werfen. Und in Penzberg passen Sie bitte auf, dass das Fahrzeug, auf dem Sie stehen, wirklich ebenfalls steht. Und in Flehingen bitte Finger weg von allen Erzeugnissen, die von einem Bauernhof stammen könnten – insbesondere von Mist und Unrat.

Aber ansonsten: Los, raus damit, Kamelle, Kamelle, Kamelle! Und für alle mitfeiernden närrischen Narren: Eine Gorillamaske macht nicht nur so manchen attraktiver, sie bietet vor allem auch Schutz.

Der Kollege Stevens und ich planen deshalb für den nächsten Karneval lustige und letztlich schützende Lucas- und Stevens-Masken. Als Werbegag sozusagen. Aber Vorsicht: Wer sich als Rechtsanwalt Stevens verkleidet, muss womöglich mit besonders heftigen Kamellenattacken rechnen. Schließlich hat er mich jetzt schon mehrfach vom Bürotisch gegenüber mit Kinderriegeln beworfen, völlig ohne Grund. Frei nach dem Motto: Rache ist süß. Oder aber: »Mann, was werd isch hier beschmisse, als Stevens feiert's sisch besch… – Tätää, Tätää, Tätää.«

Garantiert nur für Frauen nicht strafbar

Alexander Stevens

Sie meinen, wir leben in einem Land von Gleichberechtigung und Gleichstellung? Pustekuchen! Im Strafrecht können Sie das mal gleich vergessen. Kriminalistische Statistiken nämlich kommen zu dem Ergebnis, dass Frauen die milderen Richter haben, also bei gleichgelagerten Fällen deutlich milder bestraft werden als Männer. Was sich die (männlichen) Richter im Gegenzug von so viel »Rücksicht« erwarten, sei mal dahingestellt. Zusätzlich aber hat der deutsche Strafrechtsgesetzgeber sogar dafür gesorgt, dass es einen eigenen Straftatbestand gibt, den nur und ausschließlich Männer begehen können.

Glauben Sie nicht? – Dann aufgepasst:

Tauchen Sie einfach einmal kurz mit mir in folgendes illustre Szenario ein:

Stephan Lucas checkt in seinem Lieblingshotel *Sonne Mond und Sterne* in der All-you-can-eat-de-Luxe-Suite ein und lässt sich – wie üblich – vom völlig überforderten Concierge die gesamte Speisekarte einmal rauf und runter aufs Zimmer servieren. Nachdem er vorzüglich gespeist hat, legt er sich in sein Kingsize-Bett und schaltet auf der Mattscheibe seine Lieblingssendung ein: *Richter Alexander Hold,* mit dabei als Staatsanwalt: Stephan Lucas selbst.

Plötzlich klopft es an der Tür.

Ziemlich genervt – weil es gerade so spannend im TV ist – öffnet Stephan Lucas die Hotelzimmertür. Vor ihm steht die heiße Nachbarin aus dem Zimmer nebenan, nur mit einem Bademantel bekleidet. Ohne etwas zu sagen, öffnet sie lasziv ihren Mantel und entblößt sich.

Völlig pikiert, empört und sichtlich aufgebracht ob dieses sittenlosen Verhaltens begibt sich der in Kennerkreisen als konservativ und rechtschaffen bekannte Herr Lucas sofort zur nächstgelegenen Polizeidienststelle und zeigt die frevelhafte Exhibitionistin an.

Jetzt meine Frage: Wie werden die Polizisten reagieren?

a) Die Polizisten stehen unvermittelt auf und rennen ins Hotel, um selbst einen lüsternen Blick auf die heiße Exhibitionistin zu werfen.

b) Die Polizisten fangen lauthals zu lachen an und empfehlen meinem Kollegen, er solle sich nicht so anstellen und sich besser freuen, überhaupt mal eine Frau nackt sehen zu dürfen.

c) Die Polizisten lassen den querulatorischen Herrn Lucas erst gar nicht eintreten, denn bisher waren schließlich alle seine Anzeigen für die Tonne (siehe Kapitel *Download-Piraterie*).

Antwort: Alle drei Varianten sind richtig.

Wem aber jetzt Antwort d) fehlt, nämlich: Die Polizisten werden die Dame anzeigen oder gar festnehmen, der liegt weit daneben.

Denn Exhibitionismus ist in Deutschland nur für Männer strafbar – kein Witz, das steht wörtlich so im Strafgesetzbuch. Der Grund dafür aber ist umso »komischer«. Laut dem Bundesverfassungsgericht können sich nämlich nur Männer des Exhibitionismus strafbar machen, weil die männliche Sexualität anders geartet sei als die weibliche. Aha!? Von der männlichen Sexualität gehen nämlich angeblich größere Gefahren für die Gesellschaft aus, die eine besondere Strafbarkeit auch deshalb rechtfertigten. Der Exhibitionismus-Paragraph verstoße daher auch nicht gegen den Gleichheitsgrundsatz (Art. 3 GG), denn die »aggressive« Sexualität der Männer sei nicht mit der harmlosen Sexualität der Frauen vergleichbar.

Diese Argumentation, die noch Anfang der 2000er Jahre vom Bundesverfassungsgericht zur Rechtfertigung des Exhibitionismus-Paragraphen herangezogen wurde, geht übrigens ursprünglich zurück auf eine Entscheidung desselben Gerichts aus dem

Jahre 1957, das sogenannte Homosexuellen-Urteil. Dabei wurden seinerzeit nur homosexuelle Männer, nicht aber homosexuelle Frauen für gleichgeschlechtliche Liebe bestraft.

Wenn Sie jetzt vermittelnd anführen, das sei doch alles nicht so schlimm und nur ein blanker Theorienstreit, schließlich gebe es ja noch den Straftatbestand der »Erregung öffentlichen Ärgernisses«, der eine potenzielle Täterin genauso hart bestraft wie einen männlichen Exhibitionisten – dann muss ich aber leider sagen, falsch: Die Erregung öffentlichen Ärgernisses geht, zumindest aus juristischer Sicht, deutlich weiter. Sie verlangt nämlich neben dem Ärger, den der Betrachter empfinden muss (wobei nackte Frauen von Männern wohl eher seltener als ärgerlich empfunden werden dürften, als dies umgekehrt der Fall ist), vor allem eine sexuelle Handlung. Das bloße Präsentieren der Nacktheit stellt aber noch keine sexuelle Handlung dar, zumal Nacktheit an sich erst mal keine sexuelle Komponente aufweist. Außerdem ist ein privat genutztes Hotelzimmer keine Öffentlichkeit, da nicht beliebig viele andere Personen die nackte Nachbarin vor Lucas' Zimmer hätten wahrnehmen können – sehr zum Leidwesen der nachträglich (nicht) heraneilenden Polizisten.

Die Dame hat sich also nicht strafbar gemacht. Umgekehrt wäre Herrn Lucas' Problem aber umso größer, wenn er unverhoffter Dinge seinen Bademantel vor der Zimmertüre der Nachbarin geöffnet hätte. Er hätte sich zwar nicht wegen Erregung öffentlichen Ärgernisses strafbar gemacht, wohl aber wegen Exhibitionismus.

Was aber ist mit dem häufig vorgebrachten Argument, die meisten Männer würden sich an einer nackten Frau doch eh nicht stören, also bestehe gar kein Strafbedürfnis?

Ja, dann stellen Sie sich doch mal die ungepflegte Frau in der U-Bahn vor, neben die sich niemand setzen mag und die sich plötzlich entblößt, um dann nackt und irre im Waggon herumzutorkeln. Oder man denke an den traumatisierten Stephan

Lucas, der die schlimme Erfahrung mit der Exhibitionistin wahrscheinlich bis heute nicht ganz verarbeitet hat.

An dieser Stelle also ist festzuhalten: Liebe Leserin, seien Sie zeigefreudig, genieren Sie sich nicht, selbst der strenge Strafgesetzgeber ermuntert Sie dazu, Ihrer freien Körperkultur auch freien Lauf zu lassen.

Okay, und was ist mit den armen männlichen Lesern? Wie bitte? Sie wollen Ihr Geld zurück, den Kaufpreis mindern oder gleich eine üble Bewertung auf Amazon schreiben? Weil dieses Buch in der für Sie wichtigsten Angelegenheit, sich nämlich ungestraft nackt zeigen zu können, wieder einmal nicht hält, was es verspricht?

Gemach, gemach, liebe männliche Leidensgenossen und Verfechter der freien Körperkultur. Gut aufgepasst:

Da Juristen per se sehr spitzfindige Menschen sind, haben sie (womöglich absichtsvoll) ein paar wenige Rechtslücken offengelassen, um ein völlig straffreies In-Szene-Setzen des eigenen besten Stücks weiter möglich zu machen.

Eine exhibitionistische Handlung im Sinne des § 183 StGB erfordert das gezielte Entblößen des (übrigens nicht notwendigerweise erigierten!) Penis vor einer anderen Person. Öffentliches Urinieren reicht dazu also noch nicht aus. Auch dürfen Männer sich unbekleidet etwa beim Sonnenbaden oder in der Sauna zeigen, sich als Nacktjogger, Nacktwanderer oder als Flitzer bei öffentlichen Veranstaltungen betätigen.

Nicht erfasst ist auch die Präsentation eines Penisimitats oder das öffentliche Abspielen einer Filmaufnahme mit dem eigenen männlichen Geschlechtsteil in Haupt- oder Nebenrolle. Erforderlich ist auch eine körperliche Anwesenheit sowohl vom Exhibitionisten als auch vom Opfer, so dass exhibitionistische Handlungen über Webcam nicht strafbar sind.

Übrigens, die exhibitionistische Handlung erfordert zwingend, dass sich die »attackierte« Person konkret belästigt fühlt. Sie muss also das Geschehen wahrnehmen, es als sexualbezogene Handlung verstehen und in erheblichem Ausmaß negative Gefühle wie Schrecken, Angst, Verärgerung, Ekel, Abscheu oder Verletzung des Schamgefühls empfinden.

Reagiert die andere Person nicht in dieser Weise, sondern entweder gleichgültig oder mit Emotionen wie Belustigung, Mitleid oder gar mit Interesse, so scheidet eine Bestrafung des Täters aus.

Achten Sie also künftig beim Ausziehen unbedingt darauf, Ihr Gegenüber zum Lachen oder zum Weinen zu bringen. Können Sie sogar ihr Interesse wecken, haben Sie selbst wohl am meisten davon – außerdem sind Sie fein raus, was den Exhibitionismus betrifft. So, und jetzt runter mit den Klamotten!

Ich bin so frei – Der ganz legale Ausbruch aus dem Gefängnis

Stephan Lucas

Der Mensch will frei sein. Er will raus, und das nicht erst seit heute, es ist einfach ein menschliches Grundbedürfnis. Wir brauchen die Freiheit, so wie die Luft zum Atmen. Sogar schon vor unserem ersten Atemzug, genau genommen sogar vor unserer Zeugung. Denn bereits das Spermium will raus, weit vor all den anderen Spermien. Und nach der Verschmelzung mit der Eizelle will der so entstandene Embryo genau dasselbe. Sobald sich die Gelegenheit bietet, meist nach etwa neun Monaten, verschwindet er durch den nächstbesten Ausgang nach draußen.

Und mit den kleinen Menschen geht es in einer Tour so weiter. Schnallen Sie Ihr Baby im Kinderwagen einmal aus Versehen nicht an: Es hüpft Ihnen raus. Und wenn Sie später daheim die Fenster nicht verbarrikadieren und nicht sämtliche Stühle von der Balkonbrüstung fernhalten, wird Ihr Kind über kurz oder lang türmen. Oder reden wir von Spielplätzen: Für ein Kind der Ort Number one, um sich klammheimlich von seinen Eltern zu verabschieden. Hilflosen Müttern und Vätern stockt für einen Moment der Atem. Nur mal einen Augenblick lang nicht geschaut, und schon springt das geliebte Kind am ganz anderen Ende vom Spielplatz herum, sitzt in einer Baumkrone oder hat sich schlimmstenfalls vollständig aus dem Staub gemacht.

Dieser Drang nach Freiheit bleibt, auch wenn die Kinder längst groß und erwachsen sind. Er ist einfach ein fester Bestandteil der menschlichen Natur. Es wird in jedem Alter und in jeder Lebenssituation fleißig abgehauen. Wenn auch teilweise streng geregelt und durchgeplant. Die Flucht nach Mallorca wird also auf der Arbeit brav ins Urlaubsbüchlein eingetragen, auf zwei, drei Wochen beschränkt und mit den Kollegen abgestimmt. Erst im Alter leben wir unseren schlummernden Freiheitsdrang wieder ungezügelt aus. Wie viele Rentner nutzen ihre neugewonnenen Möglichkeiten, um die Ersparnisse auf zahlreichen Spontantrips zu verprassen?

All die mehr oder weniger unbekannten C-Promis jedweden Alters hauen ebenfalls ständig ab – in den Container oder in den Dschungel. Doch auch, wenn man es sich noch so sehr anders wünschen mag, die meisten kommen immer wieder zurück. Ob nun aber A-, B-, C-, Z-Promi oder einfach nur »Normalo«, irgendwann wird jeder dann auch mal irgendwie und irgendwo für immer abhauen. So ist unser Leben nun einmal angelegt – von der hektisch schwimmenden Samenzelle bis zum letzten Atemzug. Ein ständiges Abhauen, Flüchten, Weglaufen.

Dem Menschen seinen stets drängenden Freiheitsdrang zu verbieten wäre also, als würde man ihm das Atmen untersagen. Das ginge einfach zu weit. Das hat auch der Gesetzgeber bereits vor langer Zeit eingesehen, weshalb unsere Verfassung immerhin die sogenannte Freizügigkeit in Artikel 11 als eigenes Grundrecht gewährt. Demnach darf der Mensch nur unter ganz bestimmten, durch das Gesetz geregelten Umständen seiner Freiheit beraubt werden. Und nicht zuletzt bestraft man die schlimmsten Verbrechen stets mit der sogenannten Freiheitsstrafe, umgangssprachlich auch »Knast« genannt. Die sogenannte Strafhaft ist neben der Einweisung in die Psychiatrie zugleich auch der wichtigste Fall einer längerfristigen, durch das Gesetz ausdrücklich vorgesehenen Freiheitsberaubung. Sieht man einmal von exotischen Fällen wie einer Quarantäne bei Verdacht auf eine seltene Tropenkrankheit ab. Wenn Sie sich Ebola eingefangen haben, dann haben Sie aber auch ganz andere Probleme, glauben Sie mir.

Kurzfristig kennt das Gesetz auch noch ein paar andere zulässige Freiheitsentziehungen: die vorübergehende Festnahme von Störern oder Verdächtigen und natürlich die klassische Ausnüchterungszelle. Die ungerechtfertigte Freiheitsberaubung dagegen wird durch § 239 des Strafgesetzbuchs mit Strafe bedroht, und zwar mit Geldstrafe oder – ironischerweise – postwendend mit bis zu fünf Jahren Knast.

Wenn Sie nun aber glauben, dass ich Ihnen erklären werde, wie man seine Mitmenschen ohne Furcht vor Strafe legal ihrer Freiheit berauben kann, vergessen Sie es. Selbst äußerst kurze Freiheitsberaubungen fallen klar unter den Straftatbestand, wenn es dafür keinen guten Einwilligungs-, Rechtfertigungs- oder Entschuldigungsgrund gibt. Und die Hürden hierfür hängen sehr hoch, wenn Sie kein Vertreter der Staatsgewalt sind. So können sich Schüler, die es sich zum Spaß machen, anderen Schülern oder gar Lehrern die Schultüren zuzuhalten, glücklich schätzen, dass Sie in der Regel noch nicht strafmündig sind. Rechtlich lässt sich ihr Vergehen nämlich nicht unter einem einfachen Schülerstreich abhandeln. Und auch wenn sich die Staatsanwaltschaft bei kurzfristigen Freiheitsberaubungen eher zurückhält – formal sind auch diese immer strafbar.

Was aber geschieht mit denjenigen, die durch Richterspruch zu einer Haftstrafe verurteilt wurden und die der Staat ganz legal und möglicherweise für lange Zeit ihrer Freiheit berauben will? Die Verurteilten kommen in ein Gefängnis oder genauer gesagt: in eine Justizvollzugsanstalt. Und diese wird schwer bewacht. Denn der Staat zieht durchaus ernsthaft in Erwägung, dass gerade Menschen, die es womöglich mit dem Gesetz nicht immer so ganz genau genommen haben, in der Justizvollzugsanstalt in instinktive Verhaltensmuster verfallen und Opfer ihres ganz natürlichen Fluchtverhaltens werden.

Und das wird ihnen vom Gesetzgeber tatsächlich zugestanden: Flucht aus dem Gefängnis ist in Deutschland grundsätzlich straffrei. Ganz im Gegenteil zur Unfallflucht, über die ich hier aber kein weiteres Wort verlieren will. Denn darüber wird Ihnen der liebe Kollege Alexander Stevens viel mehr erzählen, als Ihnen lieb ist. Warum er ausgerechnet diesem trockenen Thema ein ganzes Kapitel mitsamt einer kompletten juristischen Übungsklausur voller böser Scherze auf meine Kosten gewidmet hat (siehe Kapitel *(Un)erlaubtes Entfernen vom Unfallort*), weiß keiner so genau. Vielleicht aus ständiger Sorge um die glänzend weißlackierte Stoßstange seines völlig überdimensionierten SUV. Der steht übrigens direkt unter meinem offenen Kanzleifenster, aus dem ich jederzeit meinen neuen Briefbeschwerer fallen lassen könnte. Briefbeschwerer braucht ja heutzutage ohnehin kaum noch jemand …

Aber zurück zum Thema: Laut Gesetzgeber ist der Drang nach Freiheit ein völlig nachvollziehbares und natürliches menschliches Bedürfnis und damit auch kein strafwürdiges Verhalten. Weswegen die Flucht aus dem Gefängnis auch nicht strafbar ist.

Das klingt doch erst einmal fair. Nach dem Motto: Die Polizei fängt die Ganoven ein – die dürfen dann aber gerne auch wieder abhauen, ein ganz normales menschliches Bedürfnis. Klingt sogar eigentlich ganz nett, ein bisschen nach dem alten Kinderspiel *Räuber und Gendarm*.

Aber diesen Zahn muss ich Ihnen ganz schnell ziehen. Auch wenn die eigene Flucht nicht unter Strafe steht, sich bei ihr »garantiert« nicht strafbar zu machen ist eine hohe Kunst.

Nehmen wir Ma Dalton. Sie ist die Mama von vier Schurken, die ihr eins zu eins aus dem Gesicht geschnitten sind. Unterscheiden kann man diese Dalton-Brothers nur durch ihre Körpergröße. Wie die Orgelpfeifen stehen sie meist nebeneinander. Die vier Brüder brechen am Anfang eines jeden Lucky-Luke-Comics aus dem Gefängnis aus. Auf Seite 46 werden sie dann von Mister Luke persönlich wieder im selbigen Gefängnis abgeliefert. Und was dazwischen passiert, ist höchster Literaturspaß – solange die Texte von Asterix-Vater Goscinny stammen.

In einem der unzähligen Comics bringt Ma Dalton ihren Jungs einen selbstgebackenen Kuchen mit ins Gefängnis. Hierzulande wäre das zwar mittlerweile verboten, denn was nicht verschweißt oder originalverpackt ist, kommt in eine ordentliche deutsche Justizvollzugsanstalt auf legalem Weg nicht mehr rein.

Ma Dalton aber darf das noch. Nach Besuchsende jedenfalls schleppen die vier Brüder die Leckerei in ihre gemeinsame Haftzelle. Dort hat Averell seinen großen Auftritt. Er ist der älteste und dümmste, nach Auffassung der Mama aber hübscheste der vier identisch aussehenden Brüder. Averell beißt herzhaft in die Teigmasse, und, schwups, fehlt ihm ein Zahn. Mamas Schönster hat nämlich auf eine Feile gebissen, die Mama wohl im Kuchen »vergessen« hat. Mit dieser rubbeln die vier Jungs nun die im Fenster angebrachten Gitterstäbe weg – und schon hat Ma Dalton für gute vierzig Seiten ihre Söhne wieder. Mehr werden es nicht, Lucky Luke weiß das zu verhindern.

Ausbrecher werden auch heute meistens wieder gefasst, das besagt schon die Statistik. Die bisherige Strafe muss dann weiter abgesessen werden, und es kommt meistens noch eine neue hinzu. Die Flucht selbst bleibt zwar garantiert straflos, aber die wenigsten schaffen es, sich dabei nicht anderweitig strafbar zu machen. Der Weg zu einem erfolgreichen Ausbruch ist immer mit zahlreichen Strafbarkeitsfallen gepflastert.

Bei den Daltons haben wir es zunächst einmal mit einer Sachbeschädigung (§ 303 StGB) zu tun, schließlich haben die Gitterstäbe Vater Staat viel Geld gekostet. Und die sind nun hinüber. Glücklicherweise fallen die Strafen für Sachbeschädigungen in der Regel sehr niedrig aus. Das Risiko einer Bestrafung wäre die Chance auf eine erfolgreiche Flucht also schon mal wert.

Das war's aber leider noch nicht. Vier Ausbrecher sind eben manchmal drei zu viel. Die Jungs sind ja nicht voneinander unabhängig und jeder für sich alleine abgehauen. Nein, sie hatten sich extra dafür zusammengetan. Und sie sind gemeinsam »mit Gewalt« ausgebrochen, sonst gäbe es ja keine Sachbeschädigung.

Und schon kommt die sogenannte Gefangenenmeuterei (§ 121 StGB) ins Spiel. Wenn Gefangene sich nämlich »zusammenrotten«, um mit vereinten Kräften gemeinsam gewaltsam auszubrechen, dann gibt es dafür eine Freiheitsstrafe von mindestens drei Monaten. Wobei es auch schnell deutlich mehr geben kann: Wenn einer der Jungs die Feile – ein »gefährliches Werkzeug« also – bei der Flucht mit sich führt, um sie im Bedarfsfall zu verwenden, dann gibt es bis zu zehn Jahre Haft.

Praxistipp: Führen Sie die Flucht aus dem Gefängnis also immer ganz alleine durch, weihen Sie niemanden in Ihren Plan ein. Das Rubbeln und Schmirgeln an den Gitterstäben dauert dann vielleicht länger. Aber für den nicht ganz unwahrscheinlichen Fall, dass Sie später geschnappt werden, haben Sie dann wenigstens nur die Sachbeschädigung und damit keinen großen Ärger an der Backe. Und lassen Sie unbedingt die Feile liegen, wenn Sie fertiggeschmirgelt haben.

Aber auch wenn Sie sich ganz alleine aus dem Staub machen, irgendwelche begleitenden Straftaten werden sich bei Ihrer Flucht kaum vermeiden lassen. Zumindest die Tür oder das Fenster Ihrer Zelle müssen Sie beseitigen, und das geht ohne Gewalt häufig nicht. Womit wir wieder bei Sachbeschädigung wären. Eine Ausnahme könnte für den »Tag der offenen Tür« gelten. Den gibt es lustigerweise in einigen deutschen Justizvollzugsanstalten tatsächlich, aber meistens ist die Tür nur von außen offen. Für freie Bürger, damit die auch mal einen »Blick in die Unfreiheit« werfen können. Die Veranstaltung dient also weniger den Inhaftierten, nützt Ihnen selbst also erst mal wenig, wenn Sie nicht rein-, sondern rauswollen.

Schauen wir uns doch mal die Alternativen an: Wollen Sie garantiert nichts kaputt machen, könnten Sie einen der freundlichen Justizvollzugsbeamten höflich bitten, Ihnen Auslass zu gewähren. Solch entgegenkommende Beamte mag es durchaus geben, aber die kosten was. Wir reden hier von Bestechung (§ 334 StGB), und die ist auch strafrechtlich gesehen nicht ganz billig. Da geht nichts unter drei Monaten Freiheitsstrafe.

Alternativ könnten Sie den Beamten statt mit Geld und guten Worten gewaltsam zu Ihrem Fluchthelfer machen. Dann reden wir von Nötigung (§ 240 StGB), vielleicht auch von Körperverletzung (§ 223 StGB) oder Widerstand gegen Vollstreckungsbeamte (§ 113 StGB). Auch das alles ist strafbar. Anders als bei der Bestechung sieht das Gesetz hier aber immerhin sogar die Möglichkeit einer Geld- statt einer Freiheitsstrafe vor. Soll heißen, der Flüchtige fährt zumindest in der Theorie tatsächlich besser, wenn er den Beamten nicht mit reinzieht, sondern ihm lieber eins überzieht. Schon nett, wie der Staat die körperliche Unversehrtheit seiner Diener hintanstellt.

Wie gesagt, in der Theorie. Denn es sieht sehr schnell anders aus, wenn der Staatsdiener mehr als nur ein blaues Auge davonträgt oder man irgendwelche improvisierten Waffen als Hilfsmittel verwendet. Und wie Sie einen ausgebildeten Justizvollzugsbeamten ohne Waffe, Geld und ohne ihn zu verletzen dazu bringen wollen, Ihnen beim Ausbruch zu helfen, müssen Sie mir erst mal zeigen. Schnell kann dann statt einer einfachen auch eine sogenannte gefährliche Körperverletzung (§ 224 StGB) vorliegen. Und bei der steigt der Täter mit einer Mindestfreiheitsstrafe von sechs Monaten ein.

Anstatt den Beamten zu bequatschen oder zu hauen, könnten Sie ihn aber auch mit einem dramatischen Auftritt zum Handeln zwingen: Sie schnappen sich einen Mithäftling und halten ihm eine Knarre an den Kopf. So machen Sie sich allerdings der Geiselnahme (§ 239b StGB) strafbar, und da geht nichts mehr unter fünf Jahren Freiheitsstrafe! Die filmreifste Alternative ist also nicht immer die beste.

Im Falle Ihrer Inhaftierung sollten Sie also die verschiedenen

Ausbruchsmethoden in Ruhe gegeneinander abwägen. Zeit hat man ja. Es schadet auch nicht, sich vorher noch mal mit der aktuellen Gesetzeslage vertraut zu machen. Ein Blick ins Gesetz spart viel Geschwätz, und Gesetzbücher hat der Staat einem mehr oder weniger gesetzestreuen Knacki stets zur Lektüre zur Verfügung zu stellen.

Praxistipp: Sehen Sie die einzige Chance zu einer Flucht aus dem Gefängnis in der Mithilfe eines Mitarbeiters der Justizvollzugsanstalt, sichern Sie sich frühzeitig dessen Vertrauen. Wenden Sie gegen ihn Gewalt an oder wollen Sie ihn gar bezahlen, machen Sie sich schnell strafbar. Eine Möglichkeit wäre, ihn sexuell gefügig zu machen, damit er Ihnen auch ohne Bezahlung (wobei man hier streiten könnte, was »Bezahlung« genau meint) die Tür nach draußen öffnet.

Sollte es Ihnen jedenfalls am Ende tatsächlich gelingen, den Knast gänzlich straflos zu verlassen, lauern potenziell neue Gefahren. Schauen Sie doch danach einfach mal kurz an sich herunter: Diese blauen Klamotten, die Sie noch anhaben, die gehören nicht Ihnen! Man könnte Ihnen also Diebstahl (§ 242 StGB) oder zumindest Unterschlagung (§ 246 StGB) vorwerfen.

Sie sehen: Immer ist also was. Der, der sich alleine und ohne Straftaten auf die Flucht begibt, sollte sich deshalb vorher überlegen, es vielleicht nackig zu tun – wobei die Jahreszeit und die aktuell herrschende Temperatur draußen berücksichtigt werden sollten. Aber Vorsicht: Wenn Sie ein Mann sind, wartet im Zweifel schon das nächste Strafgesetz auf Sie, denn Exhibitionismus ist strafbar. Wenn auch nur für Männer, wie der Kollege Stevens Ihnen im Kapitel *Garantiert nur für Frauen nicht strafbar* ganz deutlich gezeigt hat. Warum der Kollege allerdings derart vehement für das Recht auf Nacktheit kämpft, ist mir bis heute nicht klar. Gerüchteweise soll er früher sein Geld als Flitzer verdient haben. Auch soll er auf Junggesellenabschieden gerne nackt aus der Torte gesprungen sein.

Aber zurück zum Thema: Macht der Flüchtige tatsächlich nichts kaputt, drängt, haut und besticht niemanden, zieht keinen weiteren Häftling mit rein und lässt sogar die Anstaltskluft zurück, ist er selbst dann noch dran. Wegen Exhibitionismus.

Sie könnten, sofern Sie ein Mann sind, als Kompromiss nur eine Anstaltsunterhose tragen, dann fiele ein Exhibitionismus weg. Und mit Blick auf den geringen Wert einer einzelnen Unterhose könnte das Verfahren wegen Diebstahl aufgrund Geringwertigkeit des Tatobjekts eingestellt werden. Vielleicht arbeiten Sie aber auch mit anderen Häftlingen in der hausinternen Schneiderei. Dann könnte es Ihnen gelingen, sich heimlich das Nötigste selbst zu schneidern. Vielleicht ja einen praktischen Hosenanzug.

Praxistipp: Besitzen Sie in Ihrer Zelle keine eigene Kleidung, machen Sie sich nackig, bevor Sie Ihren Ausbruch begehen. Sehen Sie aber zu – und dieser Tipp gilt nur für Männer –, Ihr Gemächt zu bedecken, mit etwas, das Ihnen gehört. Mit einem Buch vielleicht. Bedecken Sie mit diesem Buch immer dann Ihre Blöße, wenn Sie jemandem begegnen. Wenn Sie niemand sieht – zum Beispiel später in Ihrem Versteck –, können Sie das Buch auch lesen, ohne es vor Ihr Gemächt zu halten. Denn ohne Zeugen natürlich auch kein Exhibitionismus.

Ich überlege gerade, ob das mit dem Exhibitionismus vielleicht doch ein bisschen zu weit hergeholt war. Der Kollege Stevens murmelt da zumindest gerade irgendetwas. Und der muss es ja wissen als erfahrener Exhibitionist.

Einigen wir uns also darauf, dass es den Häftlingen zumindest äußerst schwergemacht wird, ganz straffrei aus dieser an sich ja straffreien Ausbruchsnummer rauszukommen. Aber vielleicht ist Ihnen das ja sogar letztlich egal. Ich meine, der Zweck Ihrer Flucht ist es ja schließlich, sich einer künftigen Inhaftierung ein für alle Mal zu entziehen.

Aber vielleicht überlegen Sie es sich noch mal, wenn ich Ihnen folgende Frage stelle: Hängen Sie am Leben? Warum will ich das wissen? Darum: Um einen Ausbruch zu wagen, sollten Sie persönlich besser an einem Punkt angekommen sein, an dem Sie Ihr Leben für, sagen wir, disponibel halten. Sie könnten es bei Ihrer Flucht nämlich verlieren.

Ja, Sie haben richtig gelesen. Wird vom Gesetzgeber nämlich einerseits großmütig der Freiheitsdrang des Menschen in Ehren gehalten, so hatte er diese hehre Gesinnung im nächsten Moment vermutlich nicht mehr auf dem Schirm – jedenfalls zum Zeitpunkt der Verabschiedung des sogenannten Strafvollzugsgesetzes. § 100 dieses Gesetzes besagt nämlich, dass Ausbrecher auf der Flucht angeschossen werden dürfen!

Zwar soll zunächst auf die Beine gezielt werden. Aber die Rolltreppe zur U-Bahn soll ja normalerweise auch funktionieren und tut's meistens nicht. Und das mit dem Schuss in die Beine hat unlängst auch ein Polizeibeamter im bayerischen Burghausen vergeblich versucht, zumindest nach eigener Aussage. Ein mutmaßlicher Drogendealer war gerade von der Polizei gestellt worden. Als er abzuhauen versuchte, fielen Schüsse. Der Verdächtige sollte an der Flucht gehindert werden. Die Beine wurden vom Beamten leider knapp verfehlt. Stattdessen traf den Mann ein tödlicher Genickschuss. Von einer knappen Verfehlung konnte daher keine Rede sein. Die Obduktion ergab nicht zuletzt, dass der Verstorbene zwischen Beinen und Kopf einen voll ausgewachsenen Oberkörper hatte. Die fehlende Zielsicherheit unserer Ordnungshüter ist bisweilen erschreckend.

Stellen Sie sich also vor, der zuständige Beamte vom Wachturm 13 erblickt Sie bei Ihrer Flucht aus dem Knast und schießt auf Sie. Und zwar aus sehr viel weiterer Entfernung als sein Burghausener Kollege auf den Drogendealer. Reiner Zufall, wo die Kugel einschlagen wird. Und ist es zufällig Ihr Kopf, dann bedeutet das für Sie das Ende. Nicht aber für den Beamten, und das noch nicht mal beruflich. Und deshalb noch mal zum Mitschreiben: Ja, Sie dürfen aus dem Gefängnis fliehen, wann immer Sie es möchten – aber bitte kalkulieren Sie ein, dass Sie Ihre Freiheit gewinnen, Ihr Leben jedoch verlieren könnten.

Sicherer wäre es daher, sich vielleicht einfach, sagen wir, unsichtbar vom Acker zu machen. Die Daltons beispielsweise haben sich mal im großen Anstaltssuppentopf versteckt. Als der Lieferservice den leeren Topf abholte, hatten die vier Brüder bereits darin Platz genommen. Und hätte der schöne Averell nicht noch die Reste von der Suppe laut schmatzend von den Wänden weggeschlürft, dann hätte die Flucht vielleicht ja tatsächlich glücken können!

Ein Häftling in Darmstadt jedenfalls versuchte es den Daltons nachzumachen und versteckte sich in einem Karton mit Schuhspannern. Der wurde dann von einem Lastwagen vom Gelände der JVA gefahren. Das Fehlen des Häftlings blieb zunächst unbemerkt, denn die Gefangenen wurden an diesem Tag mal wieder nicht wie vorgeschrieben vor Abfahrt des Lasters nachgezählt. Flucht geglückt, und das sogar straflos. Und das Erfreulichste: Es wurde auch kein Feuer eröffnet.

Wie Sie als Kleinkrimineller straffrei davonkommen

Alexander Stevens

Wer etwas ausgefressen hat, muss grundsätzlich mit Strafe rechnen. So oder so ähnlich lernt man das schon von Kindesbeinen an. Für die kleine und mittlere Kriminalität sind dabei in Deutschland die sogenannten Amtsgerichte zuständig. Für Straftaten, bei denen die Staatsanwaltschaft nicht mehr als zwei Jahre Freiheitsstrafe oder nur eine Geldstrafe fordert, urteilt dann ein einziger (Amts-)Richter. Liegt also ein Diebstahl, ein kleinerer Betrug, eine Trunkenheitsfahrt oder eine Kneipenschlägerei vor, sitzt der Kleinkriminelle später im Gerichtssaal einem Strafrichter gegenüber. Der entscheidet dann ganz allein darüber, ob und wie er den Täter bestraft. Nur mehr als zwei Jahre Gefängnis darf er nicht verhängen.

Hat man ein bisschen mehr über die Stränge geschlagen, weil man beispielsweise anstatt mit der Hand mit dem Knüppel zugeschlagen oder gleich mehrere zehntausend Euro an Steuern hinterzogen hat, kann es schon ein bisschen ärger kommen. Ist der Staatsanwalt nämlich der Meinung, dass der Delinquent zu mehr als zwei, aber zu weniger als vier Jahren Gefängnis verurteilt werden sollte, dann gibt's eben keine »Billigtarife« mehr, sondern die Tat wird zum sogenannten Schöffengericht angeklagt. Klingt irgendwie gleich viel martialischer, tatsächlich aber landet der Täter vor demselben Amtsrichter. Nur entscheidet dieser hier nicht allein, sondern zusammen mit zwei weiteren Personen, den sogenannten Schöffen. Letztere sind zwei ehrenamtliche Laien, die von Jura zwar keine Ahnung haben, aber als Stimme des Volkes den Berufsrichtern ein bisschen auf die Finger schauen. Sie sollen »Transparenz und Lebensnähe« in die entrückt mystische Arbeit der Juristen bringen – oder auch einfach mögliche Mauscheleien der Gerichtsmitarbeiter untereinander verhindern. Deshalb haben die jeweils auf fünf Jahre gewählten Schöffen bei der Urteilsfindung auch jeder für sich genauso viel Stimmgewicht wie der Berufsrichter. Sie können also theoretisch den Berufsrichter beim Urteil überstimmen. In der Praxis kommt dies allerdings selten vor, denn die meisten Schöffen dürften sich dieser Macht gar nicht bewusst sein. Sätze des Berufsrichters wie »Sie haben heute die große Ehre, einer Gerichtsverhandlung von mir beiwohnen zu dürfen« weisen die Schöffen gleich vorab in ihre Schranken. Und tatsächlich hört man Schöffen bei Gericht selten Fragen stellen, und wenn sie es dann einmal doch tun, werden sie mit bösen Blicken des Berufsrichters abgestraft und intervenieren nie wieder.

Solcherlei Amtsgerichte (und Schöffengerichte) gibt es in Deutschland viele: Jede kleinere Gemeinde, die etwas auf sich hält, leistet sich ihr ganz eigenes Amtsgericht. Und damit auch mindestens einen eigenen Amtsrichter. Das klingt in ländlichen Gegenden nach einer eher überschaubaren Aufgabe, auch wenn das Strafrecht nur eines von vielen Rechtsgebieten ist, mit dem sich ein Gericht zu befassen hat. Denn auch für Familien-, Erb- und Mietstreitigkeiten, Vormundschafts- und Betreuungssachen, Vertrags- und Nachbarschaftsstreitigkeiten, Verkehrsunfälle sowie Insolvenz- und Registersachen sind die Amtsgerichte zuständig. In größeren Städten bestehen sie daher in der Regel aus sehr vielen Abteilungen und sind nicht selten über mehrere Gebäude mit entsprechenden Fachrichtungen und verschiedenen Fachrichtern auf die gesamte Stadt verteilt.

So, und warum erzähle ich Ihnen diesen langweiligen Theoriekram zu den Zuständigkeiten von Amtsgerichten? Genau, weil ich Ihnen – gemäß Überschrift – beibringen will, wie Sie Ihren ehrbaren, aber ebenso anstrengenden Beruf endlich an den Nagel hängen können, um künftig als Kleinkrimineller ein Leben in Saus und Braus zu führen – ohne eine Strafe fürchten zu müssen:

Denn im Amtsgericht eines kleinen Städtchens namens Betzdorf, einer heimeligen Gemeinde irgendwo zwischen Frankfurt und Köln, wo sich Fuchs und Hase noch gute Nacht sagen und man jeden Moment damit rechnet, ein Pferdefuhrwerk die Gasse entlangrattern zu sehen, ticken die Uhren in Sachen Strafverfolgung noch etwas anders. Zwar gibt es auch im Amtsgericht Betzdorf Zuständigkeiten für all die oben genannten Rechtsfragen. Nur gibt es dort – anders als sonst bundesweit üblich – für die verschiedenen Fachgerichte nur eine sehr überschaubare Anzahl von Richtern. Und nicht nur das, auch die Zahl der für Gerichtsverhandlungen zur Verfügung stehenden Räume ist stark begrenzt – nämlich auf genau einen Gerichtssaal. Und das sorgt dafür, dass es in Betzdorf durchaus mal zur Ressourcenknappheit kommen kann. Aber damit nicht genug, denn was das Anberaumen von Gerichtsterminen angeht, konkurriert das Amtsgericht bei der Nutzung dieser einen Räumlichkeit auch noch mit der örtlichen Polizeidienststelle. Ja, Sie haben richtig gelesen, Amtsgericht und Polizei sind in Betzdorf in ein und demselben Gebäude untergebracht.

Sie werden also bereits ahnen, auf was ich hinauswill: Konkurrenz belebt das Geschäft. Denn möglichweise werden die Räumlichkeiten des Amtsgerichts beziehungsweise der Polizeidienststelle nicht ganz optimal genutzt, wenn neben der Verhandlung von sämtlichen Miet-, Verkehrs-, Scheidungs-, Unterhalts-, Erb-, Vormundschafts-, Betreuungs- und Nachbarschaftsstreitigkeiten auch noch die Polizei ihre Besprechungen just im einzig zur Verfügung stehenden Gerichtssaal abhält. Und der Besprechungsbedarf im Amtsgericht Betzdorf ist anscheinend relativ hoch. Denn Kollege Lucas und ich staunten nicht schlecht, als wir just in Betzdorf zwei kleine Betrüger vertreten sollten, die in ihrer Freizeit »total sichere« Geldanlagen an Betzdorfer Kleinanleger vertickt hatten, um ihre Spiel- respektive Alkoholsucht zu finanzieren. Ehrlich gesagt hatten wir uns bereits im Vorfeld etwas gewundert, warum wir auf diesen mickrigen Prozess schon ein ganzes Jahr hatten warten müssen. Zumal die beiden Sünder vollkommen geständig waren und dem Glücksspiel und dem Alkohol abgeschworen hatten.

Nun ist es aber so, dass das deutsche Strafrecht auch bei einem angekündigten vollumfänglichen Geständnis zwingend eine mündliche Gerichtsverhandlung vorsieht. Dabei muss natürlich zu Beginn vom Staatsanwalt auch die vollständige Anklage verlesen werden. Bei einer Vielzahl von Betrügereien kann diese Verlesung also schon eine gewisse Zeit in Anspruch nehmen.

Nach 20 Minuten Gerichtsverhandlung im Betzdorfer Gerichtssaal jedenfalls war der Staatsanwalt gerade bei etwa der Hälfte der Anklageschrift angelangt. Da teilte uns der Richter mit, dass der Termin jetzt auch leider schon wieder vorbei sei, weil die Polizei wegen einer nicht näher bestimmten »Gefährdungslage« eine dringende Lagebesprechung anberaumt hatte, welche – mangels anderer Räumlichkeiten – natürlich nur in dem einen Gerichtssaal erfolgen konnte. Für 20 Minuten Verhandlung waren wir also mit den öffentlichen Verkehrsmitteln von München ganze sieben Stunden unterwegs gewesen. Unser Protest half nichts, der Termin wurde vertagt.

Wobei der Begriff »vertagt« etwas irreführend war. Aufgrund der hohen Auslastung des Gerichtssaals kamen immer wieder anderweitige wichtige Verhandlungstermine dazwischen, weshalb es im Ergebnis erst sieben Monate später weitergehen konnte.

Was man an dieser Stelle wissen sollte: Ein Strafverfahren darf grundsätzlich maximal für die Dauer von drei Wochen unterbrochen werden, ansonsten muss es von vorne beginnen. Denn wenn ein Richter schon über das ureigenste Recht eines Menschen, nämlich über dessen Recht auf Freiheit, entscheiden soll, dann müssen er und die Schöffen sich auch gefälligst noch gut daran erinnern können, um was es in dem jeweiligen Strafprozess genau ging. Für unsere geständigen Betrüger bedeutete das, dass die Gerichtsverhandlung also wieder von vorne aufgerollt werden musste. Leider war auch der sieben Monate später anberaumte Termin nur für eine knappe Stunde terminiert – wieder der hohen Auslastung des einen Gerichtssaals wegen. Natürlich reicht auch diese Zeit nicht für ein ordentliches Strafverfahren aus, da selbst bei einem vollumfänglichen Geständnis zumindest die Angeklagten und üblicherweise auch ein paar wenige Zeugen vernommen werden. Auch werden meist einige Beweisstücke in Augenschein genommen und Urkunden verlesen. Immerhin schaffte der Staatsanwalt es aber diesmal gerade so, die gesamte Anklage zu verlesen. Auch waren im Abstand von jeweils knapp drei Wochen Folgetermine vereinbart, es konnte also eigentlich nichts mehr schiefgehen.

Nun muss aber nicht nur mindestens alle drei Wochen in derselben Sache verhandelt werden, der oder die Angeklagten haben auch einen (zwingenden) Anspruch auf einen gesetzlichen Richter. Das bedeutet: Die Richter und Schöffen, die am Ende das Urteil fällen, müssen während aller Hauptverhandlungstermine auch anwesend sein. Sonst muss das gesamte Verfahren von vorne aufgerollt werden.

Die Betzdorfer Richter und Schöffen aber teilten nicht unbedingt die Arbeitsmoral der Limburger »Richterin Schmerzlos«, die ihren Gerichtssaal kurzerhand in das Krankenhaus verlegte. Von einem komplizierten Beinbruch wollte sie sich nicht aufhalten lassen und verhinderte so erfolgreich das Platzen ihrer sämtlichen Verfahren.

In Betzdorf kam es daher natürlich, wie es kommen musste: Zum vierten Hauptverhandlungstermin wurde ein Schöffe, der sich bereits beim Termin zuvor angesichts eines von ihm hochgeschätzten Feuerwehrfests am nächsten Verhandlungstag über die Terminierung beschwert hatte, »überraschend« krank.

Die Verhandlung musste also erneut von vorne begonnen werden, aufgrund der Auslastung des Gerichtssaals natürlich wiederum erst ein gutes halbes Jahr später. Allerdings wurde kurz davor der zuständige Richter auf eine andere Stelle versetzt – zwar innerhalb des Amtsgerichts Betzdorf, aber auf den Posten eines Zivilrichters. Damit war er nicht mehr zuständig und somit auch nicht mehr der gesetzliche Richter. Seine Nachfolgerin trat die Stelle für einen Tag an, befand sich danach aber zunächst einmal für ein halbes Jahr im Mutterschutz. Um es kurz zu machen: Die beiden vollumfänglich geständigen Betrüger konnten bis heute nicht verurteilt werden.

Mein Praxistipp also: Die Wahl des Tatorts (und damit des für die Aburteilung zuständigen Gerichts) kann entscheidende Auswirkungen auf die zu erwartende Bestrafung haben.

Straftäter in Betzdorf werden von der Polizei zwar – vermutlich aufgrund der sehr exzessiven morgendlichen Besprechungen im polizeilichen Einsatzlagezentrum im Betzdorfer Gerichtssaal – akribisch verfolgt. Von der Justiz werden sie aber mangels Verfügbarkeit entsprechender Räumlichkeiten nur selten verurteilt. Wenn Sie also einmal im Leben ein Böser sein, aber lieber nicht dafür bestraft werden wollen: Augen auf bei der Tatortwahl!

Und wem Betzdorf zu abgelegen oder einfach zu langweilig ist, der hat auch in Berlin ganz gute Chancen: Aufgrund von Überlastung der Berliner Justiz bleiben dort ebenfalls zahlreiche Vergehen ungeahndet. Selbst viele Haftbefehle können mangels Personal nicht vollstreckt werden. Glück auf!

Wie Sie als Schwerverbrecher ganz einfach aus der Sache rauskommen

Alexander Stevens

Wer nicht die Reise ins beschauliche Betzdorf (siehe vorheriges Kapitel) antreten oder womöglich gleich unter die richtig harten Jungs gehen will, für den hat der deutsche Gesetzgeber selbstverständlich auch vorgesorgt. Ein läppisches Amtsgericht in der Provinz reicht eben auch nicht jedem.

Nehmen wir daher einfach mal an, Sie wollen Ihre Frau loswerden. Nehmen wir außerdem an, dass Sie es nicht sonderlich »elegant« anstellen (Ihre Liebste also nicht etwa mit dem Kopfkissen ersticken, mit der Folge, dass der »unerwartete« Tod aller Wahrscheinlichkeit als natürlich diagnostiziert wird), sondern gleich mit der Axt in Stücke schlagen. Dann blühen Ihnen, je nach den sonstigen Umständen der Tat, im Regelfall zwischen 15 und etwa 23 Jahren Haft wegen Mordes. Kein schöner Gedanke.

Wie wäre es aber, wenn man als Mörder selbst bei voller Beweisbarkeit der Tat, grausamster Vorgehensweise und perfidestem Tatplan mit maximal fünf Jahren Gefängnis oder einer Geldstrafe davonkäme? Geht nicht? – Gibt's nicht! Zumindest nicht, solange es Juristen gibt, die für alles eine praktikable Lösung haben. Schön also, dass der deutsche Gesetzgeber an die vielen unglücklichen Ehen gedacht und dafür gesorgt hat, dass auch hier dem frustrierten und zu allem entschlossenen Partner ein geeignetes »Lösungsmittel« zur Verfügung steht.

Der Name der Lösung: § 323a Strafgesetzbuch, der Straftatbestand des sogenannten Vollrausches. Dort heißt es: Wer sich durch alkoholische Getränke (oder andere berauschende Mittel) in einen Rausch versetzt, wird mit Freiheitsstrafe bis zu fünf Jahren oder mit Geldstrafe bestraft, wenn er in diesem Zustand eine rechtswidrige Tat begeht und ihretwegen nicht bestraft werden kann, weil er infolge des Rausches schuldunfähig war (oder weil dies nicht auszuschließen ist).

Übersetzt heißt das: Wenn Sie sich ordentlich betrinken und im volltrunkenen Zustand dann Ihre Frau (oder Ihren Mann oder Ihren Nachbarn) umbringen, können Sie nicht wegen Mordes, sondern »nur« wegen »einer rechtswidrigen Tat im Vollrausch« zu maximal fünf Jahren Freiheitsstrafe verurteilt werden. Je mehr Sie trinken, desto eher kommen Sie vielleicht sogar mit einer kleinen Bewährungsstrafe davon. Für den Mörder eine durchaus attraktive Alternative zu den ansonsten drohenden 15 bis 23 Jahren Knast.

Aber keine Sorge, die etwas weniger Mordlustigen unter Ihnen können aufatmen: Dieser berüchtigte § 323a gilt natürlich nicht nur für Tötungsdelikte, sondern schlicht für jede Straftat, die Sie im Rausch begehen. Sei es Schwarzfahren, Diebstahl, Raub oder das »Herbeiführen einer Explosion durch Kernenergie«. Wenn Sie also lieber Tankstellen oder alte Omas überfallen und es in Ihrem volltrunkenen Zustand noch schaffen, die Worte »Geld oder Leben« über die Lippen zu bringen, kommen Sie ebenfalls garantiert deutlich billiger davon.

Denn im zweiten Absatz des § 323a steht, dass die Strafe wegen »Vollrausch« auf keinen Fall schwerer wiegen darf als die Strafe, die Ihnen für dieselbe Tat im nüchternen Zustand gedroht hätte.

Gut, es gibt noch eine kleine Einschränkung, eine kleine »Downside«, wie der Angloamerikaner sagen würde: Weil dieser § 323a geradezu paradiesische Zustände für trinkfeste Straftäter schafft, sind ein paar juristische Spaßverderber auf die Idee gekommen, das Strafrecht herumzubiegen. Und zwar so, dass alles oben Gesagte plötzlich doch nicht mehr gelten soll. Sprich, man könnte nicht mehr volltrunken und damit strafmildernd seine Ehefrau umbringen oder Omis überfallen. Zumindest dann nicht, wenn es Hinweise gibt, dass man das Ganze schon vorher geplant hat. Unter dem hochtrabenden, aber eher sinnfreien Namen »actio libera in causa« (übersetzt: freie Handlung in der Ursache) wurde diese Theorie Generationen von angehenden Juristen in der Ausbildung eingeprügelt. So auch mir und vermutlich auch dem Kollegen Stephan Lucas. Die Begründung für diese berühmte strafrechtliche Theorie ist allerdings derart kompliziert und verworren, dass ich damit nur den wirklich interessierten juristischen Laien weiter behelligen will. Wenn Sie, lieber Leser, es also so machen wollen, wie Stephan Lucas es sonst üblicherweise auch macht, sollten Sie den folgenden Absatz großzügig überspringen.

Sie lesen noch weiter?

Herzlichen Glückwunsch, Sie werden es nicht bereuen. Denn warum sollte ich tatsächlich über eine schwierige Strafrechtstheorie schreiben? Mal ehrlich, wen interessiert das? Ich könnte Ihnen stattdessen ein paar sehr relevante Praxistipps aus der Welt des Strafrechts geben, die die meisten anderen Leser jetzt verpassen. Weil sie – unbedarft, wie sie sind – diesen Absatz übersprungen haben. Ich könnte schlimmer als sonst über den Kollegen Lucas herziehen, weil er diesen Abschnitt sowieso nicht lesen wird. Oder andere Dinge in dieses Buch schreiben, die nur ein erlauchter Leserkreis mitbekommen soll. Klopfen Sie sich auf die Schulter, Sie gehören dazu!

Und daher verrate ich Ihnen ein Geheimnis: Stephan Lucas kennt den Vollrausch allenfalls aus eigener leidvoller Erfahrung vom Oktoberfest, aber mit Sicherheit nicht aus dem Strafrecht. Denn Strafrecht soll, so munkelt man, im Bundesland Hessen gar nicht erst unterrichtet werden. Dort begnügt man sich angeblich damit, angehende »Juristen« mit »Malen nach Zahlen« und sinnfreien Sitzkreisdiskussionen zu bespaßen. Und drei Mal dürfen Sie raten, wo Kollege Lucas studiert hat.

Also weiter im Text: Lange Jahre haben die verklemmten Vertreter dieser Korinthenkacker-Theorie dafür gesorgt, dass man im Strafrecht trotz ordentlich Alkohol im Blut nur wenig Spaß haben kann. Tatsächlich kam der lustige § 323a des Vollrausches dank der ominösen »actio libera in causa« quasi nie zur Anwendung.

Wie gut, dass jetzt endlich Bewegung in den drögen Juristenalltag kommt. Denn immer mehr Rechtsgelehrte fragen sich (zu Recht!), warum es den Vollrausch-Paragraphen überhaupt im Gesetz gibt, wenn er im Ergebnis dann doch nie zur Anwendung kommt.

Zumal sogar in unserem Grundgesetz steht, dass der Zeitpunkt von Tat und Schuld derselbe sein muss. Die Tat kann also nicht einfach vorverlagert werden, weswegen der Akt des Trinkens auch nicht als Teil eines Mordes angesehen werden darf.

Zusammengefasst also die gute Nachricht: Jetzt, wo unter Juristen ein Umdenken stattgefunden hat, können Sie die Messer schon mal wetzen, die Pistolen vom Pistolenputzer holen, Leichensäcke bei eBay bestellen, Arsen und Salzsäure besorgen, den Kamin anschüren, Petroleum kaufen, ein Seil knüpfen oder tun, was immer Ihnen sonst noch einfällt … Hauptsache, Sie besaufen sich vor Ihrer Tat auch ordentlich und erweisen sich dabei als trinkfest genug.

Denn nach den höchstrichterlichen Grundsätzen des Bundesgerichtshofs sind in der Regel erst 3,3 Promille ausreichend für den Zustand der völligen Schuldunfähigkeit. Erst dann können Sie selbstbewusst behaupten, Ihr Verhalten nicht mehr an rechtlichen Verhaltensnormen orientieren zu können. Ein kleiner »Sicherheitsaufschlag« ist dabei anzuraten, denn das Gericht darf in Bezug auf die Promillegrenze durchaus in einem vernünftigen Rahmen von der Regel zum Nachteil eines besonders trinkfesten Täters abweichen.

Ihren Rausch müssen Sie im Übrigen auch beweisen können.

Dazu können Sie sich zum Beispiel bei Ihrem Gelage filmen oder sich unbedarfte Zeugen dafür besorgen. Passen Sie aber gut auf, dass man Ihnen nicht einen sogenannten Nachtrunk unterstellen kann, dann könnte der ganze Plan nämlich doch noch schiefgehen. Und zum Schluss noch ein Bonustipp für die echten Profischauspieler: Wenn Sie es schaffen, das Gericht davon zu überzeugen, dass Sie nicht damit gerechnet haben, aufgrund des Rauschmittelkonsums in einen Rauschzustand zu geraten, dann kommen Sie sogar gänzlich straffrei davon! Denn § 323a verlangt vorsätzliches oder fahrlässiges Handeln beim Versetzen in den Vollrausch. Wenn Sie aber nicht wussten, dass in Ihrem Wodka tatsächlich auch Alkohol ist, ist das natürlich eine andere Sache …

Und wenn Ihnen das alles dann doch zu aufwendig ist: Behaupten Sie einfach, Sie seien bei Begehung der Tat kurzfristig unerkannt geisteskrank gewesen. Dann obliegt es dem Staatsanwalt, das Gegenteil zu beweisen. Prost!

Und i fliag, fliag, fliag, wie ein Flieger – Wie Sie ganz legal Drogen konsumieren

Stephan Lucas

Deutschland ist ein Rechtsstaat. Und der stattet jeden von uns mit elementaren Menschenrechten aus. So gibt es das Recht auf Leben und körperliche Unversehrtheit. Es gilt die Meinungsfreiheit, die Pressefreiheit und die Religionsfreiheit. Es gibt das Recht auf freie Berufswahl. Und auch das Recht auf freie Entfaltung der Persönlichkeit.

Aber gibt es in Deutschland auch ein Recht auf Rausch? Ich höre das immer wieder. Und meistens und am lautesten von den Berauschten selbst. Warum auch eigentlich nicht? Unser Rechtsstaat könnte ja ein solches Recht zufällig mit im Paket haben. Hat er aber nicht. Die Rechte, die uns die Verfassung garantiert, sind nicht grenzenlos. Und so gibt es ein solches Recht auf Rausch allen Behauptungen zum Trotz in der Bundesrepublik Deutschland nicht.

Ich weiß noch, wie betrübt der Kollege Stevens geguckt hat, als ich ihm das zum ersten Mal erklärt habe. Aber ich konnte ihn beruhigen. Denn seinem »Kaufrausch«, dem er tagein, tagaus frönt, steht dennoch nichts im Wege. Dass er mein Büro am laufenden Band mit Dutzenden Paketen und Päckchen von diversen Lieferdiensten flutet, ist vermutlich ganz einfach seine Art, die eigene Persönlichkeit zu entfalten. Und dieses Recht garantiert ihm die Verfassung nun mal definitiv. Leider, möchte ich fast sagen. Und deshalb muss ich auch wohl oder (vor allem!) übel damit leben, dass es an meinem Arbeitsplatz fast immer so aussieht, als habe man gerade die Packstationen von Amazon und Zalando zusammengelegt.

Doch mit dem Recht auf Rausch ist letztlich nicht der Kaufrausch des Kollegen Stevens gemeint. Es geht vielmehr um die »Drogenkonsumfreiheit«, also um das von vielen eingeforderte Recht, sich mit verschiedensten Mitteln und Mittelchen in diverse Rauschzustände manövrieren zu dürfen. Argumentiert wird mit einem Bedürfnis, das älter sei als die Menschheit selbst. Und diesem Uraltbedürfnis müsse deshalb ein jeder per se nachgehen dürfen. Und je nach Rauschzustand werden die Stimmen, die dieses Recht einzufordern versuchen, lauter und immer lauter.

Unser Grundgesetz gibt ein solches Recht aber eben einfach nicht her. Und nach wie vor gilt in Deutschland das Betäubungsmittelstrafrecht. Das ist mit unserer Verfassung auch durchaus vereinbar, so jedenfalls hat es das Bundesverfassungsgericht am 09.03.1994 in seiner vielbeachteten »Cannabis-Entscheidung« klipp und klar verkündet. Und das ist für viele natürlich alles andere als berauschend.

Und für viele Freunde des Rausches ein echter Grund, sich zu echauffieren. Die Argumente sind bekannt: die alte Leier, dass Alkohol in Wirklichkeit viel gefährlicher und trotzdem erlaubt sei. All die anderen Drogen seien ja in Wahrheit um einiges harmloser. Und erst die positiven Nebeneffekte. Der Joint am Abend lindere die Rückenschmerzen. Das Koks am Wochenende fördere die Kreativität. Und Cannabis mache ja sowieso gar nicht mal abhängig. Sehr wohl aber der Alkohol und das ebenfalls legal zu erwerbende Nikotin.

Einiges davon lässt sich durchaus nachvollziehen. Und warum nicht mal drüber reden? Beim Bierchen, einer Zigarette oder – je nach vertretener Position – vielleicht beim Kiffen oder Koksen. Sich dann lachend und lallend mit großem Rededrang und dem bereits fünften Gin Tonic gut gelaunt und positiv einbringen. Oder sich leicht passiv und interessenlos mit der Bong in der Hand zurücklehnen, ehe einem die ganze Angelegenheit irgendwann einfach nur noch grundlos komisch daherkommt. Oder – Pille sei Dank – mit wachen und anregenden Kommentaren und größter Sympathie für sämtliche Diskutanten ausgelassen und extrovertiert voll im Thema drin sein. Und dann nur noch getoppt werden von diesem Menschen zur Linken, der gerade das kleine Röhrchen wegpackt und völlig euphorisch und enthemmt die Diskussion vorantreibt. Egal, zu welchem ultra-liberalen Legalize-it-all!-Schluss die illustre Runde dann auch kommen mag. Das Betäubungsmittelgesetz lässt sich nicht so einfach kippen.

Und auf den ersten Blick scheint das ja auch gar nicht mal notwendig. Denn eines steht unstrittig fest: Der Konsum von Drogen jeglicher Art ist garantiert nicht strafbar. Es gibt nichts, was Sie sich nicht gönnen dürfen: Cannabis, Koks, LSD, Pillen, Heroin, Liquid XTC – was immer Ihr Herz begehrt. Ganz wunderbar. Das ist doch endlich mal eine klare Aussage. Das Kapitel könnte ich an dieser Stelle also einfach kappen. Und ich hätte Raum, mich noch ein wenig über die Paket- und Päckchen-Politik von unserem »Stiiiiieevens« auszulassen.

Aber nein, so geht's natürlich nicht. Denn das mit dem straflosen Drogenkonsum ist gar nicht so einfach. Es ist ein bisschen wie mit der Flucht aus dem Gefängnis (siehe Kapitel *Ich bin so frei*): Die Sache selbst ist nicht strafbar, aber der Pfad zum straflosen Konsum ist mit potenziellen Straftaten nur so gepflastert: Anbau, Herstellung, Handel, Weitergabe, Erwerb, ja selbst Besitz von Betäubungsmitteln, ohne im Besitz der hierzu erforderlichen Erlaubnis zu sein, ist stets strafbar. Und die Erlaubnis bekommt man als »Interessierter« ganz bestimmt nicht gewährt.

Na toll. Da bringt die lapidare Feststellung einem dann auch nichts, dass Sie in unserem Land alles konsumieren dürfen, selbst wenn es sich dabei um die nach Apfel oder Erdbeeren duftenden Radiergummis aus den Achtzigern handeln sollte. Wie bitte schön soll man denn die begehrten Drogen garantiert nicht strafbar konsumieren, wenn man sie weder erwerben noch besitzen darf? Das mit dem Herstellen und Verkaufen könnte man ja noch den echten Gangstern überlassen. Aber ohne Besitz ist das mit dem Konsum nicht ganz so einfach …

Und genau genommen heißt das: Wer mit dem Strafgesetzbuch keinen Ärger haben will, lässt besser die Finger weg von all dem Zeug. Denn nahezu jeder Schritt zum erlaubten Konsum ist erst mal verboten.

Aber zäumen wir doch mal das Pferd von hinten auf. Sie konsumieren also die Droge, die Sie gerne konsumieren möchten. Viel Spaß dabei! Sie befinden sich erst mal rechtlich im grünen Bereich. Haben Sie aber die Droge, die Sie sich gerade genehmigen, selbst mitgebracht, dann machen Sie sich – weil Sie das Zeug besitzen – genau deshalb strafbar. Und zwar allen gegenteiligen Behauptungen zum Trotz ohne Wenn und Aber. Es ist ein Ammenmärchen, dass der Besitz kleinster Mengen nicht vom Gesetz erfasst werde. Er fällt immer, ganz gleich von welcher Größenordnung wir auch sprechen mögen, unter das Betäubungsmittelgesetz. Zwar wird die Staatsanwaltschaft in manchen Fällen nach § 31 BtMG das Strafverfahren einstellen oder sogar von vorne herein von der Verfolgung absehen, wenn es sich nur um geringe Mengen von Betäubungsmitteln handelt. Dass eine Menge aber gering ist, reicht noch nicht per se aus. Sie muss außerdem von Ihnen mutmaßlich zum ausschließlichen Eigenverbrauch besessen werden. Außerdem muss Ihre Schuld als gering eingestuft und von der Staatsanwaltschaft kein öffentliches Interesse an der Strafverfolgung bejaht werden. Alles sehr schwammig. Sie merken es selbst.

Gut, das mit der geringen Menge, das lässt sich letztlich bemessen. Es muss lediglich geklärt werden, wie viel denn nun überhaupt »gering« ist. Und das mit dem Besitz zum reinen Eigenverbrauch, das werden Sie auch gerade noch so hinbekommen. Aber aufgepasst: Am besten gegenüber der Polizei die Klappe halten – siehe Kapitel *Reden ist Silber, Schweigen ist Gold.*

Denn schnell haben Sie sich mit nur wenigen Worten um Kopf und Kragen geredet. Schweigen Sie aber, bleiben Sie häufig nur noch auf den beiden wachsweichen Voraussetzungen der »geringen Schuld« und des »öffentlichen Interesses« hängen.

Und diese so typischen Juristenbegriffe werden von Bundesland zu Bundesland und teilweise sogar von Staatsanwaltschaft zu Staatsanwaltschaft sehr unterschiedlich gehandhabt. So gibt es Bundesländer, die eine Einstellung der Strafverfolgung bei bestimmten Mengen sogar zwingend vorschreiben. Andere überlassen es dem jeweiligen Staatsanwalt, wie er die Sachlage einschätzt. Und natürlich hängt es auch immer davon ab, von welchen Betäubungsmitteln wir gerade sprechen. In Bayern zum Beispiel wird das Verfahren – wenn überhaupt – nur bei Cannabis im Keim erstickt, und zwar bei maximal drei vorgefundenen Konsumeinheiten – und hierfür werden sechs Gramm angesetzt. Allerdings ist diese Regelung alles andere als zwingend. Verlassen Sie sich also bitte nicht darauf!

Und wir reden natürlich auch nur vom Ersttäter. Beim zweiten Mal gibt's dann in der Regel schon eine Verurteilung. Ganz anders in Berlin. Bei bis zu zehn Gramm werden Sie immer in Ruhe gelassen, egal, wie oft man Sie erwischt. Und bei bis zu 15 Gramm dürfen Sie zumindest ernsthaft auf eine spätere Einstellung des Verfahrens hoffen.

Wenn Sie also zum ersten Mal erwischt werden, haben Sie, auf gut Deutsch, gute Karten. Je nachdem, wo Sie sich auf der deutschen Landkarte befinden, gibt's zum Teil sogar eine echte Garantie, dass bei Besitz einer kleinen Menge für den Eigenbedarf keine Strafe folgt. Aber strafbar ist's allemal, es führt nur nicht zwangsläufig zu einer strafrechtlichen Verurteilung.

Vielleicht lässt es sich für Sie ja einrichten, so mancher Lust auf Rausch lieber im Norden oder Osten nachzugehen. In Bayern genießen Sie dann eben lieber das gute Bier. Denn Sie wissen ja, im Süden geht in Sachen Alkohol ein bisschen mehr. Nach zwei Maß Bier, so jedenfalls der CSU-Politiker Günther Beckstein in seiner vielbeachteten Berliner Rede, sei Autofahren noch vertretbar. Garantiert straflos ist das aber ganz und gar nicht (siehe Kapitel *Absolut nicht alles ist relativ*), nehmen Sie es also bitte nicht zu ernst. Politiker nehmen es manchmal eben nicht so genau mit der Wahrheit.

Aber wie ist das nun mit dem Konsum und dem Besitz? Kann man konsumieren, ohne zu besitzen?

Ja, es geht. Und dann auch nicht nur im Norden oder Osten Deutschlands, sondern tatsächlich vom Wattenmeer bis an die Alpen und vom Rhein bis an die Oder. Zwar ohne Garantie. Aber nahe dran.

Das Problem: Einen Dummen muss es dabei leider geben. Stellen Sie sich folgende Situation vor: Es steigt eine Party, und ein Joint macht die Runde. Irgendjemand hat das Zeug mitgebracht. Und dass dieser Jemand im selben Moment strafbewehrter Besitzer ist, das erkennt wohl auch ein Laie.

Doch was ist mit Hans oder Franz, an die unser Drogenbesitzer das Ding für einen genüsslichen Zug weiterreicht? Sie werden es vielleicht nicht auf Anhieb wissen. Aber der, der da nun zieht, also dieser Hansfranz oder Hanffranz, wie wir ihn jetzt einfach mal nennen, der hat an dem Joint juristisch betrachtet keinen »Besitz«. Der Jurist verlangt nämlich, dass der Besitzer die Möglichkeit hat, nach Belieben mit der Sache zu verfahren. Und diese Möglichkeit hat derjenige, der einfach nur mal zieht, eben nicht. Für »Besitz« im juristischen Sinne reicht es also nicht aus, die Tüte nur zum Zwecke des Rauchens vorübergehend in der Hand zu halten.

Klingt doch erst mal ganz gut. Jetzt kommt allerdings das Problem: Wenn dieser Hans (oder hieß er Franz?) den Joint an den nächsten Franz (oder Hans?) weitergibt, dann schwingt er sich nach Ansicht vieler Juristen damit zum Besitzer auf. Denn jetzt zieht er nicht mehr nur und genießt, sondern er trifft auch die Entscheidung, wie es mit dem Joint nunmehr weitergehen soll.

Tut es der Nächste, also der Hans oder Franz, ihm gleich, wird auch er wieder Besitzer. Denn auch er trifft wieder Entscheidungen über den weiteren Verlauf. Auch er ist also – juristisch – Besitzer.

Der Hans (blicken Sie noch durch? Warum heißen in diesem Beispiel eigentlich alle gleich?) verliert den Besitz nun zwar an diesen anderen Franz (Sie wissen schon: der, der den Joint vorher hatte – der Franz halt). Aber er hatte ihn eben vorher in Besitz. Und er hat sich dadurch strafbar gemacht. Und der, der das Ding ursprünglich mal gebaut und in die Runde gegeben hat, der – ich hoffe, Sie können mir noch folgen – behält im Zweifel einen sogenannten Mitbesitz daran. Er (ich nenne ihn jetzt einfach mal völlig anders, sagen wir Hieronymus) hat schließlich immer noch genug Macht – wenn er nicht vom Rausch schon völlig kaputt und müde sein sollte –, seine Tüte jederzeit zurückzuverlangen. Und damit hat er ebenfalls weiterhin Entscheidungsmacht über den Shit.

Klingt so, als würden sich am Ende doch alle irgendwie strafbar machen. Weit gefehlt!

Hätte der Franz (so hieß er doch, glaube ich) tatsächlich nur am Joint gezogen und ihn dann gleich wieder dem Hieronymus zurückgegeben, dann wäre er nach diesen juristischen Definitionen nie Besitzer gewesen, sondern reiner Konsument. Und das wäre garantiert nicht strafbar.

Und wenn das nun alle Hansens und Franzens, Petras, Chantals, Ansgars, Murats und Pepes auf dieser total rockenden Schlummerparty so handhaben, dann macht sich garantiert keiner von ihnen strafbar. Also schön den Joint nehmen, dran ziehen und ihn dann brav dem Hieronymus zurückgeben!

Schön doof also, den Joint die berühmte Runde machen zu

lassen. Auch wenn das wohl der Klassiker ist. Soweit Sie sich an dieser fröhlichen Runde also überhaupt beteiligen wollen, lassen Sie den Joint in Zukunft also lieber einen »Zickzack« machen. »Zick« zum Konsumenten, »zack« zurück zu Hieronymus, wieder »zick« zum nächsten Konsumenten und erneut »zack« zurück zu Hieronymus. Und dann eben wieder »zick« und noch mal »zack«. Und dann einfach nur noch »Zicke zacke zicke zacke hoi hoi hoi«. Verstanden?

Gut, Hieronymus ist dann am Ende ebendieser eine, der dumm aus der Wäsche guckt. Denn er – und nur er – hat sich hier als Besitzer strafbar gemacht.

Aber Vorsicht! Die Situation ist eine völlig andere, wenn Sie stattdessen mit drei Freunden übers Wochenende auf irgendeine Hütte fahren, meinetwegen ins österreichische Krems oder ins Zillertal. Sie freuen sich mit Ihren Freunden schon darauf, sich abends ein bisschen Gemütlichkeit, Trägheit und ein wenig Gekicher und Gelächter zu gönnen.

Und dann sieht's ganz schnell ganz anders aus. Folgende neue Situation: Von der ursprünglichen Runde ist wieder der Hieronymus mit dabei, Hans und Franz (oder waren es Franz und Hans?) machen zur selben Zeit aber Wellnessurlaub in Speyer. Diese Luschen.

Wichtig ist nun das Folgende: Hieronymus besorgt bei der ihm bekannten Quelle im Stadtpark von Buxtehude den Stoff und schmuggelt ihn mit zur Hütte, wo meinetwegen Sie und Ihre anderen beiden Freunde schon auf Hieronymus und den Stoff warten. Da können Sie jetzt so viel »Zickzack« machen, wie Sie wollen, Sie sind dran! Es spielt für die Frage der Strafbarkeit keine Rolle mehr. Denn hier haben Sie ja von vornherein zu viert entschieden, sich abends entspannt mit THC auseinanderzusetzen. Niemand ist hier irgendwie Chef. Sie machen's zusammen. Hieronymus war für Sie alle losgezogen, um für Sie alle das Zeug zu besorgen. Und deshalb haben Sie alle nun eine gewisse Entscheidungsmacht, wann und wie damit verfahren werden soll. Und Sie alle sind somit gemeinschaftliche Besitzer. Und damit machen Sie sich allesamt strafbar.

Alle außer Hans und Franz natürlich, die sich zur selben Zeit in der Solegrotte das Salz teilen und sich gegenseitig den Rücken damit einreiben.

Okay, in vielen Fällen wird's gutgehen. Nicht jeden Tag ist Razzia-Party. Aber das ist ja eigentlich immer so. Erst mal muss man erwischt werden. Wenn es Ihnen aber nur darum gehen sollte, nicht aufzufliegen, dann empfehle ich Ihnen die Lektüre des noch nicht geschriebenen Sachbuchs *Garantiert nicht entdeckbar*. Denn kaum ein anderes Delikt fliegt so oft auf wie der Verstoß gegen das Betäubungsmittelgesetz.

Gut, wenn im Falle einer Razzia alle brav schweigen, wird auch nicht zu beweisen sein, dass auf der erwähnten Feier der Hieronymus der Brötchengeber war. Und dass der Joint womöglich doch nicht »zickzack« hin und her gereicht wurde, sondern die klassische Runde gedreht und so jeden Einzelnen zum Mitbesitzer gemacht hat. Aber so läuft es einfach in der Regel nicht. Zu viele Mitwisser. Und irgendwer plappert immer. Dieser grausame § 31 BtMG – die sogenannte Kronzeugenregelung. Wenn Sie richtig petzen und Leute hinhängen, dann kann das Gericht theoretisch sogar von Strafe absehen. Selbst wenn Sie womöglich massiv gegen das BtMG verstoßen haben sollten.

Kommen wir noch zu einer ganz anderen Situation. Stellen Sie sich einfach mal Folgendes vor: Unser Freund (ja, warum eigentlich nicht) Bert Lochmüller (ja, der aus dem Kapitel *Ich bin dann mal auf dem Klo*) leidet unter dem vielen Stress als Beamter. Und den hat er halt immer genau dann, wenn er nicht gerade zum reinen Privatvergnügen auf dem Klo sitzt. Um dennoch richtig wach und gestärkt durch die Flure des beschaulichen Ämtchens stolzieren zu können, zieht er sich allmorgendlich eine ganz gepflegte Line rein.

Bert Lochmüller hat auch einen Kollegen auf dem Amt: Bernd Mülllocher. Und um der Einsamkeit zu entfliehen, haben die beiden Herren eine WG gegründet. Und dort ziehen sie nun allmorgendlich in trauter Zweisamkeit eine Nase Koks. Nun haben Lochmüller und Mülllocher aber eines schönen Tages die Polizei im Haus. Die beiden haben nämlich die WG für Dreharbeiten zu einem ganz speziellen *Blaulicht-Doku-Soap-Spezial* zur Verfügung gestellt, um sich was dazuzuverdienen. Leider hat ihnen von der Produktionsfirma niemand gesagt, dass es tatsächlich echte Polizisten sind, die bei solchen fiktiven Doku-Soaps durchs Bild hüpfen. Und so haben sie sich versehentlich selbst die Bullen an den Hals gehetzt. Zwei von denen sind dann bei einer gespielten Hausdurchsuchung auf echtes Koks gestoßen. Das natürlich sofort sichergestellt wurde – also richtig in Wirklichkeit, meine ich.

Wie gut, dass sich Lochmüller und Mülllocher für eine Dreizimmerwohnung entschieden hatten. Ein Schlafzimmer für jeden und – jetzt kommt's – ein gemeinsamer Aufenthaltsraum.

Nun liegt der Stoff in diesem Gemeinschaftsraum mit all den Utensilien, die man zum »Ziehen« eben so braucht. Und dadurch hat die Polizei ein riesiges Beweisproblem. Wem genau gehört denn nun all das Zeug? Dem Lochmüller oder dem Mülllocher? Nur weil in der eigenen Wohnung irgendwas rumliegt, ist man doch noch kein Besitzer, oder? Richtig! Es muss den potenziellen Koksern schon eine gewisse Verfügungsgewalt über das Zeug nachweisbar sein. Wenn Lochmüller nun gar nicht wüsste, was der Kollege Mülllocher da bisweilen treibt, dann wäre er aus der Besitznummer raus. Und der Mülllocher könnte ja ebenso von gar nichts gewusst haben.

Mag auch vieles dafür sprechen, dass sich die beiden die eine oder andere Line gelegentlich gemeinsam reinziehen. Das kann aber niemand unterstellen. Im Zweifel für den Angeklagten. Die Justiz wird zugunsten der beiden für jeden annehmen müssen, dass es genau der andere ist, der hier für den Besitz verantwortlich zeichnet. Die Chancen, ungeschoren davonzukommen, sind nicht schlecht.

Schwieriger mag es vielleicht werden, wenn die Polizei Spuren im Gemeinschaftszimmer sichern und auswerten lässt. Aber nur, weil man mal etwas anfasst, ist man noch nicht zwingend Besitzer. Denn es reicht für den Besitz ja nun mal nicht, wenn man das eine oder andere Suchtmittel einen Moment lang berührt, um es zu konsumieren. Das wissen Sie aber natürlich schon.

Vielleicht versuchen Sie es aber einfach doch mit anderen, legalen Rauschmöglichkeiten. Ich finde, Kollege Stevens macht das mit all den Päckchen und Paketen gar nicht mal so schlecht.

Und ihn unterstützt dabei sogar das Grundgesetz. Er entfaltet anders als der Konsument von Drogen ganz legal seine Persönlichkeit. Aber zugegeben: Sein soziales Umfeld zieht er ganz schön mit rein.

Und eine diffuse Angst schwingt bei mir im Büro auch immer mit. Man könnte mir schließlich Mitbesitz an den ganzen Päckchen unterstellen. Und den will ich beim besten Willen nicht haben! Schon gar nicht an diesen diskret verpackten Sachen, von denen ich bis heute nur raten kann, was der Kollege damit wohl im Schilde führt.

Gerade frage ich mich außerdem, ob er selbst überhaupt Besitzer sein kann. Denn Herrschaft hat er über all die Dinge, die da mein Zimmer pflastern, schon lange nicht mehr. Dafür ist alles viel zu unüberschaubar.

Alex, mein Lieber: Hol doch bitte den Scheiß endlich ab!

(Un)erlaubtes Entfernen vom Unfallort – Fahrerflucht für Profis

Alexander Stevens

Gehören Sie zu denjenigen Menschen, die einer armen alten Dame oder besser: einer heißen Blondine, die gerade mühsam versucht einzuparken, Hilfe anbieten?

Ja? – Ich nicht!

Denn kommt es trotz Ihrer hervorragenden Einweisung in den Parkplatz und trotz Ihrer gutgemeinten Ratschläge zum richtigen Lenkradeinschlag zum Unfall, gelten Sie als Unfallbeteiligter. Selbst dann, wenn Frau am Steuer einmal mehr Gas- mit Bremspedal verwechselt und Sie als bloßer Einweiser wirklich nichts für das Malheur können.

Sollten Sie dann auch noch den Unfallort verlassen, sind Sie dran – wegen Unfallflucht.

Ziemlich fies, nicht wahr? Kleiner Trost, immerhin haben Sie dann große Chancen auf die Telefonnummer der heißen Blondine. Denn auch die ist Unfallbeteiligte und damit zur Preisgabe ihrer Personalien verpflichtet – allerdings auch die alte Oma.

Die Frage lautet also: Muss man eigentlich immer gleich die Polizei rufen, wenn man einen Unfall baut? Oder reicht das Hinterlegen von Name und Adresse? Kann man nach einem Unfall einfach davonfahren, getreu dem Motto, dass man sich im Strafrecht niemals selbst belasten muss? Auf Privatparkplätzen ist Unfallflucht juristisch überhaupt nicht möglich, oder? Fragen über Fragen. Und dennoch kommt es rund 400 000 Mal pro Jahr in Deutschland zu einem unerlaubten Entfernen vom Unfallort. Entweder wir Deutschen sind also ein geborenes Verbrechervölkchen, oder das Gesetz rund um die Unfallflucht ist so streng, dass man sich quasi immer gleich strafbar macht – völlig egal, wie man sich nach einem Unfall verhält?

Und Letzteres scheint gar nicht so abwegig. Beim ersten Lesen wirkt die Vorschrift fast so, als wäre es quasi unmöglich, sich von einem Unfall (und sei es auch ein noch so mickriger Blechschaden) zu entfernen, ohne Ärger mit der Polizei zu bekommen. Heißt es doch in § 142 des Strafgesetzbuchs, dass ein jeder Unfallbeteiligter, der sich nach einem Unfall im Straßenverkehr vom Unfallort entfernt, bevor er Feststellungen zu seiner Person und der Art seiner Beteiligung ermöglicht, oder nicht eine angemessene Zeit gewartet hat, ohne dass jemand bereit war, die Feststellungen zu treffen, mit bis zu drei Jahren Freiheits- oder mit Geldstrafe bestraft wird. Übrigens auch dann, wenn man sich nach Ablauf der Wartefrist oder entschuldigt vom Unfallort entfernt hat und nicht unverzüglich nachträglich dem Unfallgegner oder einer nahegelegenen Polizeidienststelle mitteilt, dass man an dem Unfall beteiligt war, nebst Anschrift, Aufenthaltsort sowie Kennzeichen und Standort des eigenen Fahrzeugs.

Einziger Trost: Selbst innerhalb der Behörden scheint die Unfallflucht trotz reger Strafverfolgung als Kavaliersdelikt zu gelten, da sie im Gegensatz zu jedem anderen Firlefanz statistisch gar nicht erst erfasst wird – und bedenken Sie, dass selbst der »Missbrauch ionisierender Strahlen« in der polizeilichen Kriminalstatistik erfasst wird (siehe Kapitel *Terrorismus für Fortgeschrittene*)!

Sie können also aufatmen. Und ich zeige Ihnen, wie Sie es ab jetzt komplett richtig machen. Um das Ganze außerdem etwas plastischer zu gestalten, kann ich Ihnen bei dieser Gelegenheit auch gleich noch zeigen, wie juristische Prüfungsarbeiten in Deutschland eigentlich aussehen.

Mit Stolz darf ich Ihnen hiermit also eine Originalklausur für das Strafrecht präsentieren, die ich seinerzeit an der Uni meinen Studenten des ersten Semesters gestellt habe – dass der Protagonist denselben Namen wie mein geschätzter Anwaltskollege trägt, ist natürlich dem reinen Zufall geschuldet …

1. Klausur im Strafrecht

Sachverhalt:

Rechtsanwalt Lucas, nicht unbedingt dafür bekannt, ein begnadeter Autofahrer zu sein, ist auf dem Weg in seine Anwaltskanzlei. An der Straßenecke zum Kanzleiparkplatz versucht er, mit seinem nagelneuen Kleinwagen einer immerhin teuren deutschen Nobelmarke in die Einfahrt einzubiegen. Ob seines vorangegangenen Konsums einer doppelten Portion Fish and Chips in dem von seinem englischen Anwaltskollegen Stevens empfohlenen neuen »British Restaurant« ist er allerdings ein wenig träge. Und so kommt es, wie es kommen muss: Einmal mehr verschätzt er sich in den Ausmaßen seines schnittigen Fahrzeugs und fährt direkt gegen den am Straßenrand stehenden Abgrenzungspfosten. Letzterem geht's gut – weniger gut geht's hingegen Lucas' neuem Auto, das eine ansehnliche Beule davonträgt.

Nachdem Lucas im Anschluss an diesen Zwischenfall durch das elektrische Garagentor gerollt und auf seinem kanzleieigenen Parkplatz angekommen ist (an welchem übrigens ein Schild angebracht ist, das den Nutzer als »Maj. Prof. Dr. mult. Luc.« ausweist – das »-as« zur Vervollständigung seines Namens hat ob der vielen Titel leider nicht mehr auf das genormte Schild gepasst), reißt er beim Aussteigen die Tür etwas weiter auf als sonst, um angesichts seines zuvor genossenen opulenten Mahls überhaupt aussteigen zu können. Hierbei touchiert er das neben ihm geparkte Auto der Sekretärin am Kotflügel. An dem Rover der Sekretärin, den Lucas aus Neid darüber, dass seine Angestellte ein größeres Auto fährt als er, ungern als Auto, sondern ausnahmslos als englischen Schrotthaufen bezeichnet, ist eine größere Delle just an der Stelle zu erkennen, wo Lucas die Tür gerade dagegengeschlagen hat.

Da es Lucas wie immer eilig hat – Pünktlichkeit ist nicht so sein

Metier –, er aber auch schon wieder Hunger hat, eilt er noch schnell zu Da Mario, seinem Lieblingsitaliener, den es laut eigenen, unüberprüften Angaben schon seit 1956 gibt. An der Ampel übersieht er einen entgegenkommenden Inlineskater und rempelt ihn dabei aus Versehen an. Aus dem Augenwinkel sieht Lucas, wie der Inlineskater deshalb gegen ein Straßenschild fährt, was ihn aber nicht weiter interessiert. Er rennt – oder vielmehr rollt –»eiligen Schrittes« weiter in Richtung seines wohlverdienten Snacks bei Mario, denn er hat nachher im Büro noch einen wichtigen »Termin«.

Eineinhalb Pizzen später tritt Lucas den Rückweg zum Büro an. Auf der anderen Straßenseite steht der neue SUV vom Kollegen Stevens, der einfach frech und illegal direkt vorm Eingang der Kanzlei parkt. Lucas konnte dieses Auto sowieso noch nie leiden. Zwar fährt Stevens dasselbe deutsche Edelfabrikat wie er selbst, aber eben ein zehnmal so teures, größeres, protzigeres, neueres, unfallfreies und einfach insgesamt deutlich cooleres Fahrzeug mit deutlich mehr PS. Aus Rage über Stevens' Dreistigkeit und auch darüber, dass Stevens wieder einmal den Größeren hat, sticht Lucas mit seinem neuen Mont-Blanc-Kugelschreiber, den er auf seiner letzten Thailandreise (siehe Kapitel *Die »echte« Louis Vuitton aus Patpong*) günstig erworben hat, in Stevens' Reifen, um nicht nur an diesem, sondern auch bei sich selbst etwas Luft abzulassen.

Als Lucas – immer noch wutentbrannt – zur Eingangstür der Kanzlei geht, entdeckt er direkt davorstehend noch ein weiteres Gefährt: eine kleine Vespa, die wohl der neuen Praktikantin namens Taylor gehören muss. Schließlich hat sich diese für heute in der Kanzlei angekündigt, und Lucas brennt schon darauf, sie endlich kennenzulernen. Denn er hat gehört, dass Taylor aus England kommt, und für englische Frauen hat Lucas eine ganz besondere Schwäche. Daher möchte er sich unbedingt bei ihr vorstellen, noch ehe es der Stevens tun kann, und rennt dabei –

etwas geistesabwesend ob seiner Vorfreude –, den Mont-Blanc-Kugelschreiber immer noch in der Hand, am Roller vorbei. Dabei streift er, diesmal definitiv unbeabsichtigt, das Blech der schönen Vespa, wodurch ein oberflächlicher Kratzer entsteht. Aber technisch versiert, wie der Lucas nun mal ist, kann er den Kratzer mit etwas Spucke und einem Taschentuch so wegpolieren, dass tatsächlich nichts mehr davon zu sehen ist.

Im Büro endlich angekommen, entdeckt Lucas zu seinem Entsetzen einen Zettel von Stevens, dass dieser mit Taylor heute zum Mittagessen gegangen ist. Jetzt brennt dem Lucas endgültig der Hut, denn auch er hatte vorgehabt, die heiße Engländerin bei einem schönen Mittagessen zu beeindrucken – ein paar nette erfundene Heldengeschichten aus seiner Zeit als Major bei der Bundeswehr hatte er sich extra schon ausgedacht. Eile ist geboten. Lucas schnappt sich das Fahrrad seines Bruders, das dieser bei seinem letzten Kanzleibesuch dort stehen gelassen hat, und macht sich sofort auf zu dem noblen »British Restaurant«, wo er den Stevens mit Taylor vermutet.

Auf dem Weg dorthin, der glücklicherweise größtenteils bergab führt, denn wer Stephan Lucas kennt, weiß, dass es mit seiner Kondition nicht unbedingt zum Besten bestellt ist, muss er allerdings ob seiner rasanten Fahrweise einem entgegenkommenden Lkw ausweichen und fährt dabei durch eine große Pfütze. Das stark verschmutzte Wasser spritzt in alle Richtungen, unter anderem auf einen vorbeikommenden Fußgänger.

Lucas' weiterer Weg führt ihn durch mehrere kleine, enge Gassen der Innenstadt. Da Lucas nicht mehr eine ganz so drahtige Figur auf dem Drahtesel macht, jetzt, wo er tatsächlich selbst in die Pedale treten muss, kommt es zu ausfallenden Lenkbewegungen und kurz vor Erreichen des Ziels zum Sturz. Lucas geht es gut, das Fahrrad seines Bruders ist hingegen Schrott. Ungeachtet dessen lässt Lucas das Fahrrad einfach am Straßenrand liegen und eilt zu Fuß weiter zum Restaurant.

Allerdings fehlt von Stevens und Taylor jede Spur. Noch wütender beschließt Lucas, sich mit seinem Auto weiter auf die Suche nach den beiden zu machen, da er nach den ca. 400 Metern auf dem Fahrrad ziemlich außer Puste ist. Ziellos fährt er in der Innenstadt umher, als er den Stevens plötzlich ausgerechnet im Da Mario erblickt. Das geht dem Lucas jetzt entschieden zu weit. Dass Stevens die heiße englische Praktikantin vor ihm ausführt, ist schon ein Skandal, aber dann auch noch in Lucas' Stammlokal …

Mit quietschenden Reifen bremst er ab und steigt aus seinem Auto aus – obwohl er in einer mehr als unübersichtlichen Straßenkurve und noch dazu im absoluten Halteverbot steht. Wutentbrannt will er Stevens und die Praktikantin zur Rede stellen. Als er sich den beiden aber nähert, muss Lucas feststellen, dass es sich bei der englischen Praktikantin um einen ausnahmslos männlichen Praktikanten handelt. Lucas hatte dessen Namen Taylor schlichtweg falsch gedeutet.

Als sich Lucas, von diesem Schock sichtlich erholt, zurück zu seinem Auto begibt, bemerkt er, dass zwei andere Fahrzeuge in einen Unfall verwickelt sind, wobei sich beide Fahrer lauthals über diesen so dreist im absoluten Halteverbot abgestellten Kleinwagen beschweren und sich angesichts dessen doch sehr weiblich anmutender Lackierung und Ausstattung fragen, welche Frau hier nur so bescheuert geparkt haben kann. Nur deshalb sei es überhaupt zu dem Unfall gekommen, hierin sind sich die beiden einig. Lucas hingegen nutzt den Streit der anderen Fahrer aus, setzt sich in einem unaufmerksamen Moment der beiden schnell ans Steuer und braust davon.

Auf dem Rückweg kracht es dann richtig. Weil Lucas noch unbedingt die dunkelrote Ampel mitnehmen will, verunfallt er mit einem Kleinlaster. Sowohl der Laster als auch Lucas' Auto sind Schrott. Der englischsprechende Lkw-Fahrer, der Lucas sogleich erkennt, weil er gern seine Gerichtssendungen guckt, bittet Lucas um seinen Personalausweis zur Unfallaufnahme. Lucas denkt aber gar nicht daran, ihm diesen herauszugeben, denn von Engländern hat er heute die Nase gestrichen voll. Er hat für diesen Unfug keine Zeit und jetzt einen wichtigen Termin, weswegen er sich unter den fragenden Blicken des Lkw-Fahrers zu Fuß auf den Weg zurück ins Büro macht. Im Davongehen teilt er dem Engländer noch mit, dass es allenfalls sein könne, dass er am Unfall eine, wenn überhaupt, geringe Teilschuld trage.

Frage:
Wie oft hat sich Rechtsanwalt Lucas wegen unerlaubten Entfernens vom Unfallort gemäß § 142 StGB strafbar gemacht? Fertigen Sie hierzu ein Rechtsgutachten an.

Gehen Sie bei der Bearbeitung davon aus, dass Herr Lucas auch im Anschluss keine weiteren Beiträge mehr dazu leistet, die Unfälle oder seine Beteiligung daran aufzuklären.

Ein Jurastudent verbringt mit der Lösung einer solchen Klausur mindestens zwei volle Stunden. Da aber Sie, lieber Leser, im Zweifel kein Jurastudent sind, lassen Sie uns die Lösung etwas abkürzen. Und an denjenigen Leser, der sich dieses Buch tatsächlich kauft, um sein juristisches Examen zu bestehen – ähm, viel Glück! (Lucas hat es ja schließlich auch irgendwie geschafft.)

Fassen wir also kurz zusammen:

Keinem gegenüber hat sich Stephan Lucas offenbart – nicht mal seinem eigenen Bruder, geschweige denn der Sekretärin, dem Taylor, dem Stevens, dem Inlineskater, dem armen nassgespritzten Fußgänger, den beiden Unfallgegnern im Halteverbot, der Stadtverwaltung oder gar der Polizei. Eine Ausnahme besteht vielleicht noch bei dem englischen Lkw-Fahrer, der ihn aber schlicht selbst erkannt hat.

Die Lösung sämtlicher Fälle ist ganz einfach: Lucas hat sich in keinem der oben genannten Fälle wegen unerlaubten Entfernens vom Unfallort strafbar gemacht. Aber der Reihe nach:

1. Der Pfosten

Als Lucas in den Betonpfosten geknallt ist, hat lediglich sein eigenes Auto Schaden genommen. Dem Pfosten ging es gut. Insoweit liegt schon gar kein Unfall im juristischen Sinne vor, denn ein solcher setzt immer einen Fremdschaden voraus. Schließlich ist es ja Sinn und Zweck des Gesetzes, Feststellungen zugunsten des Geschädigten beziehungsweise der anderen Unfallbeteiligten zu ermöglichen, was hinfällig ist, wenn es gar keinen Schaden gibt.

Übrigens, manch juristische Lehrmeinung geht sogar so weit, dass selbst dann kein Unfall und damit auch keine Unfallflucht vorliegt, wenn nicht aufgeklärt werden kann, ob der Schaden nicht schon vorher bestand.

Praxistipp: Wenn Sie mal wieder beim Parken an eine alte Rostlaube anditschen, behaupten Sie doch einfach, die Beule in der Fahrertür habe rein gar nichts mit Ihnen zu tun und sei schon immer da gewesen. Sie können folglich auch keine Unfallflucht begangen haben.

2. Der Rover der Sekretärin

Was den Vorfall mit dem Rover der Sekretärin angeht, haben wir unproblematisch einen Schaden und damit einen Unfall. Zudem ist Lucas einfach abgehauen und hat auch nicht nachträglich der armen Frau oder gar der Polizei Bescheid gegeben.

Aber hat sich der Unfall auch wirklich im öffentlichen Straßenverkehr ereignet? Letzteres ist Voraussetzung, um sich wegen Unfallflucht strafbar zu machen, und da liegt der Hund begraben.

Zwar will die Rechtsprechung am liebsten alles und jeden unter »öffentlicher Verkehr« stellen. Der Begriff Straßenverkehr sei keineswegs nur örtlich zu verstehen, sondern soll auch und vor allem den Zusammenhang mit dem Unfallrisiko meinen. Das bedeutet: Wer am Supermarktparkplatz, der Einfahrt einer

Tankstelle oder der Tiefgarage zum Kino einen Unfall baut und einfach abhaut, ist wegen Unfallflucht dran, obwohl es sich bei den Unfallorten um private und gerade nicht um öffentliche Verkehrswege handelt.

Jetzt kommt aber die Ausnahme: Gibt es eine Zugangsbeschränkung oder Zugangskontrolle, dann ist die Benutzung nicht mehr durch jedermann möglich. Will heißen, wer am Mieterparkplatz oder in der Tiefgarage einer Wohnanlage, ja selbst am beschrankten Parkplatz des Arbeitgebers einen Unfall baut, verursacht diesen nicht im öffentlichen Straßenverkehr, da ja nicht jedermann und damit nicht die Öffentlichkeit Zugang zu dieser Verkehrsfläche hat.

Praxistipp: Achten Sie darauf, Ihr Auto immer auf zugangsbeschränkten Parkplätzen abzustellen. So ersparen Sie sich viel Zeit und Ärger: Sollten Sie etwa dem Auto Ihres Türnachbarn mit dem eigenen Pkw auf dem hauseigenen Hof eine Delle verpassen, können Sie problemlos Unfallflucht begehen. Parken Sie dagegen auf einem öffentlich zugänglichen Parkplatz, geht das nicht so einfach. Im Zweifel müssen Sie warten, bis Ihr Nachbar in den Hof kommt, und riskieren eine saftige Auseinandersetzung.

3. Der angerempelte Inlineskater

Nun zum Inlineskater: Dass sich der Zusammenstoß mit Lucas in der Öffentlichkeit ereignet hat, ist offensichtlich, ebenso, dass sich der Inlineskater augenscheinlich verletzt hat und man deshalb von einem Unfall sprechen muss. Nur kann man beim Inlineskating wirklich von Straßenverkehr im Sinne des Gesetzes sprechen? Als Laie wird man dabei doch eher an Autos, Lkws, Motorräder und vielleicht noch Fahrräder denken? Und Sie wissen, der Jurist ist kleinlich. Nur wer nach einem Unfall im Straßenverkehr flüchtet, macht sich strafbar.

Wie bereits erwähnt, haben Juristen beim Straßenverkehr eine ganz eigene Definition – zumindest beim § 142 StGB. Vom Straßenverkehr spricht der Jurist nämlich nur dann, wenn sich bei einem Verkehrsunfall – welches Gefährt auch immer beteiligt ist – die typische Gefährlichkeit des Straßenverkehrs »realisiert« hat. Und mit Gefährlichkeit meint er zum einen die Gefahr deutlich schwererer Sach- oder Personenschäden im modernen Straßenverkehr. Zum anderen meint er aber auch die Gefahr, Schadensersatzansprüche aufgrund der Schnelligkeit der Fahrzeuge und der Anonymität des Massenverkehrs nicht durchsetzen zu können.

Und jetzt kommt's: Nirgends wird unter den Juristen so wild gestritten wie an diesem Punkt: Ist die Gefahr des Straßenverkehrs schon bei einem bloßen Zusammenstoß von Fußgängern anzunehmen? Wie ist es bei Rollstuhlfahrern, Skateboards und eben bei Inlineskates, also Fortbewegungsmitteln, die nicht mal von der Straßenverkehrsordnung als Fahrzeuge des Straßenverkehrs gewertet werden?

Ist man ganz genau, wird man bei all diesen Fortbewegungsmethoden, vor allem in Großstädten bei regem Verkehr, zwar von der Gefahr einer gewissen Anonymität, Variabilität und Zufälligkeit der Kontakte ausgehen können – nicht aber von einer gesteigerten Gefahr durch die Schnelligkeit des Rollstuhls oder Skateboards. Denn noch mal, Grund für die Bestrafung einer Unfallflucht ist nach Auffassung unseres Gesetzgebers ja, dass die Fahrzeuge im Straßenverkehr so schnell und deshalb gefährlich sind. Bei Unfällen mit Fußgängern, Kickboards, Tretrollern, Rollstühlen, Inlineskates, Skateboards und Micro-Scootern konkretisiert sich darin aber gerade nicht die typische Gefahrensituation des modernen Straßenverkehrs, weshalb die Mehrheit der Juristen nur bei Beteiligung eines Fahrzeugs, also eines Pkw, Lkw, Motorrads oder Fahrrads, von einem Unfall im Straßenverkehr spricht. Kollege Lucas hat sich bei seinem Unfall mit dem

Inlineskater und dem unbehelligten Weitergehen daher nicht strafbar gemacht – dies ist aber zugegebenermaßen strittig, daher besser hier auch kein Praxistipp!

4. Der Kuli-Angriff auf Stevens' protziges Auto

Juristisch einfacher wird es bei Lucas' Wutanfall gegen Stevens oder vielmehr Stevens' protziges Auto. Zwar sprechen wir hier unproblematisch vom Straßenverkehr – das Auto war ja am öffentlichen Gehweg geparkt. Aber das mutwillige Zerstören von Gegenständen ist ja gerade kein Unfall, sondern eben pure Absicht! Denn ein Unfall ist per Definition ein plötzliches und unerwartetes Ereignis, mal ganz abgesehen davon, dass die vorsätzliche Sachbeschädigung gerade keinen ursächlichen Zusammenhang mit den Gefahren des Straßenverkehrs aufweist. Jede andere Auffassung würde auch letztlich dazu führen, dass nur derjenige, der mutwillig Fahrzeuge beschädigt, sich gleich selbst der Polizei stellen müsste, bei allen anderen Sachbeschädigungen dürfte man abhauen, ohne dafür bestraft zu werden.

Praxistipp: Wenn Sie also mal wieder Ihrem Erzfeind eins auswischen wollen und sich nicht anders zu helfen wissen, als dessen Auto zu zerkratzen, zu zerbeulen oder die Reifen aufzustechen, dann verschwinden Sie danach am besten schnellstmöglich um die nächste Ecke. Sie verringern damit das Risiko, wegen der Sachbeschädigung belangt zu werden. Sollten Sie doch erwischt werden, haben Sie die Sache durch Ihren Fluchtversuch jedenfalls nicht schlimmer gemacht, denn Unfallflucht begehen Sie damit auf jeden Fall nicht. Und sicherlich hat Ihr Erzfeind es sich auch mehr als verdient!

5. Der Kuli-Unfall mit Taylors Vespa

Den nächsten Fehltritt von Herrn Lucas müssten Sie als fleißiger Student (Sie lesen ja trotz der trockenen Rechtsausführungen immer noch weiter!) schon selbst lösen können, zumindest wenn Sie gut aufgepasst haben! Lucas beschädigt aus Versehen Taylors Vespa, repariert aber den Schaden sogleich – ergo besteht kein Schaden und damit auch kein Unfall mehr. Solange Taylors Vespa keinen Schaden aufweist, kann Taylor auch kein rechtliches Interesse daran haben, dass Lucas ihm einen nicht vorhandenen Schaden meldet. (Auch wenn sich hier die Frage stellt, ob Lucas den Schaden auch behoben hätte, wenn er um die Männlichkeit des neuen Praktikanten gewusst hätte …)

Praxistipp: Verursachen Sie einen Schaden, den Sie sogleich selbst reparieren, dann begehen Sie auch keine Unfallflucht, wenn Sie danach zum Beispiel in einem italienischen Restaurant einkehren. Halten Sie also beim Autofahren am besten immer eine gute Autopolitur oder ein Kratzer-Repair-Kit bereit, und schon sind Sie beim nächsten Rempler oder Türkratzer, den Sie verursachen, auf der sicheren Seite. Gleiches gilt, wenn Sie den Schaden sofort vor Ort ersetzen – sich also beispielsweise mit dem anderen Fahrer anonym auf einen Geldbetrag einigen, den Sie sogleich bezahlen.

6. Der nassgespritzte Fußgänger

Interessanter wird's jetzt bei Lucas' rasanter Fahrradtour und dem armen Fußgänger, den Lucas beim Durchfahren der Pfütze völlig verdreckt hat.

Ein Unfall im Straßenverkehr liegt unproblematisch vor, schließlich benutzt Lucas ein Fahrzeug im Verkehr und beschädigt die Kleidung des Fußgängers. Nachdem Lucas einfach weiterfährt eigentlich eine erstklassige Unfallflucht im Sinne des Gesetzes!

Aber natürlich gibt es auch hier wieder ein Aber. Sie haben ja gut aufgepasst: Der Grund für die Strafbarkeit der Unfallflucht ist ja die Notwendigkeit, potenzielle Schadensersatzansprüche gegen den Schuldigen zu schützen. Wenn aber der Geschädigte keinen schützenswerten Schadensersatzanspruch hat, dann verliert die Vorschrift ihren Sinn. Und jetzt kommt's: Die Gerichte gehen davon aus, dass ein Schaden bis zu einem Betrag von 50 € (oder auch je nach Gericht und Bundesland bis zu 150 €) zu gering ist, um schützenswert zu sein. Schließlich kommt auch kein Mensch auf die Idee, ein Gericht für so einen geringen Schaden anzurufen, da die Anwalts- und Gerichtskosten, die man als Kläger zunächst immer vorschießen muss, schon um ein Vielfaches höher sind. Eine Ausnahme hierzu stellen die Rechtsschutzversicherten wie der Kollege Lucas dar, der letztens sogar die horrende Summe von 1,99 € für einen aus seiner Sicht »mangelhaften« Burger eines Fast-Food-Restaurants eingeklagt hat. Aber zurück zu unserem Fall: Die Reinigung der Klamotten des Fußgängers dürfte wohl keine 50 € ausmachen, weswegen mein Kollege auch ganz straffrei weiterfahren durfte. Glück also für Stephan Lucas.

Praxistipp: Stechen Sie Ihrem Erzfeind also besser nicht die Reifen auf, sondern stellen Sie ihm nach und warten Sie ab, bis er direkt neben einer Pfütze steht. Ein Regentag bietet sich hier am ehesten an. Nähern Sie sich ihm dann von hinten mit Ihrem Fahrzeug und zielen Sie gut, wenn Sie durch die Pfütze rollen. Im Idealfall ist er – wie Stephan Lucas – gerade auf dem Weg zu einem wichtigen Termin. Danach können Sie ungestört davonfahren, wobei Sie im Falle, dass Ihr Erzfeind Sie erkennt, im Nachhinein natürlich behaupten müssen, zufällig vorbeigekommen zu sein.

7. Das zerstörte Fahrrad des Bruders

Aber was ist mit dem dank der Eifersucht von Stephan Lucas' völlig zerstörten Fahrrad seines Bruders? Auch hier liegt doch eigentlich eine klare Unfallflucht vor, schließlich ist das teure Fahrrad kaputt, weil Lucas es im Straßenverkehr zu Schrott gefahren hat. Und seinem Bruder hat er auch nichts davon erzählt. Aber – Sie wissen es bereits – auch das ist vorliegend nicht strafbar, und wenn Sie gut aufgepasst haben, können Sie auch schon selbst beantworten, warum?

Richtig: Wenn man schon weiß oder berechtigterweise vermuten kann, dass der Geschädigte keine Ansprüche gegen den Täter geltend machen wird, dann macht es auch wenig Sinn, ihn deshalb zu bestrafen. Und man wird davon ausgehen können, dass Lucas' Bruder kein Interesse haben wird, seinen eigenen Bruder zu verklagen – eigentlich schade.

Praxistipp: Kann bei einem Unfall vermutet werden, dass der Geschädigte keinen Wert auf Feststellungen am Unfallort legen wird, liegt auch keine Unfallflucht vor – zum Beispiel, wenn der Geschädigte ein naher Angehöriger oder guter Bekannter ist. Sie können Ihrer Ehefrau also problemlos den Kotflügel verbeulen und davonfahren. Oder – besser noch – den Ihrer Schwiegermutter.

8. Der Unfall der anderen beiden Fahrer

Nun zu dem von Lucas eindeutig verursachten Unfall der anderen beiden Fahrzeuge, als er sein eigenes Fahrzeug so bescheuert in der unübersichtlichen Kurve und noch dazu im absoluten Halteverbot abgestellt hatte. Dass Lucas hier definitiv eine Mitschuld am Unfall der anderen trägt, steht außer Frage. Aber hat er sich auch der Unfallflucht strafbar gemacht, indem er ohne Feststellung seiner Person und Beteiligung einfach abgehauen ist?

Die Antwort lautet auch hier leider Nein. Denn zum einen ist die bloße Herbeiführung eines verkehrsgefährdenden Zustands, zum Beispiel das ungesicherte Liegenlassen eines defekten Fahrzeugs oder das Parken im absoluten Halteverbot, kein Unfall. Zum anderen kann Unfallbeteiligter im Sinne des Gesetzes stets nur derjenige sein, der zur Zeit des Unfallgeschehens am Unfallort anwesend war. Zielsetzung des § 142 ist es nämlich, am Unfallort Feststellungen über das Verhalten eines am Unfallort Anwesenden in der aktuellen Unfallsituation zu ermöglichen.

Praxistipp: Sind Sie zum Zeitpunkt des Unfalls nicht anwesend, aber dennoch für den Unfall mitverantwortlich, weil Sie etwa Ihr Fahrzeug verbotswidrig abgestellt haben, machen Sie sich nicht der Unfallflucht strafbar, wenn Sie einfach davonfahren. Das ist umso vorteilhafter, je weniger Ihr eigenes Fahrzeug beim Unfall Schaden genommen hat. Sie können also ungestraft Ihre Fahrt zum italienischen Restaurant Ihres Vertrauens fortsetzen.

9. Der Unfall mit dem englischen Lkw-Fahrer

Bleibt nur noch der letzte Fall rund um Lucas' beachtliche Fahrkünste. Auch bei dem Zusammenstoß mit dem freundlichen englischen Lkw-Fahrer wird man unproblematisch von einem Unfall im Straßenverkehr sprechen können. Und in einem solchen Fall muss man, dem Gesetz nach, tatsächlich die Feststellung seiner Person, seines Fahrzeugs und der Art seiner Unfallbeteiligung ermöglichen.

Ist aber Lucas diesem Erfordernis wirklich nachgekommen? Schließlich wollte er ja partout seinen Personalausweis nicht vorzeigen.

Liest man auch hier das Gesetz wieder haarklein und genau, muss die geforderte Feststellung von Person und Fahrzeug des Unfallbeteiligten durch seine Anwesenheit am Unfallort lediglich »ermöglicht« werden. Er braucht sie also nicht aktiv zu fördern, etwa sich bemühen, feststellungsbereite Personen ausfindig zu machen. Das Gesetz verlangt nur, dass der Unfallbeteiligte die Feststellungen dadurch ermöglicht, dass er selbst am Unfallort anwesend ist (und bleibt) und dass er angibt, an dem Unfall beteiligt gewesen zu sein. Insbesondere muss er sich nicht zur

Frage etwaiger (Mit-)Schuld äußern oder dazu, in welcher Rolle er am Unfallgeschehen beteiligt war.

Deswegen muss ein Unfallbeteiligter auch, strafrechtlich betrachtet, nicht Namen und Anschrift angeben, Papiere vorweisen oder Auskunft über seine Haftpflichtversicherung erteilen, solange er am Unfallort verbleibt – lediglich § 34 Abs. 1 Nr. 5b StVO verpflichtet ihn dazu, der Verstoß ist aber nicht strafbar, sondern nur eine Ordnungswidrigkeit gemäß § 111 OWiG. Rein theoretisch macht man sich also, selbst wenn man sich weigert, Angaben zu seiner Person zu machen, nicht strafbar. Auch wenn man am Unfallort Maßnahmen ergreift, um seine Unfallbeteiligung zu verschleiern (indem man etwa Unfallspuren beseitigt, Zeugen fortschickt oder einen sogenannten Nachtrunk zu sich nimmt, um vorherigen Alkoholkonsum zu vertuschen), kann die Polizei wenig unternehmen.

Ergo: Lucas musste seinen Personalausweis nicht vorzeigen, dazu war er nicht verpflichtet. Verpflichtet war er hingegen, so lange am Unfallort zu warten, bis seine Person und seine Beteiligung festgestellt werden konnten. Dies hatte er dem geschädigten englischen Lkw-Fahrer aber bereits ermöglicht. Dieser nämlich kannte Lucas aus dem TV, somit stand die Person Stephan Lucas als Unfallbeteiligter fest. Und Lucas hat – wenn auch mürrisch und wenig kooperativ – eingeräumt, als Fahrer seines Fahrzeugs am Unfall beteiligt gewesen zu sein. Er hat damit alle von ihm geforderten Obliegenheiten erfüllt und sich damit auch nicht strafbar gemacht.

Praxistipp: Sie sind nach einem Unfall strafrechtlich nicht verpflichtet, Ihren Personalausweis vorzuzeigen. Auch müssen Sie nicht mitteilen, wie Sie konkret am Unfall beteiligt waren – also noch nicht einmal, ob Sie etwa Fahrer oder nur Mitfahrer waren. Versuchen Sie also, auf jeder Autofahrt so viele Beifahrer wie möglich mitzunehmen, und achten Sie darauf, dass alle einen

Führerschein haben. Wer der wirkliche Unfallbeteiligte war, wird dann schwer nachzuweisen sein.

Sie sehen, das mit der straflosen Unfallflucht ist alles gar nicht so schwer! Es kommt natürlich, wie immer im juristischen Bereich, auf den jeweiligen Einzelfall an. Aber was Stephan Lucas intuitiv hinbekommt, schaffen Sie schon auch, da bin ich zuversichtlich ...

Dennoch gibt es ein paar Dinge, die man noch wissen sollte:

Zunächst einmal für alle Hobbyjuristen – und ich vermute, lieber Leser, Sie sind selbst einer, denn Sie haben dieses komplizierte Kapitel schon bis (fast) zum Ende gelesen:

Der sonst so eherne Grundsatz, dass man sich niemals selbst einer Straftat belasten muss, sondern immer das Recht hat, die Aussage zu verweigern, gilt bei einem Verkehrsunfall gerade nicht. Bei einem Unfall im Straßenverkehr muss man – wie oben gezeigt – zumindest seine Beteiligung offenbaren. Tut man dies nicht und haut einfach ab, ist das eine Straftat.

Interessant für alle quengelnden Ehefrauen, Freundinnen und sonstigen nervigen Beifahrer: Auch die nur mittelbare Verursachung eines Unfalls genügt, um Unfallbeteiligter zu sein! Sprich, wenn das Rumgenerve des Beifahrers für den Unfall mit ursächlich war, ist er auch Unfallbeteiligter. Aber Achtung: Das gilt umgekehrt auch für das Geben falscher Signale. Wenn Sie beim Parken einweisen und es kommt zu einem Unfall, sind auch Sie Unfallbeteiligter!

Der berühmte Zettel (oder die Visitenkarte) an der Windschutzscheibe reicht nie aus! Denn der kann durch Wind und Wetter sehr leicht verschwinden und wird daher von der Rechtsprechung nicht als ernsthaftes Bemühen gesehen – da könnte ja jeder kommen. Man muss (!) also immer eine angemessene Zeit nach einem Unfall abwarten, wenn nicht jemand anwesend ist, der die Feststellungen zu Person und Unfallbeteiligung aufnimmt. Tut man dies nicht, ist das eine strafbare Unfallflucht.

Zusammengefasst kann man also sagen: Entweder man kennt sich in Sachen Unfallflucht verdammt gut aus oder man gehört der Katz. Andererseits, die polizeiliche Aufklärungsquote liegt um die 40 Prozent, und das sind nur die überhaupt polizeilich registrierten Fluchtfälle. Sie können sich also selbst überlegen, ob Sie die vielen rechtlichen Finessen auswendig lernen wollen oder besser gleich einfach aufs Gas drücken …

Ausbezahlt – Wie Sie zu viel erhaltenes Wechselgeld einfach behalten können

Alexander Stevens

»Den Letzten beißen die Hunde«, heißt es in Omis Sprichwörterbuch.

Falsch!

Es muss heißen: »Den Ehrlichen beißen die Hunde.« Dass nicht Omi, sondern wieder einmal ich, als rechthaberischer Winkeladvokat Stevens, richtigliege, will ich Ihnen anhand des deutschen Strafgesetzbuchs minutiös, mustergültig und neunmalklug an einem schönen Praxisbeispiel herleiten:

Stephan Lucas hat sich von einem vertrauenerweckenden »Computer-Fachmann« aus dem Internet für den Schnäppchenpreis von 99 € (einmaliges Tagesangebot) eine Facebook-Fan-Seite einrichten lassen. Da er aber eher der analoge Typ ist und trotz der Einweisung durch den Fachmann (für den läppischen Aufpreis von weiteren 150 €) noch nicht so ganz zurechtkommt, kauft er seitdem täglich im Supermarkt seines Vertrauens ein Päckchen Briefpapier nebst Briefmarken, um sich – mangels entsprechender Gefällt-mir-Klicks auf seiner Facebook-Seite – wenigstens heimlich selbst ein paar »Fan-Briefe« ins Büro zu schicken. Natürlich auch deswegen, um nicht neben der vielen Fanpost des Kollegen Stevens abzulosen.

Um bei der Gelegenheit der hübschen Kassiererin an der Supermarktkasse zu imponieren, bezahlt er jeden Tag seinen Einkauf im Gesamtwert von gerade einmal 4 € mit einem Hunderteuroschein. Leider zeigte sich die Kassiererin bisher sowohl von dem auffällig drapierten Hunderteuroschein als auch von dem mit einem übertriebenen Augenzwinkern servierten »Naaa?« gänzlich unbeeindruckt. Folglich hat sich bisher für Lucas noch nicht die Gelegenheit ergeben, sich ihr, seiner altbewährten Masche entsprechend, als Herr Major Lucas (siehe Kapitel *Prof. Dr. mult. von Titelgeil*) vorzustellen.

Trotz täglicher Investition »bekommt« Stephan Lucas immer noch viel weniger Fanpost als sein Kollege. Auch der Sekretärin ist mittlerweile aufgefallen, dass es doch irgendwie komisch ist, dass die Fanbriefe alle auf identischem rosa Herzchen-Briefpapier ankommen. Und selbst bei der Kassiererin ist Major Lucas immer noch keinen Schritt weitergekommen. Er realisiert, dass er wegen fortlaufender Investitionen in den Facebook-Nachhilfeunterricht beim »Fachmann« nicht mehr viel Bargeld zur Verfügung hat. Wenigstens aber sein letzter Hunderteuroschein soll helfen, etwas Eindruck zu schinden. Womöglich zeigt sich ja die Bäckerei-Fachverkäuferin aus der Cafeteria nebenan etwas aufmerksamer, wenn er seinen Kaffee heute mal ganz lässig mit einem dicken Hunni bezahlt. Also legt er bei der Supermarktkassiererin heute erstmalig statt eines Hunderters einen Zwanziger hin.

Die hübsche Kassiererin ist diesmal jedoch nicht nur einmal mehr gänzlich unbeeindruckt von dem finanzkräftigen Kunden Stephan Lucas, sondern auch noch extrem abgelenkt, weil sie weiter hinten in der Schlange ihr Idol Alexander Stevens entdeckt hat und sich bemüht, diesem süß zuzulächeln. Ihre Augen und ihre Gedanken sind also nicht bei der Sache, und so nimmt sie irrig an, Stephan Lucas habe ihr wie immer einen Hunderteuroschein und nicht den ollen Zwanzigeuroschein in die Hand gedrückt. Weswegen sie ihm anstelle von 16 € auch ganze 96 € Wechselgeld zurückgibt. Wie immer eben.

Stephan Lucas freut sich sehr, dass er jetzt nicht nur weiterhin seinen Hunderteuroschein besitzt, sondern auch, neben ziemlich viel Kleingeld, einen langersehnten Fünfzigeuroschein in den Händen hält. Also sagt er nichts weiter, sondern steckt das zu viel erhaltene Wechselgeld zum Hunderteuroschein in die Tasche. Voller Vorfreude auf die Bäckerei-Fachverkäuferin verlässt er den Supermarkt.

Und nun? Tja, Major, Großkrösus und Frauenbezirzer Stephan Lucas hat sich mit dem bewussten Einbehalten des zu viel erhaltenen Wechselgeldes NICHT strafbar gemacht.

Wenn Ihnen diese Auskunft bereits ausreicht, brauchen Sie gar nicht mehr weiterzulesen. Wichtig ist nur: Erhalten Sie demnächst zu viel Wechselgeld, lassen Sie sich nichts anmerken, stecken Sie es ein und verlassen Sie umgehend den Laden.

Sollten Sie hingegen bei der nächsten Partyrunde selbst mal den neunmalklugen Winkeladvokaten geben wollen, rate ich dazu, aufmerksam weiterzulesen. Nicht jeder wird sich mit der bloßen Auskunft zufriedengeben, dass man zu viel erhaltenes Wechselgeld behalten darf. Schließlich könnte man ja durchaus auf die Idee kommen, dass der dreiste Kollege Lucas hier einen erstklassigen Diebstahl oder vielleicht eine Unterschlagung oder gar einen Betrug begangen hat. Schließlich fehlen der Kassiererin jetzt 80 € in der Kasse.

Aber weit gefehlt:

Ein Diebstahl setzt die Wegnahme einer fremden Sache voraus. Zwar sind Geldscheine – juristisch gesehen – eine Sache, aber Lucas hat das Geld ja nicht weggenommen, vielmehr hat ihm die Kassiererin das gesamte Wechselgeld überaus freiwillig gegeben. Ergo kein Diebstahl.

Der gierige Kollege Lucas hat das Geld aber auch nicht »unterschlagen« – zumindest nicht im strafrechtlichen Sinne. Denn eine Unterschlagung ist letztlich nichts anderes als ein Diebstahl, nur eben ohne die Sache davor jemandem weggenommen zu haben. Wenn sich also Stephan Lucas eine alte David-Hasselhoff-CD von mir ausleiht und sie mir nie zurückgibt, dann hat er die CD, dreist wie er ist, unterschlagen.

Zumindest in unserem Fall aber hat Stephan Lucas keine Unterschlagung begangen. Denn das Geld hat ihm die Kassiererin ja immer noch freiwillig überreicht – wenn auch irrtümlich, aber das spielt bei der Unterschlagung keine Rolle. Sie hat ihm das Geld übereignet und wollte in dem Moment auch, dass er es behält.

Anders sieht es natürlich beim Betrug aus. Dort erlangt man zwar von seinem Gegenüber ganz freiwillig etwas, aber gerade aufgrund eines Irrtums. Ist Stephan Lucas also ein Betrüger? Ich würde diese Frage spontan sofort mit »Ja« beantworten, allerdings wiederum nicht im juristischen Sinne. Der »Betrug« ist eine der schwierigsten Rechtsvorschriften des Strafgesetzes. Zum Betrug existiert vermutlich ungefähr so viel Fachliteratur wie zu allen anderen Vorschriften zusammen. Kleine Kostprobe gefällig? Um sich eines Betrugs strafbar zu machen, muss man 1. jemanden bewusst täuschen, wodurch der Getäuschte 2. auch tatsächlich dieser Täuschung unterliegen, sich also irren und 3. deshalb über sein Vermögen verfügen muss, um 4. am Ende (genau) hierdurch einen Vermögensschaden zu erleiden. Kurz gesagt: Täuschung, Irrtum, Vermögensverfügung, Schaden – und all diese Punkte müssen dann noch aufeinander beruhen, also in einem unmittelbaren Zusammenhang stehen.

Aber ehe wir jetzt weiter in die juristischen Tiefen dieses ätzenden Straftatbestands abdriften, kürzen wir es einfach ab: Betrogen hat Major Lucas auch nicht, weil er die Kassiererin nicht aktiv getäuscht hat. Er hat nur einen bestehenden Irrtum der Kassiererin ausgenutzt.

Sein Geldschein-»Trick« war im Übrigen auch gar nicht darauf ausgelegt, dass am Ende mehr Geld für ihn rausspringt. Lucas' »Motiv« für sein Vorgehen, statt mit dem Hunderter doch lieber mit dem Zwanziger zu bezahlen, war kein betrügerisches. Anders sähe es aber aus, wenn Kollege Lucas seinen Geldscheintrick bewusst abgezogen hätte, um die Kassiererin um das zu viel ausbezahlte Geld zu betrügen. Da er zu seinem Leidwesen in keinerlei (rechtlichem) Zusammenhang mit der Kassiererin steht, trifft ihn auch keine Pflicht, die Dame auf den Irrtum hinzuweisen.

Zusammengefasst: Wer also nur den bestehenden Irrtum eines anderen ausnutzt und zu viel ausbezahltes Wechselgeld einsteckt, macht sich nicht strafbar.

Aber ich kann alle Gerechtigkeitsfanatiker beruhigen: Auch die Bäckerei-Fachverkäuferin war von Major Lucas' Hunderteuroschein gänzlich unbeeindruckt – kurz davor hatte ich dort mein Vanillehörnchen mit einem Zweihunderteuroschein bezahlt.

Hände hoch, Handy weg! – Problemlos telefonieren am Steuer

Stephan Lucas

Es ist Mittwoch. Und wieder einer dieser unzähligen Abende, an denen ich meinen lieben Kollegen Alexander Stevens im Da Mario zur Lagebesprechung treffe. Wie immer kommt er in seinem fetten SUV. Mag er in seinem Kapitel zur Unfallflucht auch noch so dick aufgetragen haben, in diesem – einzigen – Punkt hat er definitiv die Wahrheit gesagt. Es ist wahr. Alexander Stevens hat den Größten – im Straßenverkehr. Noch 50 Meter, dann muss er rechts ab. Wie viele Autofahrer, Radler und Fußgänger können sich eigentlich zur gleichen Zeit auf demselben Fleckchen Erde aufhalten? Bei Kollision: Game Over. Jetzt niemanden umzunieten ist gar nicht so leicht. Und der heiße Becher Kakao in seiner rechten Hand macht es nicht leichter. Die geöffnete Thermoskanne, die er mit der linken Hand festhält, kommt erschwerend hinzu. Den Deckel hat er zwischen Kinn und Hals geklemmt, während die Oberschenkel vorübergehend das Lenken übernommen haben. Auf seinem Beifahrersitz liegt zudem ein Brotzeitbrett. Darauf eine Scheibe Brot. Rechts daneben ein geöffneter Plastikbecher, randvoll gefüllt mit Putenformfleisch, das mit einer speziellen Mayopampe mit Mandarinenstücken getränkt ist. Er stellt den Kakaobecher beiseite und greift ins Handschuhfach nach einem Messer. Damit streicht er mit knurrendem Magen die fettigen Mandarinenteile auf die Scheibe Brot. Was nicht fehlen darf: der Laptop auf dem Schoß. So ein Ding wiegt ja heutzutage nicht einmal mehr eineinhalb Kilo. Und die Schenkel sind frisch trainiert. Allein ist er natürlich auch nicht. Der Doktor hat den Wagen vollgeladen, voll mit hübschen Mädels. Eines neben, eines unter und eines hinter sich. Und die Girls lassen dem Kollegen einfach keine Ruhe, wirken noch hungriger als er selbst auf sein Mayopampebrot. Aber das Beste kommt jetzt: Alles, was der Stevens da in seinem Auto während der Fahrt treibt, ist strafrechtlich betrachtet garantiert unbedenklich.

Tja, und ich bin auch unterwegs. Alleine, im kleinen Stadtauto auf so einer breiten, leeren Straße: links 'ne Pappel, rechts 'ne Pappel, in der Mitte 'nen Pferdeappel. Mehr ist da nicht los. Irgendwie habe ich mich verfahren. Unser Tête-à-tête wird wohl ohne mich anfangen müssen. Aber wenigstens ist der Verkehr hier übersichtlich. Nichts los. Da blinkt es hinter mir plötzlich blau auf. Und rot. Und ich lese »Stopp«.

Es ist die Polizei. Ich soll rechts ranfahren. »Die Fahrzeugpapiere, bitte!« Kein Problem. Die zeige ich dem freundlichen Herrn Oberförster doch gerne. Doch dann der Vorwurf: Ich soll während der Fahrt mit dem Handy telefoniert haben …

Und damit hätte ich garantiert ein Problem mit dem Gesetz. Es wäre zwar nicht strafbar. Aber immerhin eine Ordnungswidrigkeit – und was für eine: Sollte die Polizei später vor Gericht recht bekommen, wäre ich mit 60 € und einem Punkt in Flensburg dabei.

Und käme es wegen meiner (vermeintlich) leidenschaftlichen Beschäftigung mit dem Smartphone im Ernstfall sogar zu einem Unfall, könnte das Bußgeld noch weitaus höher ausfallen. Und womöglich bliebe es auch gar nicht dabei. Das hinge dann entscheidend von der Schwere des Fehlverhaltens und den Schäden ab.

Aber mal ganz ehrlich: Wer nimmt hinterm Steuer nicht auch manchmal kurz sein Handy zur Hand? Sie doch auch, geben Sie's zu! Gut, solange nichts passiert und Sie Ihr Punktekonto nicht vollmachen, haben Sie allein aufgrund Ihrer Handyaktion wenigstens nicht mit einem Fahrverbot zu rechnen. Nicht zwingend zumindest. Denn gemäß § 25 Abs. 1 StVG kann sehr wohl ein Fahrverbot von einem bis zu drei Monaten verhängt werden, wenn Ihr Smartphone-Einsatz als »grobe oder beharrliche

Pflichtverletzung« gewertet wird. Und was ist eine »beharrliche« Pflichtverletzung? Richtig, wenn Sie schon mehrfach mit Handy am Steuer erwischt wurden. Im Fall eines Fahrverbots wird der Führerschein übrigens eingezogen und amtlich verwahrt. Geben Sie ihn nicht freiwillig ab, wird er beschlagnahmt. Das klingt nicht sonderlich erstrebenswert, oder?

Also harte Repressalien. Einfach fürs Telefonieren. Selbst hier auf der gottverlassensten Straße irgendwo im Nirgendwo, am Arsch der Bahamas. So will es das Gesetz. Eine Kippe in der Hand, kein Problem. Der heiß gefüllte Kakaobecher, das Brot mit Geflügelsalat, der Laptop und die drei mehr oder weniger heißen Mädels – ebenfalls kein Problem.

Und was ist mit mir? Für die Polizei steht der Sachverhalt jedenfalls fest: Handy am Steuer. Und dabei habe ich wirklich nicht telefoniert. Zugegeben: Hätte ich es doch getan, würde ich dasselbe behaupten. Natürlich. Immerhin ist die ganze Sache noch nicht verjährt …

Aber zurück zum Thema: Die Sache mit dem Handy im Straßenverkehr wird immer gefährlicher. Längst wird das smarte Telefon ja nicht mehr nur zum Telefonieren genutzt. Und trotzdem: Dass das Mobiltelefon so streng behandelt, Zigarette & Co. aber ganz relaxt durchgewunken werden, ist nicht so recht nachvollziehbar. Irgendwas muss da beim Gesetzgeber in den neunziger Jahren schiefgegangen sein.

Womöglich war die Lobby der damals nur wenigen aktiven Mobilfunknutzer einfach zu klein. Und gleichzeitig konnte der Großteil der Bevölkerung, der ja nicht im Besitz dieser Dinger war, diese Handy-Andys auf den Tod nicht ausstehen. Es war ekelhaft, wie da plötzlich auf offener Straße von irgendwelchen Lackaffen Millionengeschäfte gedealt wurden. Und aus so einem Groll heraus hat man dann wohl all die telefonierenden Business-Ekel mal ordentlich kriminalisiert.

Auch mich haben damals die Jungs mit den Ericsson-Handys

samt extralanger Antenne gestört. Die alten Telefone tun's doch auch, dachte ich. Und wir, die Menschen mit Festnetz, wir konnten damals doch auch schon alles tun, was die Smartphones heute können. So hatten wir die Möglichkeit, rund um die Uhr zu telefonieren, und das ziemlich mobil in einem Radius von bestimmt fünf Metern. So weit eben, wie es die fest in der Wand verankerte Fünfmeterschnur zuließ. Wer ganz besonders modern war, hatte sogar ein tragbares Telefon und war in der ganzen Wohnung mobil erreichbar.

Fotos konnten wir damals auch schießen. Mit einem zusätzlichen Apparat. Zugegeben, es dauerte gut eine Woche, bis die Fotos fertig entwickelt und ausgedruckt im Saturn oder Media Markt in den frei zugänglichen Fächern bereitlagen. 36 Fotos kosteten schlappe 10 Mark. Ein Schnäppchen.

Kurznachrichten haben wir uns damals auch geschrieben. Sogar in Schreibschrift. Zack, Tinte aufs Papier, und für umgerechnet 50 Cent ging die Textnachricht auf 24-Stunden-Reise. Statt eines Urlaubsfotos verschickte man halt eine Postkarte. Und Filme konnte man zwischen 16 und 23 Uhr in einem der drei Fernsehprogramme schauen. Pornos holte man sich in der Videothek des Vertrauens persönlich ab – verschämt unter einem Bud-Spencer-Film versteckt. Und der Kalender aus Papier, etwa so groß wie ein iPhone 7 Plus, verschwand mal eben locker im Aktenkoffer. Musik auf die Ohren gab's auch: wahlweise zu Hause aus der Ein-mal-zwei-Meter-Hi-Fi-Anlage oder unterwegs aus dem Discman, der halt zwangsläufig etwas größer als eine CD war. Sie sehen, so ein Smartphone kann eigentlich nichts, was all die vielen großen Geräte nicht auch schon konnten.

Vor allem aber hatten pro Jahr rund 450 000 Deutsche einen Flensburger Punkt weniger.

Aber jetzt ist es, wie es ist. Millionen und Abermillionen Bundesbürger sind vom Handyverbot im Straßenverkehr betroffen. Und längst beschränkt sich das Handyverbot nicht mehr alleine auf das Telefonieren, sondern es untersagt schlichtweg jegliche denkbare Nutzung.

Gemäß § 23 Abs. 1a StVO ist es während des Führens eines Kraftfahrzeugs verboten, ein Auto- oder Mobiltelefon zu benutzen, wenn man es dafür aufnehmen und halten muss. Und damit ist auch das Schreiben von SMS oder sonstigen Nachrichten in Messenger-Diensten gemeint.

Wie kommen Sie also garantiert nicht mit dem Gesetz in Konflikt? Das ist es doch, was Sie wissen wollen, oder? Nun. Möchten Sie eine SMS schreiben, so müssen Sie eben auf die Sprachfunktionen des Smartphones zurückgreifen. Diktieren Sie die Nachricht also! Und wagen Sie es nicht, das Mobiltelefon dabei anzuheben oder zu berühren. Schon verstoßen Sie nämlich gegen das Straßenverkehrsgesetz (StVG). Kriegen Sie es also nicht vernünftig hin, bringen Sie das Fahrzeug besser erst mal zum Stehen und stellen Sie den Motor ab. Dann sind Sie nämlich raus aus dem Thema Ordnungswidrigkeit.

Und nehmen wir an, Sie werden nicht von der Polizei rausgepickt, sondern sind wegen überhöhter Geschwindigkeit auf einem Blitzerfoto verewigt. Leider hatten Sie im Moment Ihrer Verewigung gerade auch Ihr Handy am Ohr. Im Normalfall werden Sie jetzt für beide Vergehen blechen müssen. Flattert also ein Anhörungsschreiben in diesen Bußgeldsachen ins Haus, nicht gleich verzagen. Vielleicht kommen Sie aus der Nummer ja noch raus.

Aber Vorsicht. Nur weil Ihre Augen geschlossen sind (weil Sie entspannt der Stimme im Handy gelauscht haben), der Mund leicht verzerrt (weil Sie gerade ins Handy gebrüllt haben) oder das Ohr nicht zu sehen ist (weil das Handy da ja aufliegt), wird Sie das Gericht in den meisten Fällen ziemlich schnell als Tempo- und Telefonsünder identifizieren. Auch wenn Sie abstreiten, der Fahrer auf dem Bild zu sein. Sie würden staunen, wie viele hundsmiserable Fotos von Gerichten noch als ausreichend angesehen werden, um den mutmaßlichen Handynutzer verurteilen zu können. Das Bild mag aufgrund technischer Pannen noch so verschwommen sein, die Chancen, aus der Nummer rauszukommen, sind leider überschaubar. Da spielen Augenabstand, Gesichtspartien oder Kopfumfang eine Rolle. Und sind wir mal ehrlich, manche Mitmenschen bieten Nasenvarianten an, gegen die ist Pinocchio fast schon stupsnasig.

Sie sollten also nicht übermütig werden, wenn man Ihre Ausreden vor Gericht ganz offensichtlich nicht glauben mag. Zumindest, wenn Sie tatsächlich am Steuer saßen. Denn im Zweifel wird das Gericht ein teures anthropologisches Gutachten anfordern, um anhand Ihrer persönlichen Merkmale Ihre Fahrerschaft nachzuweisen. Wenn Sie dann überführt werden, müssen Sie das Gutachten bezahlen, und das wird richtig teuer.

Aber das ist nicht der einzige Ansatz, um sich womöglich garantiert aus einer Ahndung herauslavieren zu können. Wenn Sie zum Beispiel das Mobilteil Ihres Festnetzgeräts nutzen statt Ihres Handys, dann ist das eben kein Handy, sondern das Mobilteil Ihres Festnetzgeräts. Und das fällt dann nicht unter das Handyverbot im Straßenverkehr, so jedenfalls das OLG Köln.

Gut, nicht sehr praxisnah. Blöd, dass diese Mobilteile oft nur eine Reichweite von 200 Metern aufweisen. Das schafft dann nicht mal den Weg zum Bäcker. Aber gut, der Kollege Stevens könnte es vielleicht straffrei nutzen, wenn er mit seinem Großfahrzeug gerade auf dem Weg zu seinem Gspusi fünf Häuser weiter in der Nachbarschaft ist. Ein kurzes »Hallo, ich bin auf dem Weg zu dir« ist dann schon drin – total legal. Und es soll ja sogar Mobilteile geben, die bis zu drei Kilometer durchhalten.

Und wie ich den Stevie, meinen »Meister der digitalisierten Digitalmöglichkeiten«, so einschätze, ist er längst im Besitz eines solchen reichweitenstarken Mobilteils. Werfen Sie die Möglichkeit eines solchen Teils bei Gericht doch wenigstens einfach mal in den Raum. Dass es sich in Ihrem Fall sicher um ein Handy und eben nicht um ein Festnetzmobilteil handelt, muss das Gericht erst mal belegen können.

Aber werden Sie auch jetzt nicht zu übermütig. Wenn's hart auf hart kommt, will das Gericht das Telefon mal sehen. Ein teures Gutachten könnte rausfinden, was Ihr mobiles Festnetztelefon (wenn Sie überhaupt ein solches besitzen) wirklich kann, und gegebenenfalls den Bluff auffliegen lassen. Dann müssen Sie das Gutachten bezahlen, die Strafe für die Handynutzung am Steuer und – nicht zu vergessen – natürlich das Bußgeld wegen Geschwindigkeitsübertretung.

Kein heißer Tipp, aber eine Erwähnung wert ist die Einrichtung einer Handy-Freisprechanlage. Frei sprechen dürfen Sie natürlich immer. Hauptsache, die Hände sind weg vom Mobiltelefon. Aber Achtung: Das Freisprechen alleine ist noch keine sichere und vollständige Lösung. Sie müssen alles, und zwar wirklich alles freihändig machen. Sie dürfen das Handy also nicht mal in die Hand nehmen, um den Anruf zu starten. Absurd ist, dass Sie sämtliche Programme in Ihrem Auto, die Sie nur irgendwie vom Fahrersitz aus erreichen, durchgehend mit Händen und Füßen bedienen können. Aber wehe, Sie tippen was auf Ihr Handy! Es ist bereits zu viel, wenn Sie nur deshalb zum Handy greifen, um einen Anrufer wegzudrücken. Ja selbst, sich das Handy kurz zu schnappen, um die Uhrzeit zu checken, führt, wenn Sie erwischt werden, zu ebenjenen 60 € plus Punkt. Nach der neben Ihrem Handy abgelegten, etwa zwei Kilo schweren goldenen, mit Diamanten besetzten Rolex dürfen Sie aber sehr wohl greifen. Solange Sie dabei nicht zufällig mit der Fingerkuppe über Ihr Handy streichen und dabei die Uhrzeit auf dem Display erhaschen. Um es kurz zu machen: Der Gesetzgeber hasst Handys.

Was Sie allerdings mit Ihrem Handy garantiert dürfen: Sie

können es, wenn es Sie irgendwo stört, von A nach B legen. Sie dürfen es auch aufheben, wenn es Ihnen runtergefallen ist. Selbst wenn Sie während der Fahrt eine ganze Weile lang suchen müssen, werden Sie hierfür nicht belangt werden können. Aber – ich wiederhole mich bewusst – für den kurzen Blick auf die Uhrzeit schon. Also merke: Anfassen ist nur erlaubt, wenn es nicht darum geht, eine Funktion Ihres Smartphones zu nutzen. Egal, ob Sie Musik anwerfen, das integrierte Navi in Schwung bringen oder etwas diktieren wollen: Anfassen ist tabu.

Sie können sich nun sicherlich vorstellen, dass vor Gericht oft genau darüber gestritten wird, wie und weshalb das Handy denn nun berührt wurde. Die Behauptung, es nur weggelegt zu haben, kann Ihnen womöglich zum Freispruch verhelfen. Sie ist oft schwer zu widerlegen.

Haben Sie es am Ohr, wird es schon schwieriger. Aber auch da ist ein Verkehrsteilnehmer mal ganz geschickt aus der Ordnungswidrigkeitennummer rausgekommen. Sein iPhone sei so schön warm gewesen (haben Sie eine Ahnung, wie heiß die Dinger manchmal werden?). Na ja, und er habe an jenem verschneiten Dezembertag so extrem kalte Ohren gehabt. Und mit dem Handy habe er zum Zeitpunkt der Radarkontrolle gerade sein empfindliches Hörorgan gewärmt. Das Ergebnis: Freispruch. Unwiderlegbar hatte der pfiffige junge Mann letztlich vorgebracht, hier das Handy nicht in einer seiner handyeigenen Funktionen genutzt zu haben.

Parkt Ihr Auto, dann dürfen Sie nach Herzenslust mit Ihrem Smartphone machen, was Sie wollen. Aber Achtung: Auch da ist die Rechtsprechung sehr, sehr streng und genau. Wenn Ihr Fahrzeug zum Stehen kommt, meinetwegen in einem dicken, fetten Stau oder vor einer roten Ampel, gilt das Handyverbot sehr wohl weiter. Aber jetzt kommt's: Anders sieht es aus, wenn der Motor ausgeschaltet ist. Kein Witz. Haben Sie diese automatische Motor-Stopp-Funktion, dann passt es garantiert. Vor der Ampel wie im Stau.

Und das ermöglicht es dem Kollegen Stevens, sein Netz an sich nach ihm verzehrenden Frauen aufs ganze Stadtgebiet, was sage ich, aufs Bundesgebiet, nein, weltweit ausdehnen zu können. Denn natürlich hat sein Wagen eine Turbo-digital-selfmanager-hydromagnet-explosion-nuclear-catastrophic-stop-Funktion. An jeder roten Ampel ist es ihm so ganz legal möglich, schnell noch per WhatsApp ein appetitanregendes Foto von sich zu schießen und an die Damenwelt zu versenden. Doch dann ist höchste Konzentration erforderlich. Einmal versehentlich die Bremse losgelassen, und schon heult bei den meisten Fahrzeugen mit Stopp-Funktion der Motor auf und Sie befinden sich mitten im Tatbestand der besagten Ordnungswidrigkeit.

Und kommen wir zu all den Unglücklichen, die sich eine Stopp-Funktion nicht leisten können oder als Nostalgiker mit dem Schlitten ihres Opas unterwegs sind. Sie können den Motor an der Ampel oder im Stau auch einfach ausmachen. So ganz traditionell. Durch Schlüssel umdrehen und so. Nur überspannen Sie bitte den Bogen nicht. Wenn es vor Ihnen weitergeht, schnell den Motor an und Gas geben. Denn man könnte Ihnen anderenfalls vorwerfen, dass Sie den Verkehrsfluss behindern. Und auch das verbietet das Straßenverkehrsgesetz.

Die ganze trickreiche Motor-an-und-aus-Geschichte gilt übrigens auch auf dem Standstreifen einer Autobahn. Stehen Sie beispielsweise dort, weil Ihr Reifen platt ist, und rufen Sie, der Heizung wegen, bei laufendem Motor die Werkstatt an, dann sind Sie gesetzlich dran. Der Motor muss aus sein – ohne Wenn und Aber.

Warum das so ist, wird Ihnen kein vernünftiger Mensch und auch kein Anwalt erklären können.

Wie die Sache mit der Verkehrskontrolle auf dem Weg zu Mario mit mir weiterging? Mich hat das Gericht später freigesprochen. Ich weiß leider nicht mehr, was ich vorgetragen hatte. Ich glaube, der Richter hat mir tatsächlich zugute gehalten, dass ich das Handy womöglich wirklich nur weglegen wollte. Manchmal ist es eben gut, so ein analoger Typ zu sein.

So macht Autofahren wieder Spaß

Alexander Stevens

Sicher sind Sie schon mehr als einmal in einen dieser enervierend endlosen Verkehrsstaus geraten – und das immer genau dann, wenn Sie es besonders eilig hatten.

Und bestimmt kennen Sie auch diesen schneckengleich schleichenden Vordermann, gerne mit Hut auf der Ablage, der sein Gaspedal möglichst frei von Gebrauchsspuren halten möchte und Ihr Dauergehupe nebst Aufblenden mit Lichthupe entweder als reine Geste der Freundlichkeit interpretiert oder schlicht gar nicht erst bemerkt.

Ja, all das kann einem nicht nur die Fahrt, sondern den gesamten Tag verhageln. Und manchmal würde man nichts lieber tun, als sich den Burt-Reynolds-Gedächtnisschnurri ankleben und »Yihaaaa« brüllend über den Fußgängerweg quer durch die perfekt plazierten Mülltonnen donnern. Dummerweise sind dergleichen Aktionen hierzulande gesetzlich geregelt, und das Einzige, was Sie ungestraft halten können, wie Sie wollen, ist die Nummer mit dem Schnurri.

Alles andere endet dann entweder mit einem Flensburger Konto, das man selbst nie beantragt hat und bei dem der verliert, der zuerst acht Punkte erreicht (der Gesetzgeber hat vermutlich bei Gesellschaftsspielen zu oft verloren). Oder eben gleich mit einem Fahrverbot. Und an dieser Stelle sei mit dem Mythos aufgeräumt, man könne Punkte mit anwaltlicher Hilfe in höhere Geldbußen umwandeln – Pustekuchen! Denn Flensburger Punkte sind schließlich nicht als zusätzliche Sanktion zu sehen, sondern dienen lediglich einer zentralen Erfassung von Ordnungswidrigkeiten. So zumindest steht es in der höchstrichterlichen Rechtsprechung hierzu. Mit anderen Worten, den Gang zum Anwalt kann man sich schön sparen, die Punkte bleiben, bis sie verfallen (1 Punkt nach 2,5 Jahren, 2 Punkte nach 5 Jahren, 3 Punkte nach 10 Jahren). Und auch die anderen Mythen, man könne erfolgreich mit Messfehlern oder inkompetentem »Blitzer«-Personal argumentieren, ist angesichts der fortschreitenden Technisierung ein alter Hut.

Gut, wenn Sie sich die Schmach geben wollen und Ihre profunde Autofahrkompetenz in einem freiwilligen »Verkehrsunterricht« unter Beweis stellen, erlässt Ihnen Flensburg einen Punkt. Aber nur einmal alle fünf Jahre. Ein ziemlich mauer Tipp also.

Und selbst wenn ein Fahrverbot droht, lohnt sich ein rechtliches Aufbegehren des bösen Autofahrers kaum. Denn auch wenn der deutsche Bußgeldkatalog nur Regelstrafen beziffert und von jeder Regel bekanntlich abgewichen werden kann, sind auch hier die guten alten Zeiten vorbei, in denen in kumpelhafter F.-J.-Strauß-Manier die Ausnahme die Regel war. Um ein Fahrverbot abzuwenden, muss man jetzt schon richtig tief in die Mitleidskiste greifen und beispielsweise darlegen, mit welch ungewöhnlicher Härte ein solches Fahrverbot einen selbst treffen würde. Aber selbst der drohende Verlust des Arbeitsplatzes wird von vielen Gerichten heute nicht mehr als »Ausrede« akzeptiert. Denn jemand, der beruflich auf den Führerschein angewiesen ist, sollte sich besonders Mühe geben, anständig zu fahren. So die Argumentation der Gerichte.

Aber: Nicht verzagen, Lucas fragen – und der wird sagen: Stevens fragen. Und ich verrate Ihnen, wie Sie schnell ans Ziel gelangen, ganz ohne dabei Gefahr zu laufen, das Wichtigste im Leben des deutschen Bundesbürgers zu verlieren, den heiligen Führerschein.

Ja, es stimmt. Nichts ist formaljuristisch so haarklein durchdekliniert wie der deutsche Straßenverkehr. Und nirgendwo sonst scheint die Polizei als Inbegriff des modernen Raubrittertums so omnipräsent und immer auf der Lauer nach den armen, aber dafür umso zahlungskräftigeren Verkehrssündern. Aber ironischerweise können Sie sich genau das zunutze machen. Denn in dem grenzenlosen Eifer, des Deutschen liebste Beschäftigung so minutiös zu regeln, dass Auto fahren unter keinen Umständen mehr Spaß bereiten darf, haben die hierfür Verantwortlichen offensichtlich ein wenig sehr den Überblick verloren.

Oder wie anders soll man es deuten, dass es für die vom Gesetzgeber aufgestellten Regeln weiterer Regelungen bedarf, die sozusagen die Regeln richtig regeln. So gibt es im deutschen Verkehrsrecht eigentlich kein Gesetz, das es nicht gibt, oder haben Sie schon mal etwas von einer »Fahranfängerfortbildungsverordnung«, der »Fahrzeugteileverordnung«, der »Überlange-Lkw-Ausnahmeverordnung« oder gar vom »Berufskraftfahrer-Qualifikationsgesetz« gehört? Ich auch nicht, mein Kollege Lucas sowieso nicht, und vermutlich würde man auch unter den Mitarbeitern im Verkehrsministerium lange suchen müssen.

Der deutsche Verkehrsrechts-Gesetzgeber liebt es einfach, seine autobesessenen Bürger und deren ausgezeichnete Fahrkünste auf das gröbste einzuschränken und zu torpedieren. Man denke nur an die lästige Winterreifenpflicht, die bei Zuwiderhandlung mit mindestens 60 € und einem Punkt geahndet wird. Wo es sich doch mit Sommerreifen deutlich schneller fahren lässt, vom nervigen Reifenwechsel alle halbe Jahre mal ganz zu schweigen. Oder an die Regelungen zur Geschwindigkeitsübertretung, die innerorts bereits ab 3 km/h (so viel beträgt üblicherweise die Messtoleranz) mit 15 € Bußgeld bestraft wird. Ab 21 km/h im Übrigen schon mit 80 € und einem Punkt. Und das in Zeiten, in denen die Autotechnik so weit ist, Autos mit Power vergleichbar von Flugzeugen auszustatten. Und nicht zu vergessen diese eindeutig »dunkelgelben« Ampeln, die beim Überfahren bei mehr als einer Sekunde auf Rot gleich 200 €, zwei Punkte und einen Monat Fahrverbot kosten. Selbst an die Teilnahme an illegalen

Straßenrennen hat der Gesetzgeber gedacht und lässt sich diesen besonderen Fahrspaß mit 400 €, zwei Punkten und einem Monat Fahrverbot teuer bezahlen.

Auf ganzer Linie hat der deutsche Langweilgesetzgeber dafür gesorgt, dass der Spaßfaktor »Auto« im wahrsten Sinne des Wortes auf der Strecke bleibt. Offensichtlich denkt keiner der planversessenen Regelrowdys daran, dass wir weltweit als die »Grande Nation« des Autos bekannt sind und somit einen Ruf zu verlieren haben! Denn auch für das Drängeln auf der Autobahn, weil wieder irgendein »Linkspenner« die Überholspur blockiert, kostet der »dezente« Hinweis an den Vordermann, die Spur endlich frei zu machen, richtig Asche: Für zu dichtes Auffahren ist man – je nach Entfernung – bei Geschwindigkeiten ab 130 km/h mit 400 €, zwei Punkten und drei Monaten Fahrverbot dabei.

Zum Glück gibt es auch deutlich günstigere, aber nicht weniger effektive Alternativen. Sie sparen sich schon mal einen Flensburger Punkt und 300 €, wenn Sie den Linksschläfer einfach auf der rechten Spur überholen. Laut Bußgeldkatalog gibt's dafür nämlich nur einen Punkt und 100 € Strafe, ein echtes Schnäppchen also!

Weitere 25 € sind eingespart, wenn Sie anstatt der rechten Spur gleich den Standstreifen benutzen. Denn den Seitenstreifen zum Zweck des schnelleren Vorwärtskommens zu nutzen kostet »nur« 75 € und einen Punkt. Interessant wahrscheinlich für alle Leser, die oft in staugeplagten Gebieten unterwegs sind.

Das Beste allerdings kommt wie immer zum Schluss, und es ist so großartig, dass ich ganz kurz überlegt habe, es Ihnen vorzuenthalten. Schließlich wäre ich dann nicht mehr der Einzige, der die Nummer regelmäßig durchzieht. Aber gut, weil Sie mich so nett bitten – Sie haben ja dieses Buch gekauft und es immerhin bis hierher gelesen –, will ich mal nicht so sein:

Ganz einfach: Wer es besonders eilig hat und noch dazu richtig billig davonkommen möchte, kauft sich ein Blaulicht (im Internet ab 20 € erhältlich) und kann sich dann den Fahrstreifen aussuchen. Die missbräuchliche Verwendung von Blaulicht und Martinshorn ist nämlich punktefrei und kostet gerade einmal läppische 20 €. Schnelligkeit und Fahrspaß zu jeder Verkehrslage und staunende Blicke garantiert. Also dann, frohes Lalü und happy Blinkings, und grüßen Sie mir den Herrn Reynolds, wenn Sie ihn überholen.

Ach ja, sollten Sie dabei wider Erwarten und unerhörterweise dennoch geblitzt und angezeigt werden, auch kein Problem: Fragen Sie einfach einen Freund, Kumpel, Bekannten, Kollegen oder Schwippschwager, ob er nicht einfach für Ihren Verkehrsverstoß einsteht. Wenn Alter und Geschlecht des echten und des falschen Sünders übereinstimmen und eine gewisse Ähnlichkeit beim Aussehen hinzukommt, fällt der Polizei der Schwindel höchstwahrscheinlich nicht auf. Die Geldbuße wird bezahlt, die Punkte landen auf dem Konto des anderen. Und selbst wenn sich keiner im Bekanntenkreis finden lässt, der bereit wäre, sein eigenes Konto in Flensburg weiter auszubauen, ist auch das kein unlösbares Problem. Im Internet finden sich genügend Menschen, die kein Auto haben oder denen der drohende Verlust des Führerscheins gegen entsprechendes Entgelt nicht so wichtig ist. Zum Beispiel Häftlinge mit Freigang.

Aber machen Sie dabei keinen Anfängerfehler: Nicht Sie, sondern der »altruistische« Sündenbock muss den Anhörungsbogen der Bußgeldbehörde ausfüllen und angeben, dass er das Auto zum Zeitpunkt des Vergehens gefahren hat. Alles andere wäre eine falsche Verdächtigung und damit eine Straftat. Der Sündenbock dagegen kann nicht sich selbst falsch verdächtigen, und eine (mittelbare) Falschbeurkundung begeht er auch nicht, da das Flensburger Verkehrsregister keine öffentliche, sondern nur eine innerdienstliche Urkunde darstellt.

Sollte Ihnen diese Variante zu aufwendig beziehungsweise zu teuer sein, können Sie es auch wie der Kollege Lucas handhaben und künftig nur noch maskiert Auto fahren. So, dass Sie niemand mehr auf dem Blitzerfoto eindeutig als Fahrer identifizieren kann. Auch dies ist nicht strafbar. Beim Autofahren gibt es kein spezielles »Vermummungsverbot«. Das Gesetz schreibt nur vor, dass Sicht und Gehör nicht beeinträchtigt werden dürfen.

Bei der Wahl Ihres Kostüms sollten Sie allerdings auf eine gewisse Unauffälligkeit achten. Wer etwa mit einer Skimaske bekleidet Auto fährt, könnte aus nachvollziehbaren Gründen bei verdachtsunabhängigen Polizeikontrollen von besonderem Interesse sein. Aber, wie Ihnen Stephan Lucas aus leidiger Erfahrung berichten kann, auch die Verkleidung mit einer Alexander-Stevens-Maske ist suboptimal. Denn solch gutaussehende Autofahrer werden bevorzugt von weiblichen Polizeibeamtinnen herausgewunken – um sie einer gründlichen »Routinekontrolle« zu unterziehen.

In diesem Sinne: Happy Driving.

Terrorismus für Fortgeschrittene

Alexander Stevens

Ob ISIS, al-Qaida, Boko Haram oder die Taliban, islamistischer Terrorismus hat derzeit Hochkonjunktur. An Freiwilligen scheint es nicht zu mangeln, obwohl der Einstieg bei so einer Terrorbande nicht selten den Tod des Terroristen zur Folge hat. Genau das aber ist »günstigerweise« auch der X-Faktor auf diesem Wachstumsmarkt: Geködert werden die potenziellen Märtyrer nämlich meist mit vollmundigen Versprechungen eines sausig-brausigen Lebens im Jenseits. Nebst fortwährender Glückseligkeit sollen dort 72 Jungfrauen schon auf den jungen Helden warten, wobei als kleiner Bonus auch noch 70 Plätze für Familienangehörige frei sind.

Bei näherer Betrachtung des Themas ergeben sich allerdings einige Widersprüche. Ganz risikofrei ist das »Terror-Business« nämlich nicht. Dass man von der Wahrheit der Lehre des Islams zunächst einmal überzeugt sein muss, versteht sich von selbst, sollte aber bei den allermeisten fanatischen Islamisten gegeben sein. Aber auch im islamischen Glauben selbst lauern noch einige Fallen. So wird im Islam der Selbstmord vergleichsweise hart bestraft. Den Überlieferungen des Propheten Mohammed nach muss der Selbstmörder im Höllenfeuer seinen Tod bis in alle Ewigkeit wiederholen. Ob das nun auch für Selbstmord-Attentäter gilt, die sich also in einer Art Dauerschleife ständig neu in die Luft sprengen müssten, ist unter den Korangelehrten strittig.

Aber auch wenn man diese Unwägbarkeit durch die rosarote Terrorbrille sieht, bei den versprochenen Jungfrauen lauern anscheinend auch noch einige Tücken: Koranwissenschaftler sind sich nämlich bei der Übersetzung des Korans nicht mehr ganz so sicher, ob da wirklich etwas von Jungfrauen steht. Es könnte zumindest sein, dass vielmehr von bloßen Trauben, als Sinnbild für

Wohlleben und Behaglichkeit, die Rede ist. Sprich von läppischem Obst. Das wäre schon ein deutlicher Abstrich im Vergleich zu den überirdisch gutaussehenden Jungfrauen, die von Korangelehrten gerne mit pfirsichgroßen Brüsten beschrieben werden. So soll bei dem einen oder anderen Gotteskämpfer schon allein das Lesen des Korans zu feuchten Freuden geführt haben. Mit etwas Pech sieht sich dieser im Jenseits mit vorfreudiger Erwartung anklopfende Terrorist also am Schluss nur noch einer Schale voll Obst gegenüber und darf sich damit zu allem Überfluss die restliche Ewigkeit »verfallustieren« – daher im Übrigen auch die Herleitung des Wortes »Fallobst«.

Fragen des Alters, des Aussehens, des Charakters und nicht zuletzt der auf Gegenseitigkeit beruhenden Zuneigung der versprochenen Jungfrauen scheinen zudem bei den Gotteskämpfern keine größere Rolle zu spielen. Allein deshalb wären wohl durchaus Szenarien vorstellbar, in denen so mancher Mann einen hübschen Obstkorb dem ununterbrochenen Zusammenleben mit 72 Frauen ohne zu zögern vorziehen würde.

Das alles kann aber letztlich dahinstehen, denn angelockt von paradiesischen Sexorgien scheinen die vielen Terror-Azubis die aktuellsten Entwicklungen bei der Koranforschung nicht zu kennen. Vielleicht sollte man Flugblattaktionen über Terrorgebieten in Betracht ziehen, wobei genau hierüber aufgeklärt wird, um den frischgebackenen Märtyrern mögliche Risiken und Nebenwirkungen eines Anschlags vor Augen zu führen.

Denn noch unbehaglicher wird es für den ambitionierten Terroristen, wenn der Anschlag fehlgeht oder der Terrorist, seinen Plänen zum Trotz, überlebt. In den USA droht ihm dann – je nach Bundesstaat – die Todesstrafe, wobei die Todeskandidaten meist noch gut 20 Jahre in einer vier Quadratmeter großen Zelle ausharren »dürfen«, ehe das Urteil vollstreckt wird.

Die Aussichten in den anderen US-Bundesstaaten sind aber auch nicht viel rosiger. Hier werden wegen Terrorismus verurteilte Häftlinge nicht nur wirklich lebenslänglich weggesperrt, sondern auch noch so, dass jeglicher Lebenssinn dahin ist: In chronisch überbelegten Gefängnissen werden Schwerstkriminelle auf engstem Raum in Isolationshaft zusammengepfercht. Und auch die üppige Freizeitbeschäftigung scheint nicht sonderlich erstrebenswert, erschöpft sie sich doch in einem einstündigen Hofgang unter Aufsicht und ohne Kontakt zu anderen Mitinsassen.

Gut, bei unseren europäischen Nachbarn sieht es da schon etwas humaner aus: Zwar sind die Gefängnisse etwa in England oder Frankreich nicht weniger »schön« als die in den USA, immerhin droht dort aber keine Todesstrafe. Allerdings verstehen beide Länder unter »lebenslang« auch wirklich ein Leben lang hinter Gittern.

Ganz anders der deutsche Gesetzgeber: Häftlinge haben hier Anspruch auf angemessene Ausstattung der Hafträume, sie dürfen auch private Dinge wie Fernseher oder Nahrungs- und Genussmittel besitzen: Daneben können Zellen auch mit Bildern oder Postern ausgeschmückt werden. Und das Beste: Es gibt auch ein Recht auf Einzelunterbringung, mit abgetrenntem Sanitärbereich und einer Mindestzellengröße von acht bis zehn Quadratmetern. Alles andere sieht die deutsche Rechtsprechung als Verstoß gegen die Menschenwürde an.

Auch was das Strafmaß angeht, bestehen hierzulande geradezu idyllische Verhältnisse für die »liebenswerten« Terroristen. Das gesetzlich verankerte »Lebenslänglich« nämlich, das es ausschließlich für Mord gibt, führt in Deutschland bereits nach 15 Jahren zur möglichen Freilassung. Nur in ganz besonders schweren Fällen kommt man »erst« nach etwa 23 Jahren frei. Das ist ein überschaubarer Zeitraum, insbesondere im Vergleich zu einer Ewigkeit mit einer ollen Obstschale.

Der in Deutschland tätige Terrorist kann nach dem wahllosen Erschießen unschuldiger Zivilisten nach 15 Jahren, unter bestimmten Umständen sogar schon nach fünf Jahren auf die Entlassung aus dem Gefängnis hoffen. Besonders der Nachwuchs darf sich freuen: Jugendlichen Terroristen unter 21 Jahren droht selbst bei Massenmord unter Anwendung des deutschen Jugendstrafrechts nur eine Höchststrafe von maximal zehn Jahren.

»Belohnt« werden in Deutschland aber auch herausragende technische Fähigkeiten. Für den besonders versierten Terroristen hat der deutsche Gesetzgeber noch ein ganz besonderes Schmankerl in petto. Welchem Terroristen die Technik der Kalaschnikow einfach zu primitiv ist, der bedient sich besser handelsüblicher Nuklearwaffen und erspart sich so noch richtig Haftzeit. Denn das »Herbeiführen einer Explosion durch Kernenergie« wird, wenn Leib oder Leben eines anderen Menschen geschädigt werden, in Deutschland lediglich mit Freiheitsstrafe bis zu fünf Jahren oder mit Geldstrafe bestraft.

Doch damit nicht genug. Denn in Deutschland gibt es nicht nur einen eigenen Paragraphen für das unerlaubte Zünden von Atomwaffen, nein, es gibt auch eine eigene Spezialregelung für den Fall, dass dem Täter das Ganze echt leidtut. Bereut der nuklear bewaffnete Terrorist also danach sein Tun, ist sogar eine Milderung der Strafe bis hin zur völligen Straffreiheit möglich. Da kommt es halt einfach auf den terroristischen Einzelfall an.

Das deutsche Strafrecht belohnt eben die Klugen. Und klug ist es insbesondere, sich von den bekannten terroristischen »Marktführern« so weit als möglich zu distanzieren. Denn zur Empörung aller Terroristen, die sich noch in der Findungsphase befinden, bestraft der deutsche Gesetzgeber bereits die bloße Mitgliedschaft in einer terroristischen Vereinigung mit ein bis zehn Jahren Gefängnis. Sogar mit drei bis 15 Jahren wird bestraft, wer als Rädelsführer oder Hintermann in Erscheinung tritt.

Aber, kleiner Tipp, solange alle schweigen, ist es relativ schwierig, mutmaßliche Mitglieder oder Unterstützer terroristischer Vereinigungen klar festzunageln. Denn der Fanatismus alleine genügt nicht, in Deutschland sind die Gedanken immer noch frei. Der Fanatiker hat nichts zu befürchten, solange er eine radikale Auslegung des Islams oder auch die Vernichtung allen Lebens auf der Erde »nur« ziemlich gut findet, ohne dafür nach außen zu werben oder sich mit Gleichgesinnten zusammenzutun.

Nun sind in der Praxis religiöse oder sonstige Fanatiker nicht dafür bekannt, ihre Bewunderung für die von ihnen unterstützten Gruppierungen besonders geheim zu halten – insbesondere die frisch rekrutierten Neulinge wollen ja in der Regel Teil einer großen Bewegung sein. Was die jungen Möchtegernterroristen dabei vergessen: Anders als der Koran – man denke an die vielen Verwandten, die man im Paradies wiedersehen darf – ist der deutsche Staat im Umgang mit Familienangehörigen, Freunden und anderen Unterstützern von Terroristen nicht so umgänglich.

Das musste auch meine Mandantin erfahren, die in Deutschland lebende Mutter eines gerade 18-jährigen Rekruten, der voller Vorfreude auf die Verlockungen des Jenseits die Reise in ein Ausbildungscamp nahe der syrischen Grenze angetreten hatte. Bei seiner Rückkehr wurde er, dank seiner wenig umsichtigen Planung und diverser Vorankündigungen bei Facebook, jetzt Deutschland richtig aufmischen zu wollen, bereits am Flughafen verhaftet. In seiner polizeilichen Vernehmung zeigte er sich sofort geständig. Auch hinsichtlich der Frage, warum sich denn in seinem Gepäck ziemlich deutsch anmutende Nahrungsmittel befinden würden, obwohl er doch wochenlang im Nahen Osten gewesen sei. Sauerkraut und Wiener Würstchen zum Beispiel. Aus Sorge um den Sohnemann hatte die Mama ihm nämlich immer wieder kleine Lunchpakete geschickt. Der Junge sollte doch wenigstens was Ordentliches im Magen haben, ehe er sich die Kalaschnikow umschnallte.

Die mütterliche Fürsorge sollte für meine Mandantin allerdings ein gehöriges Nachspiel haben: Trotz der weitgehend einheimisch deutschen Nahrungsmittel, die sie dem Sohnemann ins Ausbildungscamp geschickt hatte, drohten ihr nach deutschem Recht bis zu zehn Jahre Freiheitsstrafe – übrigens im Ergebnis genau so viel wie für die Gründung einer terroristischen Vereinigung.

Die Verurteilung war unvermeidbar, auch wenn ich eine Haftstrafe gerade noch abwenden konnte. Vielleicht gerade deshalb, weil der Richter Sauerkraut und Wiener Würstchen selbst gerne aß. Die Mandantin schien dennoch zufrieden. Sie verabschiedete sich mit einem sehr lauten »Allahu Akbar«, was der Kollege Lucas im Vorbeigehen als »Allen sehr dankbar« verstand. Jedenfalls beglückwünschte Lucas mich zu einer zufriedenen Mandantin mehr, ehe selbige die Türe des Gerichtssaals mit Wucht zuknallte.

Merke also: Willst du Terrorist werden, dann

a) gründe stets eine eigene terroristische Bewegung,

b) verbiete deinen Verwandten, dir Essenspakete ins Ausbildungscamp zu schicken,

c) nutze zur Umsetzung deiner Tat möglichst Hightech-Waffen – bevorzugt Protonen-, Photonen- oder Neutronenstrahler,

d) erledige das Ganze vor deinem 21. Lebensjahr,

e) vögle sicherheitshalber lieber im Diesseits noch mit 72 Jungfrauen – außer Obst ist für dich ein ausreichendes Substitut dafür,

f) begehe deine Taten unbedingt in Deutschland …

Hilfe, mein Nachbar wohnt nebenan – Wie Sie ganz legal Ruhestörung betreiben

Stephan Lucas

Sind Sie ein begnadeter Schlagzeuger? Vielleicht ein leidenschaftlicher Sänger? Womöglich ein sechs Monate alter Säugling, ein Kleinkind, ein Schulkind, ein Hund oder ein Papagei? Oder sind Sie – wie mein Kollege Alexander Stevens – Virtuose am Klavier oder – ebenfalls wie der geschätzte Kollege – der vielleicht größte Liebhaber unter der Sonne, dem keine Frau widerstehen kann?

Vielleicht sind Sie ein DJ, Tänzer, Partypeople, tragen 24 Stunden am Tag High Heels, lieben den leidenschaftlichen Streit mit dem Ehepartner oder wissen nicht so genau, wo sich das Radio leiser stellen lässt?

Oder kann es sein, dass Sie einfach nur gerne mit Ihrem hydrostatischen Frontzapfenwellenaufsitzrasenmähertraktor über den Rasen rasen und dabei alles Grün in Ihrer Umgebung kurz und klein säbeln? Nur um anschließend alles, was nicht niet- und nagelfest ist, mit Ihrem benzinbetriebenen XXL-Profi-Laubbläser überallhin wegzupusten?

In all diesen Fällen rate ich zur Vorsicht! Gehen dagegen von Ihnen Emissionen aus, wie sie sonst nur eine Schildkröte aussendet, dann sind Sie raus und können dieses Kapitel getrost überspringen. Alle anderen aber bitte aufgepasst! Denn das Gesetz wartet womöglich nur darauf, dass Sie mit ihm in Konflikt geraten. Sie können mit Geräuschen, für die Sie verantwortlich oder zumindest mitverantwortlich sind, eine Straftat, allemal aber eine Ordnungswidrigkeit begehen. Und das kann sehr schnell sehr teuer werden.

Das Beste ist, Sie haben keine Nachbarn. Denn dann kann dem lautesten Krachmacher nichts passieren. Denn für das angesprochene Konfliktpotenzial bedarf es in Ihrer Umgebung menschlicher Wesen, die Sie mit all dem, was Sie so tun oder treiben, akustisch erreichen und damit womöglich stören könnten.

Vielleicht mal vorausgeschossen: Es gibt in Deutschland kein Recht auf Lärm. Irgendwie auch vernünftig. Denn Lärm macht nun mal nachweislich krank.

Sie werden auch kaum jemanden finden, der sich selbst als Lärmliebhaber bezeichnet. Moment, werden Sie jetzt sagen, manche Menschen lieben es doch sehr wohl ganz laut! Musikfreaks, die sich im Club direkt neben die Boxen stellen und daheim ihre Anlage bis zum Anschlag aufdrehen. Oder fanatische Motorsportfans, die ihr Ohr auf die Motorhaube des Lamborghini legen. Natürlich, während das Gaspedal ordentlich durchgetreten wird und die Klappen im Auspuff geöffnet sind, um so mit möglichst vielen Zylindern ein soundgewaltiges Orchester zu erzeugen.

Alles richtig. Der entscheidende Punkt ist allerdings: Was nun ein Mensch als Lärm empfindet, also als Geräusch, an dem er sich persönlich stört, ist sehr, sehr subjektiv.

So werden manche Menschen vom schnarchenden Partner schier verrückt. Andere wiederum empfinden das nächtliche Törö ihres herzschwachen, cholesterinbelasteten, mit höchsten Fett- und Leberwerten ausgestatteten Ehemanns als geradezu beruhigend: »Da weiß ich doch wenigstens, dass mein Alter noch lebt.«

Man kann also lange streiten, was denn nun störender Lärm und was hingegen das Leben bereichernde Nebengeräusche sind. Aber bitte nicht zu laut streiten – es könnte ja Ihre Nachbarn stören! Und ebendieses Streits – ob nun laut oder leise geführt – bedarf es nicht, weil in aller Stille der Gesetzgeber und die unsere Gesetze ausgestaltenden Gerichte mit ihren Richtersprüchen alles recht überschaubar festgezurrt haben.

So sagt § 117 des Ordnungswidrigkeitengesetzes, kurz OwiG, ganz grundlegend: »Ordnungswidrig handelt, wer ohne berechtigten Anlass oder in einem unzulässigen oder nach den Umständen vermeidbaren Ausmaß Lärm erregt, der geeignet ist, die Allgemeinheit oder die Nachbarschaft erheblich zu belästigen oder die Gesundheit eines anderen zu schädigen.«

Fangen wir doch mal mit den Haustiergeräuschen an. Das OLG Brandenburg urteilte, dass Bellattacken eines Hundes, insbesondere in der Nacht, sehr wohl vermieden werden können – und somit vom Halter gefälligst unterbunden werden müssen. Das soll jedenfalls gelten, wenn Bello mehr als nur ab und zu und dann auch länger als nur ein paar Minuten seinem Namen alle Ehre macht.

Als ein Hund mit seinem ständigen Gejaule den Hausfrieden schwerwiegend und nachhaltig störte, zog eine Vermieterin laut Urteil des Amtsgerichts Potsdam zu Recht ihre Erlaubnis zur Tierhaltung in der Wohnung zurück.

Das Verwaltungsgericht Würzburg erteilte einem Hundebesitzer sogar ein Haltungsverbot. Dessen pyrenäischer Hirtenhund hatte monatelang die Nachbarschaft durch nächtliches Gebell um den Schlaf gebracht. Vermutlich, weil er den Hirten und all die vielen Schafe in der Stadtwohnung aufs schmerzlichste vermisste. Ob der Hund zurück in die Pyrenäen durfte, ist nicht überliefert.

Mit einem vermeintlich cleveren Dreh versuchte ein Vogelhalter zu rechtfertigen, dass seine Papageien lautstark die Nachbarn mit Gepfeife nervten – er hatte sie in einer Außenvoliere gehalten. Seine Argumentation: Wildlebende Vögel produzierten schließlich auch Lärm. Doch das Landgericht Hannover urteilte, dass den Nachbarn höchstens zwei Stunden täglich Papageienlärm zuzumuten sei. Papageien seien eben keine heimischen Singvogelarten und der Papageienlärm daher zu begrenzen. Was aber, wenn die Papageien sprechen statt krächzen? »Weg ist Kiki.

Böser Kiki. Kiki Durst. Kiki Hunger.« Wo liegt der Unterschied zwischen dem plappernden Papageien und einem alten Ehepaar, das nicht weniger krächzend ebenfalls immer wieder dasselbe von sich gibt? Eine berechtigte Frage. Zum Glück werden ältere Ehepaare nicht in Außenvolieren gehalten.

Aber apropos Papagei und Kiki: Da komme ich auf Kikeriki. Im Gegenzug zur Papageienentscheidung entschied das Landgericht Kleve, dass ein Gockel in ländlicher Gegend morgens um 3 Uhr krähen darf, was das Zeug hält. Mit einem Hahn machen Sie also garantiert nichts falsch. Jedes Land bekommt eben das Federvieh, das es verdient. Und das Verwaltungsgericht Berlin entschied, dass sogar das Quaken von Fröschen keine Ruhestörung und deswegen garantiert hinzunehmen sei. Sogar inmitten einer Großstadt. Eine ungeküsste Anwohnerin, die sich vermutlich einfach nur unglücklich gezeigt hatte, weil immer noch kein Prinz für sie dabei war, musste das akzeptieren.

Etwas willkürlich, mag man meinen. Es scheint mir auch so, als ob ausländische Viecher recht übel diskriminiert würden. Der deutsche Hahn und Frosch dürfen lärmen, was das Zeug hält, während der pyrenäische Hirtenhund und die exotischen Papageien das Nachsehen haben.

Da ist die Verwendung von Geräten und Maschinen, die naturgemäß gehörigen Lärm verursachen, in der Geräte- und Maschinenlärmschutzverordnung schon expliziter geregelt. So besagt § 7 Abs. 1 32. BImSchV unmissverständlich, dass solch lärmende Geräte in Wohn- und Erholungsgebieten durchaus werktags in der Zeit von 7.00 Uhr bis 20.00 Uhr eingesetzt werden dürfen. Nur an Sonn- und Feiertagen überhaupt nicht. Also los, Karre an! Um 7 Uhr morgens am Samstag macht man damit sicher auch dem einen oder anderen Nachbarn richtig Freude – völlig legal. Denn Samstage sind genauso wie Montage, Dienstage, Mittwoche, Donnerstage und Freitage ebenfalls Werktage. Viele, die oft schon Freitagmittag Feierabend machen dürfen (versuchen Sie da mal bei der Justiz jemanden zu erreichen …), haben das nur nicht mehr auf dem Schirm.

Wer's noch exzessiver mag, der sollte mal über den Einsatz eines Roboters nachdenken. So ließ ein Nachbar seinen Rasen von einem Rasenroboter mähen – und zwar den ganzen Tag lang. Die Nachbarin wollte den Gärtner daraufhin gerichtlich verpflichten, den Rasenroboter maximal fünf Stunden am Tag laufen zu lassen. Doch das Amtsgericht Siegburg wehrte dies ab. Schließlich ließ der Mann seinen automatischen Rasenmäher unter Wahrung der Ruhezeiten »nur« von 7 bis 20 Uhr laufen. Außerdem musste das Gerät nach jedem einstündigen Einsatz wieder für eine Stunde an seine Ladestation, um den Akku aufzuladen. Zeit genug, auch als Nachbarin mal wieder ein Stündchen durchzuschnaufen und zu neuen Kräften zu kommen. Und zu guter Letzt blieb der Rasenroboter unter 50 Dezibel. Vielleicht ist die Dame inzwischen umgezogen.

Eine Sonderstellung nehmen extralaute Geräte wie der besagte, gerade bei Männern so beliebte Laubbläser ein. Geschätzt 90 Prozent dieser echten Kerle würden einen mickrigen Staubsauger vermutlich nie in die Hand nehmen. Dabei könnten sie Mutti damit eine große Freude machen und der Ruhe auf diesem Planeten einen echten Dienst erweisen. Die Sache mit den Laubbläsern und -saugern ist für manchen Mann aber wohl eine viel zu animalische Angelegenheit, als dass er davon ablassen könnte. Ein echtes Männerding eben. Nicht meins allerdings. Ich war damals – als kleiner, zerbrechlicher Bub – eher der Softie-Typ, der noch den Rechen zur Hand nahm und damit ein gleichmäßiges, leicht kratzendes Geräusch auf dem Gehweg erzeugte.

Jedenfalls: Diese XXL-Lärmmaschinen dürfen werktags in den Zeiten von 9.00 Uhr bis 13.00 Uhr sowie von 15.00 Uhr bis 17.00 Uhr benutzt werden. Immerhin. Aber Achtung: Kommunale Verordnungen erlauben teilweise noch weniger Geblase und Gesauge. Die Münchener Hausarbeits- und Musiklärmverordnung etwa gestattet ganz grundsätzlich »ruhestörende Haus- und Gartenarbeiten« nur von Montag bis Samstag zwischen 8.00 Uhr und 12.00 Uhr sowie zwischen 15.00 Uhr und 18.00 Uhr.

Merken Sie was? Nostalgie lässt grüßen: In der bayerischen Landeshauptstadt gibt es sie noch, die auf Bundesebene längst abgeschaffte, ausgedehnte Mittagsruhe. Sie galt früher mal ganz generell in unserem Land. So war es vor einigen Jahren noch selbstverständlich, dass man in der Mittagszeit niemanden anrief. Auch 20 Uhr – Tagesschauzeit – war ein Tabu.

Gut, damals gab es nur Festnetzanschlüsse. Und die waren wirklich fest. Wollten Sie bei sich zu Hause ein Telefon in Betrieb nehmen, verankerte ein freundlicher Postbeamter das Kabel des Telefons fest in Ihrer Wand. Und glauben Sie jetzt bitte nicht, dass Sie diese Telefone hätten ausschalten können. Genau genommen waren Sie damals auf Gedeih und Verderb rund um die Uhr erreichbar. Selbst bei Stromausfall, wenn also wirklich gar nichts mehr ging, klingelten diese Telefone noch.

Und trotzdem: Wäre es nicht fast schön, man würde auch heute im Zeitalter der Smartphones wieder solche Atempausen einführen, an denen nicht nur das Anrufen, sondern auch gleich noch das Mailen strikt verboten wäre? Mittags einfach mal zwei Stunden lang kein Spam und Co., ganz gleich, wie lange Sie auch pflichtbewusst auf Ihr Handy starren. Und ganz ehrlich: Den Bayern möchte ich so etwas ja fast zutrauen.

Aber unabhängig von Gesetzen und Verordnungen legen viele Hausordnungen zusätzlich sogenannte Ruhezeiten fest, in denen jeglicher Lärm zu vermeiden ist. So muss beispielsweise nahezu überall die »Nachtruhe« in der Zeit von 22.00 Uhr bis 6.00 Uhr eingehalten werden. Und es sind durchaus Regelungen darüber hinaus möglich – die Mittagsruhe lässt grüßen. Generell haben sich die Mieter dann so zu verhalten, dass sie durch die von ihnen verursachten Geräusche keine Mitbewohner belästigen. Dies gilt insbesondere für die Belästigung mit Hilfe von Musik, Fernsehen, Geschrei, Feierei und durch Haustiere. Kinderlärm muss dahingegen nach einhelliger richterlicher Überzeugung grundsätzlich geduldet werden, das Geschrei eines Säuglings sowieso. Hält sich ein Bewohner nicht an die Hausordnung, kann ihm nach erfolgloser Abmahnung sogar der Mietvertrag gekündigt werden. Eine Sonderstellung nehmen übrigens benachbarte Gaststätten ein, da diese in der Regel Konzessionen besitzen, die ihren Betrieb auch über 22.00 Uhr hinaus gestatten.

Auch wenn die Ruhezeiten generell eingehalten werden müssen, sind gewisse Tätigkeiten trotzdem garantiert nicht strafbar. Denn alltägliche Arbeiten des Haushalts sind nicht als Lärmbelästigung einzustufen. Staubsaugen und Wäschewaschen zum Beispiel müssen selbst sonntags akzeptiert werden. Und auch das nervig surrende Geräusch der Spülmaschine. Die hörbaren Signale von solchen Haushaltsgeräten, so das Amtsgericht Mönchengladbach, müssen von den Nachbarn hingenommen werden, wenn der Verursacher sie »unter Berücksichtigung der gebotenen Rücksichtnahme« nutzt. »Unter Berücksichtigung der gebotenen Rücksichtnahme« heißt in diesem Fall vor 22 Uhr. Ansonsten aber – also auch sonntags – gilt ein lautes »Ja, tun Sie es!«.

Musik bei Zimmerlautstärke ist ebenfalls nicht zu ahnden. Während der vorgeschriebenen Ruhezeiten darf sie nicht lauter sein als ein Gespräch zwischen zwei Menschen. Man darf im Ergebnis also nur Musik hören, die der Nachbar sowieso nicht hören würde, wenn er nicht gerade an der Tür lauscht. Auch solche unverschämten Nachbarn soll es geben.

Nicht als Lärmquelle und damit garantiert gesetzeskonform ist auch normal geführte Konversation in Zimmerlautstärke – selbst wenn mein Kollege Alexander Stevens da anderer Meinung ist. Zum Beispiel, wenn ich ihn bei seinen zahlreichen

Schlafversuchen auf der Kanzleicouch mit schönsten Inhalten verbal konfrontiere.

Das heißt in seiner logischen Konsequenz aber leider auch: Wer eine Party abhält, produziert mit Sicherheit zu viel Lärm. Der Gastgeber muss also auf die Kulanz der Nachbarn hoffen und sie am besten schon vorwarnen. Beharren diese trotzdem auf ihre Nachtruhe, hat man Pech. Denn anders als im Klassiker der Beastie Boys gibt es kein Recht auf Party. Dass jeder eine Party im Jahr »frei« habe, gehört zu den Stammtischmythen und hat keine juristische Grundlage. Es gibt eben kein Recht auf Lärm.

Im Gegenteil: Lärm bringt möglicherweise die Polizei auf den Plan, die gegen die Ruhestörung vorgehen kann. Dabei handelt es sich ja schließlich um eine Ordnungswidrigkeit. Manche lassen es darauf ankommen. Und je wilder und gefährlicher Sie selbst oder Ihre Gäste aussehen, desto größer die Chance, dass man Sie, die Lärmquelle, in Ruhe lässt. Auf einem Saufgelage stadtbekannter Hooligans vorsichtig um Ruhe zu bitten ist eben womöglich aus Sicht mancher Nachbarn keine so gute Idee. Und manche Leute schätzen ihre Nachbarn ja bereits als hochgradig gefährlich ein, wenn sie längere Haare tragen, gepierct oder tätowiert sind.

Im Normalfall aber – das heißt ohne vorhergehenden langwierigen Nachbarschaftsstreit – werden Ihre Nachbarn womöglich zunächst etwas Eigeninitiative zeigen. Die Gewerkschaft der Polizei empfiehlt jedenfalls, den Notruf erst dann zu wählen, wenn man das Problem nicht durch eigene Ansprache lösen kann.

Und rückt die Polizei nach der Wahl von 110 dann tatsächlich an, wird sie die Party auch nicht mit einer Hundertschaft stürmen. Es gilt der Grundsatz der Verhältnismäßigkeit. Bei einer Privatparty in einer Wohnung werden sich die Beamten also zunächst selbst ein Bild von der Situation machen und an der Tür das Gespräch mit dem Gastgeber suchen. Zeigt der sich einsichtig und dreht die Musik leiser, war es das meistens auch schon. Die Polizei hat in diesem Fall kein Recht, die Wohnung zu betreten.

Anders sieht es aus, wenn sich bei der Visite der Verdacht auf Straftaten ergibt. Bei Gefahr in Verzug – wenn also ein sofortiges Handeln indiziert erscheint – können sich die Beamten auch ohne richterlichen Durchsuchungsbefehl Zutritt zur Wohnung verschaffen. Dafür muss es aber schon ganz konkrete Anhaltspunkte geben, bloße Vermutungen reichen nicht aus. Nur weil der Gastgeber geweitete Pupillen hat, ist das beispielsweise noch kein Grund, die Wohnung zu stürmen. Liegt im Hintergrund ein Haufen weißes Pulver auf dem Wohnzimmertisch, sieht es vielleicht schon etwas anders aus. Auch das sollten Sie immer im (geweiteten) Auge haben.

Wirklichen Ärger gibt es aber eigentlich erst, wenn die Polizisten mehrfach ausrücken müssen. Die Beamten können dann auch die Musikanlage beschlagnahmen, um die öffentliche Sicherheit und Ordnung wiederherzustellen. Verstöße gegen die Nachtruhe kosten je nach Bundesland und Schwere des Vergehens bis zu 5000 €!

In der Regel muss man sich auf ein Bußgeld im unteren dreistelligen Bereich gefasst machen, dazu kommen dann noch Verwaltungskosten. Und die Polizei darf grundsätzlich auch Ihre Gäste nach Hause schicken. Natürlich auch hier nur dann, wenn die Maßnahme verhältnismäßig erscheint, sprich: wenn auch nach mehrfachen Verwarnungen keine Ruhe einkehrt. Dann allerdings darf die Polizei den Gästen Platzverweise erteilen – also die Party auflösen.

Gut zu wissen: Weil Ruhestörung »nur« eine Ordnungswidrigkeit ist und keine Straftat, kann niemand dafür festgenommen werden. Wohl aber für mit der Ruhestörung einhergehende Straftatbestände. Wer sich beispielsweise hartnäckig der Räumung widersetzt und womöglich noch gewalttätig wird, kann wegen Widerstand gegen Vollstreckungsbeamte festgenommen werden. Und die Kosten des Einsatzes können dem Gastgeber in Rechnung gestellt werden.

Zu besonderen Anlässen, zum Beispiel bei großen Fußballereignissen, stehen die Chancen allerdings ganz gut, dass hier und da ein bisschen länger und lauter gejubelt werden darf. Insbesondere wenn das Spiel erst gegen 21 Uhr angepfiffen wird. Muss dann um 22 Uhr Abpfiff der Party sein? Eher nicht. Dann drückt das Ordnungsamt oft ein Auge zu und gibt Verlängerung.

Allerdings sollte die ausgelassene Party dann auch eine halbe Stunde nach Spielende vorbei sein.

Äußerst kulant ist der Gesetzgeber dagegen übrigens bei öffentlichen Bauarbeiten. Die müssen selbst dann hingenommen werden, wenn die ansonsten gesetzlich geltenden Grenzwerte von 80 bis 90 Dezibel überschritten werden – was bei Bauarbeiten ganz regelmäßig der Fall ist.

Aber Vorsicht: Das eröffnet Ihnen jetzt nicht etwa die Möglichkeit auf eine Abrissparty. Falls Sie meinen, das wäre doch die Lösung für Ihre nächste brutal und bis zum Anschlag gehende Feierlichkeit in den eigenen vier Wänden. Denn auf Baustellen ist zwar »mehr« Lärm zulässig, ansonsten gelten aber für den Baulärm dieselben gesetzlichen Ruhezeiten. Ohnehin schließen die meisten Baustellen oft schon um 20 Uhr.

Aber zurück zum Partyabpfiff um 22 Uhr. Natürlich muss niemand danach auf Samtpfoten durch seine Wohnung schleichen. High Heels aber bitte irgendwann ausziehen – oder nur noch im Bett tragen. Aber da mische ich mich nicht weiter ein. »Sozialadäquate Tätigkeiten« sind jedenfalls auch zur Nachtzeit noch erlaubt. So auch das Bemühen um die körperliche Hygiene.

Der Klassiker ist das nächtliche Duschen oder Baden. Wer in seinem Mietvertrag eine entsprechende Verbotsklausel findet, kann sich getrost darüber hinwegsetzen. Solche Klauseln sind unwirksam, urteilte unter anderem das Landgericht Köln schon 1997. Ausgedehnte nächtliche Badepartys hingegen verhinderte das Oberlandesgericht Düsseldorf in einem Beschluss von 1991. Spielverderber. Damals war ein überaus reinlichkeitsliebender Chirurg wegen ausgiebigen nächtlichen Duschens zwischen 22 und 1 Uhr zu einer Geldbuße verurteilt worden. Er musste, so die Richter des Oberlandesgerichts, seine spätabendliche Körperpflege auf sozialadäquate 30 Minuten begrenzen.

Sozialadäquat ist übrigens auch ein Ehekrach. Kurzzeitige laute Wortgefechte müssen die übrigen Hausbewohner hinnehmen. Nicht enden wollende nächtliche Streittiraden muss sich aber keiner anhören. Entweder sagt man sich nach 22 Uhr die Meinung in Zimmerlautstärke oder man riskiert ein Bußgeld.

Vielleicht ja ein guter Versöhnungsansatz, sich die anfallende Strafzahlung später fair zu teilen. Diese Chance bekam ein Ehepaar in Düsseldorf. Dort hatte der Streit eines Paares bis halb zwei Uhr morgens gedauert und ein gerichtliches Nachspiel gehabt. Weil das Paar zu den Wiederholungstätern zählte, musste es 500 € zahlen.

Bei Musikinstrumenten hingegen kommt es auf den Einzelfall an. Auch tagsüber darf keiner seine Nachbarn so beschallen, dass diese sich gestört fühlen. Oft gibt es Streit um Dauer und Lautstärke von Musik. Egal, ob es sich um Metallica, Beethoven oder Hansi Hinterseer handelt.

Besonders unbeliebt sind die Schlagzeuger: Ein neuzugezogener Mieter setzte beim Landgericht München I gerichtlich durch, dass ein 17-Jähriger nur noch 30 Minuten täglich üben durfte, und zwar montags bis samstags zwischen 16 und 19 Uhr. Das Landgericht Nürnberg-Fürth verbot einem anderen Drummer ebenfalls das Trommeln nach 19 Uhr, billigte ihm aber im Sommer 45 Minuten und im Winter 90 Minuten als tägliche Übungszeit zu.

Und auch der Lärm aus Kindertagesstätten, Kinderkrippen

und Schulhöfen muss hingenommen werden. Das Bundesimmissionsgesetz definiert Kinderlärm als »im Regelfall keine schädliche Umwelteinwirkung«, und so müssen Anwohner Kindergeschrei etwa durch entsprechende Einrichtungen erdulden. Daher scheiterte auch ein Anwohner, der gegen den Bau von Kindertagesstätten in einem Wohngebiet vorgehen wollte. Kindertagesstätten sind als Anlagen für soziale Zwecke nach der Baunutzungsverordnung in einem allgemeinen Wohngebiet zulässig, so das Verwaltungsgericht Stuttgart. In einem anderen Fall urteilte das Oberverwaltungsgericht Rheinland-Pfalz ebenfalls zugunsten von Kindern. Geklagt hatte ein Anwohner, der sich durch den Lärm von Ganztagsschulkindern auf einem Kinderspielplatz zwischen 13 und 16 Uhr gestört fühlte. Ohne Erfolg.

Bleibt eigentlich nur noch ein Unruheherd, den ich noch nicht angesprochen habe. Und ich ziere mich ein wenig, weil ich ja eigentlich alles rund um dieses Thema meinem jungen, ungestümen Kollegen überlassen möchte. Er soll sich ja schließlich noch ein bisschen die Hörner abstoßen. Sex also. Auch der kann bei der Frage nach erlaubten und nicht erlaubten Ruhestörungen eine erhebliche Rolle spielen. Wer den »Höhepunkt« des Tages lautstark genießen will, der sollte es abends nicht zu spät werden lassen. So entschied ein deutsches Amtsgericht, dass lautes Stöhnen beim Sexualverkehr eine unzumutbare Belästigung der Nachbarn sei, zumindest zwischen 22 und 6 Uhr in der Früh.

Vermutlich alles Ansichtssache. Für den einen ersetzt der Sexuallärm von nebenan den teuren Telefonsex, andere nehmen ihn womöglich gar nicht erst wahr. Und bei manchen Paaren stellt sich das Problem etwaiger nächtlicher Sexemissionen erst gar nicht, weil der Mann eh lieber nur seine morgendliche Potenz auszuschöpfen beliebt, also erst nach 6 Uhr so richtig in Fahrt kommt. Ganz andere werden es sich womöglich zum Sport machen, gegen halb sechs mit dem Sex sanft zu beginnen und um 6 Uhr dann mit einem Feuerwerk sich entladender Lust eine lautstarke Punktlandung hinzulegen. Ganz legal.

Und manche Frau wird froh sein, dass sie zumindest nach 22 Uhr ihrem Partner mit Blick auf die Uhr den ungeliebten Sex verwehren kann: »Schatz, nicht! Du weißt doch, da gibt es dieses Ordnungswidrigkeitengesetz …«

Ach ja, und dann sind da noch die Paare, die es im Schlafzimmer nach Herzenslust krachen lassen können, weil sie schlichtweg nichts zu befürchten haben. Sollte die Polizei wegen ihres Lustlärms tatsächlich mal vor deren Tür stehen, wird nämlich manch ein Paar nachvollziehbar fragen können: »Herr Wachtmeister, sehen wir so aus, als ob wir noch Sex hätten?«

Nein heißt ja und ja heißt nein! – Die Tücken des Sexualstrafrechts

Alexander Stevens

Ich gebe zu, dieses Kapitel war gänzlich anders geplant. Ich hatte ursprünglich vor, à la *Shades of Grey* kurz und knackig aufzuzeigen, was beim Sex erlaubt, was nicht erlaubt ist und was in der »Greyzone« liegt.

Nachdem aber unsere spaß- und wie mir scheint auch lustbefreiten Politiker eine Reform nach der anderen in Sachen Sexualrecht verabschieden, muss ich Ihnen leider mitteilen, »Greyzones« in Sachen Sex gibt es keine mehr. Seit unsere Parlamentarier Sex von der schönsten zur strafbarsten Sache der Welt verbannt haben, ist es tatsächlich sehr schwierig geworden, sich beim Sex nicht strafbar zu machen. Wobei auch das noch viel zu kurz gegriffen ist. Denn in der Sorge, in Zukunft auch garantiert jeden potenziellen Lustmolch, Grapscher oder plumpen Anmacher strafrechtlich zur Verantwortung ziehen zu können, hat der Gesetzgeber zur Sicherheit einfach einmal alles für strafbar erklärt, was mit Sex oder dessen Anbahnung zu tun hat.

Vorbei sind die Zeiten, in denen es so lange knisterte, bis sich die aufgestaute Elektrizität in einem ersten, völlig überraschenden Kuss entlud. Auch Sex zu zweit oder gar Sex an einsamen Orten sind jetzt tabu. Aus ist es auch mit Sex nach ein paar Gläsern Wein oder Sex zu später Stunde. Und das gemeinsame Um-die-Häuser-Ziehen mit Singlefreunden dürfte sich mittlerweile auch erledigt haben – zumindest auf dem Boden der Legalität.

Glauben Sie nicht? Dann, liebe Männer und Frauen, gut aufgepasst:

Der erste Kuss ist, so wie wir ihn bisher kannten, legal nicht mehr machbar. Strafbar macht sich nämlich jetzt, wer eine sexuelle Handlung an einer anderen Person vornimmt und dabei ein

Überraschungsmoment ausnutzt. Und ein überraschender Kuss ist nach dem Wortlaut des neuen Gesetzes nicht nur eine sexuelle Belästigung, nein, er ist sogar eine sexuelle Nötigung! Je nachdem, ob das Gericht einen Kuss als »erhebliche sexuelle Handlung« ansieht, drohen zwischen sechs Monate und fünf Jahre Gefängnis. Und bei einem Zungenkuss verurteilen manche Richter auch wegen Vergewaltigung (Eindringen in eine Körperöffnung) zu zwei bis 15 Jahren Freiheitsstrafe.

Der Mut zum ersten Kuss bekommt da eine ganz neue Bedeutung.

Wichtige Ausnahme: Wenn klar bewiesen werden kann, dass Ihr Partner oder Ihre Partnerin in den Kuss eingewilligt hat, kommen Sie gerade noch einmal davon. Es läuft also ähnlich wie beim Arzt. Eine Blinddarmoperation ist grundsätzlich eine Körperverletzung wie jede andere, aber durch Ihre zuvor zur Sicherheit schriftlich erklärte Einwilligung bleibt sie straffrei (siehe Kapitel *Man muss nur wollen*). Es könnte natürlich sein, dass ein umfassendes Vorgespräch mit anschließender Unterzeichnung eines »Kussvertrags« die Stimmung dezent untergräbt. Aber der Vorteil, den der Gesetzgeber dadurch geschaffen hat, liegt auf der Hand: Sie wissen jetzt immer ganz genau, wann es zum ersten Kuss kommen wird.

Aber auch beim Sex scheint sich die Lage eindeutig vereinfacht zu haben. »Nein heißt nein« ist das Credo, und dadurch wird einvernehmlicher Sex doch megaunkompliziert, oder nicht? Einfach loslegen, und wenn jemand »Nein« sagt, dann halt aufhören.

Das Problem ist nur, dass genau das anno dazumal galt. Jetzt gilt es, jede denkbare, als unmoralisch empfundene Einzelfallsituation im Zweifel strafbar zu machen. Im Gesetz steht also gar nicht erst »Nein heißt nein« – das war auch früher selbstverständlich. Aktuell besagt das Gesetz vielmehr, dass sich derjenige, der gegen den erkennbaren Willen – also auch ohne ein klar ausgesprochenes »Nein« – sexuelle Handlungen an einer Person vornimmt, wegen sexueller Nötigung beziehungsweise Vergewaltigung strafbar macht.

Wann ein solcher entgegenstehender Wille erkennbar ist und wann nicht, definiert das Gesetz allerdings nicht – das ist der richterlichen Auslegung überlassen.

In denklogischer Konsequenz bedeutet das neue Gesetz jetzt also nicht etwa »Nein heißt nein«, sondern vielmehr: »Nur ja heißt ja.« Für ein verurteilungsfreudiges Gericht kann ab jetzt ein trauriger Blick genügen, um als deutliches Zeichen eines entgegenstehenden Willens eine Verurteilung zu einer langjährigen Haftstrafe zu rechtfertigen.

Die schlechte Nachricht also: Einvernehmlicher Sex wird in Zukunft zu einem echten Sicherheitsrisiko. Überlegen Sie sich also gut, mit wem Sie ins Bett gehen und wie gut Sie dessen/deren Zustimmung dokumentieren.

Kleiner Tipp also: Fragen Sie besser alle 10 bis 20 Sekunden explizit nach, ob die gerade stattfindende sexuelle Handlung noch gewünscht ist. Etwa: »Möchtest du, dass ich aufhöre?« Aber Achtung: Dann heißt »Nein« nicht »Nein«, sondern »Ja«, und »Ja« heißt dann »Nein«. Alles klar?

Ach ja, und wer auf die grandiose Idee kommt, dann zu Beweiszwecken besser gleich alles filmisch zu dokumentieren und damit gleichzeitig die hauseigene Pornosammlung etwas aufzuwerten, dem sei gesagt, dass dies schnell als »Verletzung des höchstpersönlichen Lebensbereichs« ebenfalls strafbar ist. Wenn auch nur mit einer Höchststrafe von zwei Jahren Gefängnis.

Was mir übrigbleibt, ist, Sie darauf hinzuweisen, was Sie beim Sex alles nicht tun dürfen. Wenn Sie das beherzigen, machen Sie sich aber auch garantiert nicht strafbar. Also, aufgemerkt!

Der erste wichtige Hinweis: Sex ist nur noch an sicheren Orten erlaubt! Die alles entscheidende Frage nach dem ersten Kennenlernen »Zu dir oder zu mir?« können Sie sich in Zukunft sparen. Zumindest, wenn Sie alleine in Ihrer Wohnung wohnen. Wobei die Frage in Zukunft auch lauten könnte: »Zu dir, zu mir oder gleich zur Polizei?« Denn auch wenn kein klares »Nein« fällt, droht eine Verurteilung wegen Vergewaltigung, wenn man beim Geschlechtsverkehr eine Lage ausnutzt, in der das potenzielle Opfer der Einwirkung des vermeintlichen Täters schutzlos ausgeliefert ist. Eine solche Schutzlosigkeit stellt nach der Rechtsprechung bereits die alleine vom Täter bewohnte Wohnung dar. Denn das Opfer ist damit dem ungehemmten Einfluss des Täters preisgegeben, ohne dass fremde Hilfe zu erwarten wäre. Künftig können Sie sich zum Sex also nur noch an Orten treffen, wo mit hilfsbereiten Menschen zu rechnen ist. Falls der Sexpartner sich nicht sicher fühlt und um Hilfe rufen will, etwa also in einer WG oder im Elternhaus. Aber Vorsicht, der Ort darf auch nicht zu belebt sein: Sex in der Öffentlichkeit gilt als Erregung öffentlichen Ärgernisses und ist nach wie vor strafbar (siehe Kapitel *Garantiert nur für Frauen nicht strafbar*).

Aber auch wenn ein sicherer Ort gefunden ist, lauern weitere Strafbarkeitsfallen:

Denn das Gesetz stellt auch unter Strafe, wenn beim Sex eine Lage ausgenutzt wird, in der dem Opfer bei potenziellem Widerstand nach seiner Vorstellung ein »empfindliches Übel« droht. Eines aktiven Widerstands oder gar eines »Nein« des Opfers bedarf es dann nicht einmal. Noch mal zur Klarstellung: Man muss mit diesem »empfindlichen Übel« nicht drohen. Es reicht völlig aus, dass das vermeintliche Opfer dessen Eintritt befürchtet. Alles nicht so schlimm, werden Sie sagen, denn ein Übel ist schließlich ganz schön übel, erst recht, wenn es auch noch empfindlich ist. Wer aber jetzt dabei an messerwetzende Serienmörder oder den Sprung in ein Säurebad denkt, weit gefehlt:

Als empfindliches Übel sehen Gerichte zum Beispiel an, wenn bei Regen einem Mitmenschen der Regenschirm verweigert wird. Kein Witz! Wenn Ihre Bekannte sich von Ihnen verabschiedet und Sie ihr für das nasskalte Wetter draußen keinen Regenschirm mitgeben, vielleicht weil Sie ihn später selbst brauchen, dann begehen Sie ein empfindliches Übel. Und dabei ist das bloße »Ausnutzen« der regnerischen Wetterlage völlig ausreichend. Ihre Bekannte muss nicht einmal nach dem Regenschirm fragen. Es reicht schon, wenn sie annimmt, dass Sie ihr gerade deshalb keinen Regenschirm anbieten, weil Sie sie ins Bett bekommen möchten. Denn wenn Sie ihr einen Regenschirm geben würden, könnte sie ja jederzeit gehen. Einer Drohung wie »Oh, es regnet draußen! Schade, dass ich dir keinen Regenschirm mitgeben kann, aber wir können es uns ja hier in meinem Bett etwas bequem machen« bedarf es gar nicht erst. Also: Ab jetzt bitte nur noch bei gutem Wetter Sex haben!

Ach ja, und was wäre Sex ohne Alkohol und/oder nächtliches Ambiente? Vermutlich findet in 90 Prozent aller Fälle Sex nachts statt und vermutlich spielt auch Alkohol ebenso oft eine mitursächliche Rolle. Wie schade, dass das jetzt auch vorbei ist. Denn wird der Abend etwas später und/oder bleibt es nicht nur bei einem Glas Wein, wird auch das künftig zu gravierenden strafrechtlichen Folgen führen. Zumindest, wenn man in diesem Zustand noch Sex hat. Und wir reden hier nicht von Fällen, in denen der Sexualpartner aufgrund seines körperlichen oder psychischen Zustands völlig weggetreten ist. Es reicht bereits aus, wenn Mann oder Frau in der Bildung oder Äußerung des Willens erheblich eingeschränkt ist. Man kann also sagen: gut angetrunken. Der typische One-Night-Stand nach einem Barbesuch ist also endlich strafbar, und zwar im Zweifel gleich für beide Partner. Der einzige Ausweg: Der potenzielle »Täter« hat sich der Zustimmung des Opfers vor jeder einzelnen sexuellen Handlung jeweils versichert. Und das sollte man sehr ernst nehmen! In der Gesetzesbegründung heißt es dazu, dass sich der Handelnde grundsätzlich auch dann strafbar macht, wenn der betrunkene Partner zwar im Nachhinein kundtut, dass er die (jeweilige) sexuelle Handlung freiwillig an sich habe vornehmen lassen, der oder die Beschuldigte sich hierüber aber nicht vorab versichert hat. Wenn also beide betrunken Spaß im Bett haben, sich aber den jeweils nächsten Handgriff nicht gegenseitig ankündigen, machen sich beide strafbar. Das ist natürlich brandgefährlich, gerade wenn beide betrunken sind. Es ist unwahrscheinlich, dass zwei Betrunkene noch über die nötige Kommunikationsfähigkeit und nicht zuletzt auch Disziplin verfügen, sich vor jeder einzelnen sexuellen Handlung der Zustimmung des Partners ausdrücklich zu versichern. Schon unter nüchternen Partnern würde das vom Gesetzgeber geforderte Frage-Antwort-Spiel vermutlich Praxisschwierigkeiten bereiten: »Darf ich jetzt deine Brust anfassen?« – »Ja.« – »Darf ich jetzt zwischen deine Beine fassen?« – »Ja, darf ich auch zwischen deine Beine fassen?« – »Ja.« Möglicherweise fehlte es den Machern des Gesetzes einfach an Praxiserfahrung in Sachen Sex unter Alkoholeinfluss, wobei das Frage-Antwort-Spiel unter Nüchternen womöglich noch zu einem ungeahnten Feuerwerk der Lust führen könnte?

Sex unter Alkoholeinfluss dürfte im Ergebnis damit mittlerweile verboten sein. Es sollte daher von nun an wie Autofahren gehandhabt werden: Wenn Sie zu betrunken sind, don't drink and f…

Und weil der Gesetzgeber gar so im Flow war, warten jetzt auch beim Ausgehen neue Strafbarkeitsfallen. Ich kann Ihnen nur dringend raten, zukünftig nicht mehr mit Freunden um die Häuser zu ziehen. Denn seit Einführung des neuen »Grapscher-Paragraphen« macht sich nicht nur derjenige strafbar, der eine andere Person sexuell belästigt, sondern auch etwaige umherstehende Personen, die sich als zum Täter zugehörige Gruppe darstellen. Schließlich würden diese Personen, auch ohne unmittelbare Beteiligung an der Belästigung, das Unrecht der Tat durch die Gruppendynamik erhöhen. Wenn also eine künftige

Braut im Rahmen eines nervigen Junggesellinnenabschieds, umringt von sechs bis zehn ihrer besten Freundinnen, aus einem Bauchladen in der Fußgängerzone genervten Passanten Ramsch veräußert und dabei einem ihrer Käufer einen Klaps auf den Hintern gibt – dann machen sich ihre Freundinnen gleich mit strafbar.

Konsequent zu Ende gedacht, sollte man besser immer alleine ausgehen. Nur so läuft man nicht Gefahr, für die Geschmacklosigkeiten anderer ohne jegliches eigene Zutun mitbestraft zu werden. Für mich ist das die perfekte Ausrede, mit dem Kollegen Lucas nicht mehr um die Häuser ziehen zu müssen.

Mein Tipp also:

Um potenzielle Strafbarkeitsfallen von Anfang an zu umschiffen, sollten Sie die eigene sexuell getriebene Abenteurerlust immer klar kommunizieren. Am besten fackeln Sie nicht lange, sondern sagen einfach gleich, was Sache ist, ganz ohne Subtext. Kein »Hey, wie geht's?« mehr, das hat sowieso genervt. Sagen Sie stattdessen: »Hey, ich finde dich sexuell attraktiv und habe Lust auf einen One-Night-Stand oder vielleicht auch auf mehr.« Nicht aufgeben, wenn die Konkurrenz mit etwas subtileren Methoden mehr Erfolg hat! Denken Sie sich immer: Ehrlich tindert am längsten – und im Gefängnis gibt es kein Internet.

Sollte es dann so weit sein und es kommt ein persönliches Treffen zustande, dann arbeiten Sie am besten einen vorbereiteten Fragenkatalog ab, um auf Nummer sicher zu gehen.

Sehen Sie es doch einfach positiv. Sie können sich verdammt noch mal glücklich schätzen, in einem so sicheren Land zu leben, in dem »unmoralischer« Sex endlich wieder strafbar ist. Wobei viele Opfer im Eifer des Gefechts vermutlich noch nicht einmal wissen, dass sie gerade Opfer oder Täter einer schweren Straftat werden. Der Begriff des »erotischen Abenteuers« bekommt jedenfalls wieder eine ganz neue Bedeutung.

Absolut nicht alles ist relativ – Warum Sie Alkohol am Steuer trotzdem besser lassen sollten

Stephan Lucas

»Das sind nur meine Füße, Herr Wachtmeister, die hier so nach Alkohol stinken.« Sie werden lachen: Ohne jegliche Diskussion durfte ich weiterfahren. So ein Glück. Denn ich war in jener Nacht wirklich nicht in der Laune zu »blasen«.

Wer an dieser Stelle nun kichernd auf einen passenden, frühpubertären Spruch hofft, den muss ich leider enttäuschen. Für Zoten ist der Kollege Stevens zuständig. Meine Erklärung gegenüber dem Polizeibeamten war jedenfalls nicht nur zielführend, sie war sogar zutreffend! Ich weiß, jetzt lachen Sie erst recht. Aber ich kam gerade von der Notaufnahme, eine Verletzung am rechten Fuß war mit einer alkoholhaltigen Lösung desinfiziert worden.

Alles schon ein paar Jahre her. Ich habe keine Ahnung, wo genau und wie ich mir die Verletzung zugezogen hatte. Aber dass die Polizei mich tatsächlich von dannen ziehen ließ, überraschte mich dann doch. Im ganzen Auto roch es schlimmer als in den Kneipen am Bahnhofseck. Und damit hatte ich sicherlich einen sogenannten Anfangsverdacht für den Straftatbestand »Trunkenheit im Verkehr« herbeigeführt. Und bei dessen Vorliegen – allerdings auch wirklich nur dann – darf die Polizei eine Blutprobe anordnen.

Da scheint mir die Polizei manchmal einen gewissen Respekt vor einer möglicherweise falschen Entscheidung zu haben. In vielen Fällen sieht sie deshalb lieber von solchen »körperlichen Eingriffen« ab. Alles andere durften die Beamten sowieso nicht verlangen. »Blasen« (hi, hi, hi) schon gar nicht. Nur wenn ich darin einwillige. Nicht einmal sprechen müsste ich mit den Herren Oberförstern. Aber das wissen Sie ja bereits.

Blieb eben nur die Möglichkeit der Blutprobe. Aber wie gesagt: nicht ohne Anfangsverdacht. Und worin hätte der liegen sollen? Ich war so weit anständig gefahren. Und auf die Frage, ob ich Alkohol getrunken hätte, war meine unmissverständliche Antwort »Nein« gewesen.

Aber natürlich hing die Zurückhaltung der Polizei auch entscheidend von meinem, wie ich meine, überzeugenden Auftritt ab. Ein verwaschenes »Nein, Herr Ob-, äh, Herr Ob-, äh Ob-, Ob-, ähm, äh, Oberförster, isch habe auffa Padiee eben äh, äh, nichts, äh getunken, ehrlisch ...« hätte womöglich eine völlig andere Wirkung erzielt. Und wenn ich dann noch bei einem Onkel geschworen hätte, der seit zwölf Jahren Trockenalkoholiker ist, na dann »Prost Mahlzeit!«. Mehr Anfangsverdacht geht ja kaum.

Dann kann so eine Blutprobe plötzlich ernsthaft im Raum stehen und damit auch – als milderes Mittel sozusagen – zunächst der freiwillige Atemalkoholtest. Wenn von Ihnen also bei der Kontrolle aufgrund der vielen Klaren ein klares (hö, hö, hö) »Nein« aktuell nicht möglich sein sollte, schweigen Sie lieber. Das Schweigen für sich alleine begründet niemals einen Anfangsverdacht. Man kann die friedliche Stille aber auch zerstören. Sorgen Sie also für Ruhe! Vermeiden Sie unbedingt, die Ruhe durch einen spontanen, wenn auch arg menschelnden Aufstoßer zu stören. Mit der dadurch freigesetzten verräterischen Alkoholfahne könnten Sie ungewollt »Flagge zeigen«.

Unterlassen Sie aber auf jeden Fall die aus Sicht vieler Laien offensive und dadurch vermeintlich entwaffnende Antwort: »Ich habe nur ein Bier getrunken.« Es stimmt zwar, dass das viel nachvollziehbarer und ehrlicher daherkommt als die dreiste Behauptung, eben auf der geilen Drecksauparty die Finger vom Alkohol gelassen zu haben. Doch mit dieser an sich ja eher harmlosen Behauptung setzen Sie in Wahrheit einen perfekten Anfangsverdacht. Schließlich steht nun plötzlich ernsthaft im Raum, dass Sie überhaupt Alkohol getrunken haben. Und das von Ihnen behauptete einzelne, verlorene Bierchen könnte von der Polizei als Vorwand gedeutet werden. Vielleicht, so die Logik der Herren Oberförster, versuchen Sie da ja ein bisschen was schönzureden. Und diesem Anfangsverdacht darf die Polizei dann mittels Blutprobe nachgehen.

Also, bitte ein klares, unverwaschenes »Nein, ich habe keinen Alkohol zu mir genommen« oder ein »Ich werde Ihnen auf die Frage nach Alkohol nicht antworten«.

Wenn Ihr Auto aber riecht wie eine Familienschnapsbrennerei in achter Generation, dann kann dieser Anfangsverdacht auch schon bestehen, wenn Sie noch so klar und deutlich »Nein« oder gar nichts gesagt haben. Also bieten Sie bitte keinen unnötigen Anlass für Verdächtigungen! Die fünf Kaugummis, die Sie sich gerade gleichzeitig in Ihren Mund gestopft haben, sind allemal auffällig. Und je nachdem, wie es um Ihren Mundgeruch zum Zeitpunkt der Kontrolle bestellt sein mag, bringen die Dinger dann auch nichts mehr. Im Gegenteil: Oft haben sie nur zur Folge, dass Sie jetzt wie ein Besoffski riechen, der halt – um der Fahne zu trotzen – Kaugummis kaut. Das geöffnete Seitenfenster – sei es auch für echte Lüftungsversuche – ist dann auch noch oft ein zusätzlicher Indikator. Vor allem wenn es draußen klirrende minus 23 Grad hat. Benehmen Sie sich also am besten immer unauffällig.

Vielleicht aber an dieser Stelle ein paar Worte unter uns: Autofahren und vorheriger Alkoholkonsum passen einfach nicht zusammen. Machen Sie es der Polizei aber ruhig schwer, auch wenn Sie nichts zu befürchten haben. Warum soll man denn auch jeden Quatsch mitmachen? Vielleicht haben Sie gerade Laune dazu oder tatsächlich in Sachen Alkoholkonsum was zu verbergen. Aber bedenken Sie: Nur mit 0,0 Promille sind Sie definitiv fahrtauglich. Alles andere hängt von Tagesform und zig anderen

Faktoren ab, die Sie kaum immer im Griff haben können. Stellen Sie sich vor, es passiert tatsächlich etwas. Meinetwegen spricht sogar alles dafür, dass der Alkohol dafür eben nicht ursächlich war. Dann würden Sie sich trotzdem immer fragen müssen, ob Sie ohne Alkohol im Blut diesen oder jenen schrecklichen Unfall vielleicht doch hätten vermeiden können. Ein Scheißgefühl. Also ganz einfach: Don't drink and drive – Sie könnten sonst was verschütten.

Was aber nun, wenn Sie sich ein »Ja, ich habe getrunken« nicht verkneifen können oder – wie auch immer – der Polizei gewollt oder ungewollt genügend Anhaltspunkte für einen Anfangsverdacht geben. Wie sieht's dann aus mit der Strafbarkeit?

Aufgepasst: Bei bis zu 0,3 Promille gehen die Gerichte davon aus, dass man fahrtüchtig ist. Sie machen sich bei diesem Promillegehalt also garantiert nicht strafbar. Selbst bei Fahrfehlern, die alkoholtypisch sind, wie das Fahren von Schlangenlinien.

Von 0,3 bis 1,1 Promille können Sie sich als Autofahrer allerdings sehr wohl der fahrlässigen Trunkenheit im Straßenverkehr strafbar machen. Da gehen dann Schlangenlinien gar nicht. Man spricht von einer sogenannten relativen Fahruntüchtigkeit. Das Gericht muss aber ausdrücklich Ausfallerscheinungen feststellen, die den Schluss der Fahruntüchtigkeit zulassen. Das lässt sich nicht bei jedem Fahrfehler begründen. Fährt der betrunkene Radfahrer über Rot, kann man womöglich erfolgversprechend vortragen, dass sich Radfahrer dieses Unrecht regelmäßig auch nüchtern herausnehmen. Und wenn der Stevens mal wieder im Schritttempo auf eine grüne Ampel zurast, bis diese dann kurz vor Erreichen auf Rot umschaltet, dann hat auch das nichts mit Promillefragen, sondern konkret beim Kollegen mit Charakterfragen zu tun. Selbiges gilt beim Herrn Stevens auch, wenn er den Motor beim Starten abwürgt. Und ebenso, wenn er links blinkt, obwohl er nach rechts abbiegen will oder umgekehrt. Gerüchten zufolge trug der Kollege beim Autofahren deshalb lange

Zeit Lederhandschuhe, auf die ihm seine Patentante links ein »L« und rechts ein »R« gestickt hatte.

Die Sache mit den Schlangenlinien ist allerdings höchst problematisch. Im Zweifel wird das Gericht nämlich den Polizeibeamten glauben. Und der Vortrag, auch nüchtern immer Schlangenlinien zu fahren, ist nicht überzeugend – da hätte selbst der Stevens Probleme.

Weniger Probleme hätte der zumeist verdächtig nüchterne Kollege dagegen mit der sogenannten »absoluten Fahruntüchtigkeit«. Die gilt bei Autofahrern ab 1,1 und bei Radfahrern ab circa 1,6 Promille. In diesem Fall wird die Fahruntüchtigkeit juristisch unwiderlegbar vermutet. Sie können sich noch so nüchtern fühlen, Sie sind automatisch dran. Es trifft also den, der bei dieser Promillezahl bereits total hinüber ist, genauso wie den Kampftrinker, der bei 1,1 Promille erst auf Pegel und deshalb ganz besonders gut drauf ist. Übrigens: Für Fahranfänger gilt in der Probezeit konsequent die 0,0-Promille-Grenze.

Irgendwie fast unfair, aber es müssen halt irgendwo Grenzen gezogen werden. Dass andere Verkehrsteilnehmer selbst nüchtern zigmal schlechter fahren als der besoffene Busfahrer, kann nicht als Argument herangezogen werden. Auch wenn es einen vielleicht jucken würde. Denn das ist natürlich Fakt: Es ist eine Katastrophe, wie manche selbst nüchtern unterwegs sind!

Sie sollten trotzdem unbedingt nüchtern bleiben. Denn selbst wenn Ihnen tatsächlich bei 0,3 bis 1,1 Promille als potenziell relativ fahruntüchtiger Fahrer kein alkoholbedingter Fahrfehler unterläuft, warten ab 0,5 Promille trotzdem empfindliche gesetzliche Probleme auf Sie. Automatisch und immer sind Sie dran wegen einer Ordnungswidrigkeit nach § 24a StVG. Die wird zwar »nur« mit einer Geldbuße geahndet, aber da wird es schnell teuer. Bereits beim ersten Verstoß sind Sie mit 500 €, mindestens einem Monat Fahrverbot und zwei Punkten im Verkehrszentralregister in Flensburg dabei.

Immerhin haben Sie sich dann aber wenigstens (noch) nicht strafbar gemacht. Denn dann wird es noch viel ungemütlicher. Mit einer Verurteilung wegen Trunkenheit im Verkehr geht in der Regel eine Entziehung der Fahrerlaubnis einher, § 69 Abs. 2 Nr. 2 StGB. Das interessiert viele meiner Mandanten sehr viel mehr als die eigentliche Strafe. Der Deutsche und sein Auto …

Unterbleibt die Entziehung der Fahrerlaubnis ausnahmsweise, ist mit einem Fahrverbot von ein bis drei Monaten Dauer zu rechnen. Spätestens ab einer Blutalkoholkonzentration (BAK) von 1,6 Promille ist zur Neuerteilung einer Fahrerlaubnis zudem das Bestehen einer medizinisch-psychologischen Untersuchung (MPU) erforderlich. So eine MPU wird ebenfalls erforderlich sein, wenn im Vorfeld bereits mehrere Verkehrsverstöße unter Alkoholeinfluss begangen wurden, selbst wenn »nur« eine geringere BAK als 1,6 Promille vorliegen sollte. Reine Glückssache übrigens, ob Sie hier bestehen. Wenn Sie in der bedauernswerten Situation sein sollten: Es gibt extra Schulungen. Die sollten Sie sich womöglich gönnen.

Oder was würden Sie antworten, wenn Sie als alkoholisierter Verkehrssünder die Frage beantworten sollen: »Wie verhält es sich bei Ihnen mittlerweile mit Ihrem Trinkverhalten?« Leicht zu beantworten? Meinen Sie? Ganz und gar nicht, sondern nahezu unlösbar. Sagen Sie, Sie trinken seit den Vorfällen nicht mehr, wird Ihnen vorgeworfen, die Problematik auf die leichte Schulter zu nehmen und sie sich schönzureden. Sagen Sie, Sie trinken nur noch gelegentlich, dann wird Ihr Alkoholproblem als ungelöst angesehen werden. Manche bestehen trotzdem. Fragen Sie mich bitte nicht, wie.

Aber warum spreche ich bei der Frage nach einer strafbaren Trunkenheit im Verkehr eigentlich die ganze Zeit »nur« von fahrlässiger Trunkenheit? Ganz einfach: Weil die Gerichte Ihnen unterstellen werden, dass Sie sich trotz der fehlenden Nüchternheit bei Ihrer letzten Fahrt noch für fahrtüchtig gehalten haben.

Und das wird man Ihnen auch nicht widerlegen können. Da müssten schon weitere Zeugen auftauchen, die allesamt bestätigen, wie sehr Sie auf jener Party alle mit Ihrer launigen Bemerkung behelligt haben, wie fahruntüchtig Sie sich doch fühlen. Schlecht auch, wenn von Ihnen der Spruch »Jungs, tragt mich zum Auto, ich fahr euch heim!« stammen sollte.

Die Gefahr ist dennoch gering. Denn all diese Freunde – oder soll ich sagen: Feinde – hatten auf der Party im Zweifel ebenfalls Alkoholisches intus, sind also für eine objektive Zeugenaussage vielleicht gar nicht sonderlich gut geeignet. Vergessen Sie's also. Mir ist bislang kein vorsätzlicher Fall untergekommen. Aber falls es Sie interessiert: Würde Vorsatz nachgewiesen, entfiele (meist) der Versicherungsschutz.

Zum Schluss aber noch die vielleicht wichtigste Frage: Was ist eigentlich »Autofahren«? Oder: Ab wann gelten all die erwähnten Vorschriften und Verbote? Bloß vorbereitende Handlungen, um den Wagen alsbald in Bewegung zu setzen, reichen dafür noch nicht aus! Sie können also ruhig auch noch im besoffensten Zustand den Motor anlassen, die Handbremse lösen und das Abblendlicht einschalten. Wir würden dann lediglich von einer »versuchten fahrlässigen Trunkenheit im Verkehr« sprechen können, und die ist nun mal nicht strafbar.

Spannend sieht's aus beim Anschieben und Abschleppen. Als Abgeschleppter, so die Rechtsprechung, haben Sie dermaßen viel Einfluss auf den Straßenverkehr, dass Sie bereits wieder ohne Wenn und Aber »Führer« sind. Schiebt Sie aber gerade der Mann aus der Cola-light-Werbung an oder der junge, gutaussehende Kollege Dr. Alexander Stevens, dann sieht es schon anders aus. Hier hat der Kollege die Sache nämlich so stark in seinem »männlichen« Griff, dass Sie als nur vermeintlicher Fahrzeugführer raus sind aus der Strafbarkeitsnummer. Logisch, oder?

Das Fahrzeug muss außerdem »im Verkehr« geführt worden

sein. Gemeint ist eine Verkehrsfläche, die für jedermann freigegeben ist. Hierzu zählt auch der Supermarktparkplatz von Aldi – das hatten wir an anderer Stelle schon (siehe Kapitel *(Un)erlaubtes Entfernen vom Unfallort*). Dass dort eigentlich nur Kunden parken sollen, ist unerheblich. Fakt ist, jeder kann und darf auf diesen Parkplatz. Anders sieht es nur aus bei Zäunen und am besten bei einem Tor, das von vornherein nur dem »goldenen« Aldi-Kunden Zutritt gewährt. Wenn allerdings Betriebsruhe eingetreten ist, Rewe, Tengelmann und Co. also geschlossen haben, dann ist es vorbei mit der öffentlichen Verkehrsfläche. In Bayern bereits ab 20 Uhr, fast überall sonst ab 22 Uhr, manchmal sogar erst ab Mitternacht. Selbst bei der Kneipe am Bahnhof wird's privat, wenn der Laden irgendwann gegen 4 Uhr nachts den letzten besoffenen Stammgast rausgekehrt hat. Auch bei Tankstellen oder Parkhäusern mag es gut für Sie aussehen, wenn die Dinger irgendwann zumachen. Sie können dort dann nach 17 Bier noch nach Lust und Laune im Kreis fahren. Viel Spaß dabei!

Entscheidend für eine Straftat Ihrerseits ist übrigens auch, dass die Fläche, auf der Sie Ihren Wagen alkoholisiert in Schwung bringen, auch wirklich dem öffentlichen Zugang zu dienen bestimmt ist. Sie können also mit Ihrem Auto von der Straße in einen Graben fahren, sich dort hemmungslos betrinken und Ihren Wagen danach wieder aus dem Graben herausmanövrieren. Solange Sie nicht auf der Straße weiterfahren, ist alles in Ordnung. Denn ein Straßengraben ist ja nicht dazu bestimmt, dass Sie sich mit Ihrem Auto darin aufhalten, oder?

Aber vielleicht überlegen Sie sich das noch mal. Denn wenn die Polizei Sie so sieht, bei Ihrem an sich legalen Saufgelage im Graben, wird sich ihr natürlich die Frage aufdrängen, wann und vor allem wie Sie Ihren Wagen denn in den Graben reingekriegt haben. Wenn Sie ihn gerade mit zwei Promille aus der misslichen Lage zu befreien versuchen, liegt der Gedanke schon nahe, dass ebendiese zwei Promille überhaupt erst die spezielle Situation herbeigeführt haben könnten. Zudem besteht doch die Gefahr, dass sich der Wagen wider Erwarten beim zigsten Anlauf plötzlich doch noch vom Fleck wegbewegt und Ihnen unkontrolliert in einem Satz vom Graben ausgerechnet zurück auf die Straße hüpft. Und gerade da dürfen Sie ja nicht wieder hin!

Viel Geld fürs Nichtstun

Alexander Stevens

Ich hoffe ja immer noch, überraschend oder zumindest schnell zu großem Reichtum zu kommen. Mein bester Freund, ein Wirtschaftsjurist, ist da weniger reich, zumindest an Illusionen. In zahlreichen Diskussionen hat er immer wieder vehement die Meinung vertreten, dass es schlechthin nicht möglich sei, auf legale Weise schnell viel Geld zu machen. Außer vielleicht, man ist bereits sehr reich, und selbst dann ist es angeblich schwierig.

Zur Klarstellung für den Leser: Dieser beste Freund ist nicht mein Kollege Stephan Lucas – sorry, Luci! Es handelt sich also tatsächlich um jemanden, der sich in Rechtsfragen gut auskennt. Gerade, wenn es ums mehr oder weniger legale Geldverdienen im großen Stil geht.

Und irgendwie hat er doch recht. Ich meine, schauen Sie sich doch die ganzen Spitzbuben und Strizzis mal an! Die, die richtig Kohle haben, haben auch meistens ordentlich Dreck am Stecken. Selbst unsere Vorzeigefeministin und Verfechterin alles Guten, Frau Alice Schwarzer, war schon wegen Steuerhinterziehung dran. Von Multimillionären wie Boris Becker oder gar Uli Hoeneß ganz zu schweigen. Schließlich kann man es als Steuerverweigerer sogar zum US-Präsidenten bringen. Aber irgendwie reizte es mich trotzdem, meinem Freund das Gegenteil zu beweisen. Was, wenn es doch einen Weg gäbe? Tage, Wochen, Monate grübelte ich darüber, wie man sehr viel Geld sehr schnell, mit möglichst wenig Aufwand und vor allem LEGAL verdienen könnte.

Und was soll ich sagen: Ich meine, eine Lösung gefunden zu haben. Passen Sie also gut auf!

Natürlich wird es dabei sogar noch richtig sexy. Ich sehe meinen Kollegen Stephan Lucas schon mit den Augen rollen, weil es schon wieder um Sex geht. Aber glauben Sie mir, diesmal hat das ganz pragmatische Gründe. Oder was glauben Sie, in welcher Branche mehr Geld umgesetzt wird als in Hollywood?

Richtig: in der Erotikbranche! Sex sells, und da liegt auch der Ausgangspunkt für meine brillante Geschäftsidee. Keine Angst: Wenn Sie meinem Plan folgen, müssen Sie weder Ihren schönen Körper verkaufen noch andere sexuell konnotierte Tätigkeiten aufnehmen. Vertrauen Sie mir, Sie machen sich die Hände (und alles andere) nicht schmutzig. Los geht's:

Schritt eins:
Sie gründen eine Firma. Keine Sorge, ganz ohne Investitionsaufwand oder große Bürokratie. Zur Not tut es auch ein eBay-Konto. Wichtig ist lediglich ein sexy Firmenname. Sie wissen ja, Sex sells, also lassen Sie Ihrer Kreativität freien Lauf. Je schlüpfriger, desto besser.

Wichtig ist dabei nur, dass der Name Ihrer »Firma« einen unmittelbaren Bezug zum Frivolen hat. Er muss höchst anstößig klingen. Und da Sie auf das schnelle Geld aus sind, haben Sie nachvollziehbarerweise nicht die Zeit, einen Namen zu etablieren, der wie Beate Uhse schon sinnbildlich für Obszönitäten steht.

Gehen Sie also am besten gleich in die Vollen: Bei Namen wie »Hard Dicks« oder »Orgasmusfarm« wird jeder beim bloßen Lesen hellhörig.

Schritt zwei:
Denken Sie sich einen richtigen Verkaufsschlager aus. Ein Produkt, das möglichst vielen Leuten gefallen muss. Am besten eine Art eierlegende Wollmilchsau.

Sie glauben, hier liege das Problem an meinem Plan? Keine Sorge, auch das ist ganz einfach. Denn wo entfalten die Menschen ihre größten Wünsche und Sehnsüchte? Richtig, auch hier sind wir wieder beim Sex. An Wünschen und Sehnsüchten mangelt es in dieser Hinsicht nicht. Also ist Ihre Aufgabe als Erfinder und Lieferant der eierlegenden Wollmilchsau gar nicht so schwer.

Um es Ihnen etwas leichter zu machen: Sie können maßlos übertreiben. Faseln Sie also einfach etwas von dem Super-Dildo genoppter Riffelmeister XXL mit extra Wohlfühl-Feeling, Orgasmus- und Erektionsgarantie. Schon gehören Sie in Sachen Verkaufsschlager zum Global Player. Ergänzen Sie Ihre Produktbeschreibung um Sätze wie »Das müssen Sie probiert haben!«, »Das hat der Markt noch nicht gesehen!« oder »Limitierte Edition – nur solange der Vorrat reicht!«.

Wichtig ist, dass Sie jetzt bitte nicht glauben, große Mühen oder gar viel Geld in die Entwicklung irgendeines Sexprodukts stecken zu müssen. Wir sind ja auf schnelles und mit wenig Aufwand verdientes großes Geld aus, schon vergessen? Um das zu erreichen, vergessen Sie erst mal Begriffe wie Nachhaltigkeit, Qualitätsmanagement oder Kundenbindung. Um an das ganz große Geld zu gelangen, reicht es völlig aus, wenn Sie in ganz kleinen Kategorien denken. Kaufen Sie sich im Online-Schnäppchen-Handel oder dem 1-€-Shop Ihres Vertrauens irgendwelche Kochlöffel, Holzstäbe oder andere billig zu erwerbende Utensilien, die man mit viel Phantasie auch irgendwie zu sexuellen Zwecken verwenden könnte. Glauben Sie mir, in Sachen Sex gibt es nichts, was es nicht gibt! Behaupten Sie, dass ausgerechnet dieses »Gerät« mit der richtigen Technik und/oder Fingerfertigkeit des Nutzers all die illustren sexuellen Wünsche Ihrer potenziellen Kunden erfüllen werde. Schließlich ist das mit der Erfüllung geheimster Wünsche am Ende ja doch eine recht subjektive Sache. Im Ergebnis ist es völlig egal, ob Ihr »Qualitätsprodukt« den vollmundigen Versprechungen gerecht wird.

Schritt drei:
Wenn Ihre Kunden Ihnen jetzt die ultimativen Kochlöffel-Billig-Sextoys wie die warmen Semmeln aus der Hand reißen, können Sie sich zunächst einmal über das schnelle Geld freuen. Bei einem Einkaufspreis von 50 Cent bis 1 € fahren Sie mit einem Verkaufspreis von 19,99 € eine satte Gewinnmarge von etwa 2000 Prozent ein.

Sie machen sich aber vermutlich Sorgen, dass die Freude bei den Kunden ob des absoluten Schrotteffekts eher ausbleiben wird. Möglicherweise werden die meisten Ihnen den Sexkochlöffel buchstäblich um die Ohren hauen wollen und zumindest ihr Geld zurückverlangen.

Das kann Ihnen aber gänzlich egal sein. Im Gegenteil, Sie können sich sogar richtig darüber freuen, dass die Leute Ihnen Ihren schönen Scheiß zurückgeben wollen! Bieten Sie also ruhig gleich eine Geld-zurück-Garantie an. Ja, Sie haben richtig gehört! Denn jetzt kommt der ganze Clou! Sie werden nämlich nicht wie ein gemeiner Betrüger die Leute auf dem Schrottprodukt sitzen lassen und das schöne viele Geld einfach einstecken. Wir wollen uns schließlich garantiert nicht strafbar machen. Selbstverständlich geben Sie den Leuten ihr Geld zurück.

Sie fragen sich jetzt vermutlich, worin genau aber dann die von mir so vollmundig angepriesene Gewinnmarge von 2000 Prozent liegen soll? Wenn Sie den Leuten nicht nur ihre 19,99 € zurückbezahlen müssen, sondern auch noch auf den Anschaffungskosten Ihres Kochlöffel-Sextoys sitzenbleiben, klingt das ja eher nach Verlustgeschäft.

Und Sie werden mit Sicherheit Verluste machen, wenn Sie den Kaufpreis zurücküberweisen. Aber das machen Sie natürlich nicht. Sie schicken den frustrierten Kunden oder Kundinnen einfach einen Verrechnungsscheck. Denn Sie sind als Verkäufer nicht verpflichtet, Ihren Kunden das Geld in derselben Form zu erstatten, wie es Ihnen ursprünglich ausbezahlt wurde. Geld ist

Geld, ob bar, als Überweisung oder eben als Verrechnungsscheck. Einzige Voraussetzung, Ihr Scheck muss natürlich gedeckt sein, sonst wäre es zumindest versuchter Betrug.

Aber jetzt denken Sie zurück an Schritt eins in diesem wohlkalkulierten Masterplan: der schlüpfrige Firmenname. Sie erinnern sich? »Hard Dicks« oder »Orgasmusfarm«? Am Ende kommt Ihnen Ihre kreative Namensfindung doch noch zugute. Oder glauben Sie im Ernst, dass auch nur ein einziger Ihrer Kunden mit einem Verrechnungsscheck zur Bank rennen wird, auf dem in fetten Lettern gedruckt die Firma »HARD DICKS« als »Rückerstattung ORGASMUS- UND EREKTIONS-GARANTIERTER SUPER-DILDO GENOPPTER RIFFELMEISTER XXL« eine Zahlung von 19,99 € anbietet? Vermutlich werden die meisten Kunden den Scheck aufgrund der sie übermannenden Peinlichkeit nie im Leben einreichen.

So lange müssen Sie aber gar nicht warten. Drei Jahre reichen völlig aus. Dann gehört das Geld ganz offiziell Ihnen! Ja, so ist die deutsche Gesetzeslage. Macht man seine Forderung nämlich nicht binnen drei Jahren geltend, ist sie verjährt. Mit anderen Worten, wenn Ihre frustrierten Kunden den schrottigen Kochlöffel zurückschicken, den Verrechnungsscheck aber nicht binnen drei Jahren einlösen, gehört die ganze Kohle Ihnen – nebst dem Kochlöffel.

Und mal ganz ehrlich, mit Ausnahme von Stephan Lucas wäre kein Mensch so schmerzfrei, einen Verrechnungsscheck in Höhe von 19,99 € über irgendwelche Super-Dildos bei seiner Hausbank einzureichen.

Lady in Green – Drogen im Straßenverkehr

Stephan Lucas

Viele Oberförster alias Polizeibeamte werden nachts zu Asphaltjägern. Sie wollen Blut sehen. Zwar wollen sie es (zumindest in der Regel) nicht gleich trinken, sondern nur abzapfen. Aber das ist auch nicht sonderlich angenehm. Und sie brauchen es auch nicht nur, um den Alkoholpegel ihrer »Opfer« herauszufinden. Oft wollen sie auch wissen, ob vielleicht noch ganz andere Drogen mit im Spiel (oder im Blut) sind.

Daher aufgepasst: Im Gegensatz zu Alkohol gibt es bei illegalen Drogen keine gesetzlichen Grenzwerte, die eine relative oder absolute Fahruntüchtigkeit markieren. Jede Droge hat nun mal ihr ganz eigenes Wirkungsspektrum. Und das fällt bei jedem Konsumenten auch noch unterschiedlich aus. Zudem fehlt es schlicht an verlässlichen, in legalen wissenschaftlichen Studien ermittelten Erkenntnissen.

Die Folge: Werden beim Fahrzeugführer Wirkstoffe illegaler Drogen nachgewiesen, liegt immer zumindest eine Ordnungswidrigkeit gemäß § 24a StVG vor. Hierfür spielt es also keine Rolle, wie gering die Wirkstoffkonzentration ist. Werden beim Fahrzeugführer außerdem zusätzlich Ausfallerscheinungen und Fahrauffälligkeiten beobachtet, dann geht es nicht mehr »nur« um eine Ordnungswidrigkeit, sondern es wird ein Strafverfahren wegen – auch wenn's komisch klingt – »Trunkenheit im Verkehr« eingeleitet.

Garantiert nicht strafbar und auch keiner Ordnungswidrigkeit schuldig machen Sie sich also nur dann, wenn Sie frei von Drogen sind oder diese sich bei Ihnen zumindest nicht nachweisen lassen. Und zum Nachweis bedarf es – wie beim Alkohol – einer Blutentnahme. Um diese allerdings anordnen zu können, muss immer ein Anfangsverdacht vorliegen. Am besten also, Sie geben der Polizei keinen.

Vor diesem Hintergrund kann es ausnahmsweise auch sinnvoll sein zu »blasen«. Zumindest wenn Sie garantiert nichts getrunken haben. Den freiwilligen Drogentest sollten Sie aber tunlichst sein lassen – auch wenn Sie aktuell nichts konsumiert haben sollten. Denn manch eine Droge ist noch über Wochen im Urin oder Blut nachweisbar. Und wie gesagt: Grenzwerte gibt es nicht, dran sind Sie immer.

Und wehe, Sie geben zu, ein bisschen was geraucht, gezogen oder geschluckt zu haben. Dann dürfte Ihnen die Blutentnahme sicher sein. Seien Sie also besser einfach still. Ob Sie dann allerdings gleich in Ruhe gelassen werden, das steht auf einem anderen Blatt. Denn diese Blutsauger werden nun alles daransetzen, anstelle Ihres Geständnisses wenigstens drogentypische Ausfallerscheinungen bei Ihnen feststellen zu können. Die könnten dann Ihr fehlendes Drogengeständnis womöglich ersetzen und die Anordnung der Blutentnahme nach sich ziehen.

Fragen Sie hierzu doch mal den Stevens. Er hat erst kürzlich die Probe aufs Exempel gemacht und sich freiwillig einem kompletten Drogentest der Polizei unterworfen. Was auch immer den geschätzten Kollegen da geritten haben mag, am Ende musste er tatsächlich Blut spenden. Das Testergebnis war dann erwartungsgemäß negativ.

Aber was war passiert? Um die Menschheit ungefragt zu betören, war Lexi in jener Nacht in seinem heißesten Discodress unterwegs. Auf dem Weg zum nächsten Club wurde er von der Polizei rausgewunken. Verantwortlich zeichnete sich eine – wie Lexi am nächsten Tag zu berichten wusste – heiße Polizistin. »Papiere – und dann aussteigen.« Lexi ließ sich das gerne gefallen. Ihn interessierte, wie groß diese schlanke Blondine wohl sein mochte. Der Gedanke, ihr gleich gegenüberzustehen, reizte ihn. Gedacht, getan. Und so stand er nun da, einen halben Kopf kleiner als das Model im Oberförsterkostüm. »Finger-Finger-Test!«, sagte sie. Lexi sollte seine beiden Zeigefinger aufeinander zubewegen, bis sie sich schließlich an den Spitzen berühren würden. Taten sie leider nicht. Fasziniert von den blauen Augen der Polizistin (womöglich waren sie auch grün, vielleicht auch braun oder bunt – jedenfalls wunderschön, so Lexi), vergaß er, auf seine Finger zu achten.

Unter diesen Umständen konnte von Lexi jedenfalls kaum erwartet werden, dass sich seine Fingerkuppen irgendwo treffen würden. Dass die wunderschöne Buntäugige währenddessen so gar nicht lächelte, machte sie in seinen Augen nicht unattraktiver. Und während er die wohlgeformten Lippen der Ordnungshüterin mit seinen Blicken abtastete, nahm er alles andere nicht wahr. Auch nicht, wie sie vermerkte: »Finger-Finger-Test nicht bestanden.« Außerdem notierte sie »zittrig« auf Ihrem Klemmbrett. Was sie nicht notierte, war die Außentemperatur. 23 Grad minus. Und Lexi hatte seine paillettenbesetzten Disco-Hotpants an. Und weil er deswegen immer noch ein Kindheitstrauma mit sich herumträgt, das Ganze ohne Strumpfhosen. Er musste also zittern. Alles andere hätte bei dieser Saukälte viel eher auf den Konsum von Drogen schließen lassen.

Während Lexi also zitternd in das tiefe Blau ihrer grünen Augen blickte, notierte die junge Ordnungshüterin auf Ihrer Checkliste noch den Vermerk »Blick fahrig und stumpf«. Die üblichen Missverständnisse zwischen Männern und Frauen also. Warum nur erkannte die heiße Braut nicht, dass er sie bis über beide Ohren verliebt anschmachtete? Den anschließenden Finger-Nase-Test jedenfalls bestand Lexi dann genauso wenig. Die Außentemperatur war in der Zwischenzeit auf gefühlte 30 Grad minus gesunken. Tendenz weiter fallend. Er zitterte so sehr, dass er seine Nase nicht nur knapp verfehlte. Und so klein ist sein Näschen ja nun auch wieder nicht.

Danach sollte er über eine imaginäre gerade Linie balancieren. Auch das lief nur schleppend. Der Kollege ließ sich aber immer weiter einbinden. Und er erkannte nicht das Spiel, das die »Lady in Green« mit ihm spielte. Wieder nur rudimentäre Notizen. So vermerkte sie auch, dass Lexi etwas schwankte und nicht ganz gerade laufen konnte. Nicht aber notierte sie, dass er in dieser Nacht seine geliebten roten Pumps trug. Auf denen kommt er selbst stocknüchtern immer sehr wackelig daher.

»Es ist ein Anfang«, dachte Lexi. »Es ist ein Anfangsverdacht«, dachte die Bullin (wie heißen weibliche Bullen eigentlich? Kühe?). Ab also zur Blutentnahme. Die fiel dann negativ aus.

Sie sehen aber, wie schnell es geht: Ohne Not hatte der Kollege einen Anfangsverdacht geschürt. Deshalb an Sie: Lassen Sie es! Sie müssen bei diesen albernen Spielchen nicht mitmachen! Verhindern Sie unbedingt, dass so ein haltloser Anfangsverdacht überhaupt entstehen kann – egal, wie hübsch die Lady in Green auch sein mag! Denn wie gesagt: kein Anfangsverdacht, keine Blutentnahme.

Und nicht immer geht es so gut aus wie beim Kollegen. Der hatte sich ohne Not zur Blutentnahme breitschlagen lassen. Wobei – eine gewisse »Not« muss er in jener Nacht ja wohl schon empfunden haben. Fraglich ist aber, ob diese durch seine umfangreiche »Kooperation« auch gelindert werden konnte. Da kann ich nur spekulieren. Die Augenfarbe kennt der Stevie jedenfalls immer noch nicht. Er will aber herausgefunden haben, dass die Lippen der jungen Oberförsterin rot waren.

Wow. Was soll man da noch sagen? Dieses Insiderwissen reicht nicht einmal für den zaghaftesten Anfangsverdacht einer heißen Liaison zwischen Lexi und seiner grüngewandeten Lady.

Straflos, weil keiner die Straftat kennt

Alexander Stevens

Es ist wirklich nicht einfach, in Deutschland noch echte Strafbarkeitslücken zu finden. In einem Staat, wo Recht und Gesetz noch großgeschrieben werden und der nebenbei weltweit die mit Abstand meisten Gesetze und Rechtsvorschriften aufweist. Da gibt es kaum etwas, was der Gesetzgeber nicht mehr oder weniger ausschweifend geregelt hat. Auch im Strafrecht.

Selbst die »Störung einer Bestattungsfeier« (§ 167a StGB) wird mit bis zu drei Jahren Gefängnis bestraft. Auch die »fehlerhafte Herstellung einer kerntechnischen Anlage« wird gemäß § 312 StGB geahndet, zur Anwendung kam diese Vorschrift bisher noch nie. Und wenn man dann doch einmal eine Gesetzeslücke gefunden hat, dann setzt der deutsche Rechtsstaat alles daran, das sofort zu ändern – wie etwa den unbefugten Gebrauch eines Fahrrads, der immerhin bis 2005 noch nicht strafbar war.

Aber warum dann nicht den spaßverderbenden deutschen Oberregulierer mit den eigenen Waffen schlagen? Suchen Sie sich die absurdesten Straftatbestände heraus, um in Ihrem Leben einmal etwas Verbotenes getan zu haben. Ohne dafür bestraft zu werden natürlich. Denn wo kein Kläger, da kein Richter. Oder besser gesagt: Unwissenheit schützt eben doch vor Strafe. Nämlich dann, wenn weder Polizist noch Staatsanwalt oder Richter die passende Strafvorschrift kennen.

Hier also meine persönlichen Favoriten unter den Straftatbeständen, von denen die meisten deutschen Bürger, Polizisten, Staatsanwälte und Richter bis zum heutigen Tage noch nie etwas gehört haben dürften:

Platz 8: § 90a StGB – Verunglimpfung des Staates und seiner Symbole

Mal Hand aufs Herz: Bis zu dem Tag, an dem der (völlig überbewertete) TV-»Comedian« Jan Böhmermann mit einem sogenannten Gedicht den türkischen Staatspräsidenten verärgert hat, hatten selbst die für den Erlass von Gesetzen zuständigen Parlamentarier noch nichts von der Strafvorschrift der Beleidigung von Organen und Vertretern ausländischer Staaten gehört.

Aber warum seine Zeit damit verschwenden, ausländische Staatsoberhäupter zu beschimpfen, und sich der Gefahr einer Strafverfolgung aussetzen? Da macht es doch gleich doppelt so viel Spaß, seinem Frust über das eigene Heimatland Luft zu machen. Das ist zwar nach dem Gesetz strafbar, wird in der Praxis aber nicht bestraft. Oder haben Sie je davon gehört, dass jemand dafür bestraft worden ist, tonal und rhythmisch mehr schlecht als recht »Zieht den Bayern die Lederhos'n aus« gesungen zu haben? Das wäre aber streng genommen gemäß § 90a strafbar. Denn wer öffentlich die Bundesrepublik Deutschland oder auch nur eines ihrer Bundesländer beschimpft oder böswillig verächtlich macht, wird gleichfalls mit Freiheitsstrafe bis zu drei Jahren oder mit Geldstrafe bestraft.

Da es aber quasi zur deutschen Leitkultur gehört, rivalisierende Bundesländer schlechtzumachen, und es die Bayern bei allem, was jenseits der Weißwurstgrenze liegt, ja geradezu vormachen, scheint dieser Straftatbestand entweder nicht sonderlich ernst genommen zu werden, oder es kennt ihn schlicht keiner. Mein Rat also, gönnen Sie sich doch mal den Spaß, und wenn Ihr schönes Bundesland einmal wieder ordentlich durch den Kakao gezogen wird, zeigen Sie die Rüpel einfach an! Eine schlechte Nachricht allerdings an alle Ostdeutschen, die in diesem Fall mal nicht gefühlt, sondern auch wirklich benachteiligt sind: Eine Beschimpfung als »Ossi« ist nach der höchstrichterlichen Rechtsprechung zu unbestimmt und keinesfalls eine Beleidigung.

Übrigens: Wer »beschimpfenden Unfug« – was auch immer das sein soll – an einer Flagge der Bundesrepublik Deutschland oder eines ihrer Länder verübt, ist strafrechtlich genauso dran. Also aufgepasst, was Sie mit einer Bayern-Serviette so alles anstellen.

Noch ein letzter kleiner Praxistipp am Rande: Wenn Sie aus welchem Grund auch immer doch lieber ausländische Staatsoberhäupter verunglimpfen, dann suchen Sie sich einfach einen Schurkenstaat aus, mit dem Deutschland keine diplomatischen Beziehungen unterhält. Denn das ist gemäß § 104a straflos. Wie wäre es mit Somalia?

Platz 7: § 109g StGB – Sicherheitsgefährdendes Abbilden von Verteidigungsmitteln

Demnach soll allen Ernstes bestraft werden, wer von einem »Wehrmittel« oder einer militärischen Einrichtung eine Abbildung oder Beschreibung anfertigt. Und zwar mit Freiheitsstrafe von bis zu fünf Jahren oder mit Geldstrafe.

Mal abgesehen davon, dass die deutsche Bundeswehr den Vergleich mit vorchristlichen Armeen sicher nicht scheuen muss, sei an dieser Stelle schon die Frage erlaubt: Wer genau will das jämmerliche Bild unserer »Wehrmittel« überhaupt sehen? Oder dient die Strafvorschrift dazu, unseren Feinden möglichst nicht aufs Brot zu schmieren, dass die Begriffe Technik und Bundeswehr nicht auf einen Nenner zu bringen sind? Oder gar, um sich Spott und Häme beim nächsten UN-Gipfel zu ersparen?

Sollten Sie also ernsthaft erwägen, zu einem Tag der offenen Tür der Bundeswehr zu gehen, dann ist Vorsicht geboten. Die dort präsentierten technischen Geräte zu fotografieren ist strafbar. Selbst wenn sich die ganze Veranstaltung als verkapptes Mittelalter-Event herausstellt. Aber laut aktuellem Bericht über die materielle Einsatzbereitschaft der Bundeswehr ist ohnehin fast die gesamte fliegende Marineflotte nicht einsatzbereit. Sie werden wohl nicht viel zu fotografieren haben …

Ob unter die Vorschrift auch pubertierende Jungs fallen, die in ihrer Freizeit gerne Panzer malen? Oder militäraffine Hobbymodellbauer, die bis ins Detail getreu einzelne »Wehrmittel« aus besseren Zeiten der Bundeswehr nachbauen? Man weiß es nicht. Denn angewendet wurde diese Vorschrift meines Wissens bislang noch nie. Vielleicht unterliegen aber natürlich die »echten« Fälle einfach nur strengster Geheimhaltung …

Platz 6: § 166 StGB – Beschimpfung von Bekenntnissen, Religionsgesellschaften und Weltanschauungsvereinigungen

Dass es für Terroristen auch schon im deutschen Diesseits geradezu paradiesisch zugeht, wurde ja schon an anderer Stelle thematisiert (siehe Kapitel *Terrorismus für Fortgeschrittene*). Dass aber fundamentalistisch religiöse Terroristen auch noch besonderen strafrechtlichen Schutz in Deutschland genießen, dürften hingegen die wenigsten wissen. Denn laut § 166 unseres fundierten Strafgesetzes macht sich strafbar, wer öffentlich oder durch das Verbreiten von Schriften eine Religionsgesellschaft beschimpft. Allerdings nur, solange diese Beschimpfungen geeignet sind, den öffentlichen Frieden zu stören – was recht breit ausgelegt werden kann. Wer also nach einem Terroranschlag des IS fleißig gegen den Islam wettert, muss sich nicht nur vor dem Groll der Islamisten fürchten, sondern zeitgleich auch noch vor dem deutschen Strafgesetz. Mit Witzen wie »Warum bekommt der Islamist die 72 Jungfrauen nur, wenn er sich als Märtyrer in die Luft sprengt? – Weil nur so auch jede Jungfrau ihren Teil abkriegt …« bewegt man sich also juristisch betrachtet auf dünnem Eis. Aber hey, wer bitte schön kennt schon § 166 des deutschen Strafgesetzbuchs?

Platz 5: § 309 StGB – Missbrauch ionisierender Strahlen

In den letzten zehn Jahren laut polizeilicher Kriminalstatistik nicht ein einziges Mal zur Anzeige gebracht wurde der Missbrauch ionisierender Strahlen.

Wenn es aber jemand doch einmal versuchen sollte, wird dieser Übeltäter mit Freiheitsstrafe von einem Jahr bis zu zehn Jahren bestraft. Zumindest, wenn derjenige vorher die Absicht hatte, dadurch die Gesundheit eines anderen Menschen zu schädigen. An der außergewöhnlich harten Strafe kann es also nicht liegen, dass bisher niemand auf die Idee gekommen ist, seinen Frust mit ionisierenden Strahlen abzubauen. Fäuste, Messer oder gar Handfeuerwaffen sind da bisher weitaus beliebter. Warum auch immer …

Platz 4: § 291 StGB – Wucher

Aufgepasst, es wird kompliziert: Wer die Zwangslage, die Unerfahrenheit, den Mangel an Urteilsvermögen oder die erhebliche Willensschwäche eines anderen dadurch ausbeutet, dass er für die Vermietung von Räumen, für die Gewährung eines Kredits, für eine sonstige Leistung oder deren Vermittlung Vermögensvorteile versprechen oder gewähren lässt, die in einem auffälligen Missverhältnis zu der Leistung oder deren Vermittlung stehen, wird mit Freiheitsstrafe bis zu drei Jahren oder mit Geldstrafe bestraft. Verstanden? Nein? Kein Problem.

Übersetzung ins Deutsche: Wer jemanden so richtig ordentlich über den Tisch zieht und 'nen schönen Scheiß zu 'nem schönen Preis verhökert, der macht sich trotz freier Marktwirtschaft gemäß § 291 StGB des Wuchers strafbar.

Mir hat mein Vater immer gesagt: »Sohn, jeden Morgen steht ein Dummer auf.« Und wenn ich an so manch einen meiner eBay-Verkäufe denke, mit denen ich mir mein Studium finanziert habe, muss ich sagen: Mein kluger Papa hat immer recht behalten. Was ich da nicht alles verhökert habe: einen alten Akku meiner elektrischen Zahnbürste für 60 € (obwohl die ganze Zahnbürste neu einmal nur 19 € gekostet hatte). Eine gefälschte Louis-Vuitton-Tasche, die mich im thailändischen Patpong umgerechnet 10 € gekostet hatte (siehe Kapitel *Die »echte« Louis Vuitton aus Patpong*), für satte 450 €. Und natürlich hatte ich angegeben, dass ich, entgegen den anderslautenden Beteuerungen des thailändischen Verkäufers, an deren Echtheit zweifelte. Luci, hast du mir die etwa damals abgekauft?

Nicht zu vergessen: mein »cooler« Studentenschreibtisch, bestehend aus acht Ziegelsteinen und einer Glasplatte aus dem Baumarkt im Gesamtwert von ca. 30 €, den ich dem Käufer für schlappe 2500 € verscherbelt habe – als Designertisch versteht sich.

Ach ja, dem Kollegen Lucas habe ich erst kürzlich das im Internet kostenlos zur Verfügung gestellte Textverarbeitungsprogramm Open Office zum »Freundschaftspreis« von nur 389 € (und damit um 10 € günstiger als Microsoft Office) verkauft. Und er schien trotz meiner Gewinnmarge von 389 € abzüglich der 1 € Kosten für die gebrannte CD sehr dankbar.

Was ich damit sagen will? Erstens, ich bin ein erfolgreicher Verkäufer. Zweitens, der Privatautonomie sind im Wirtschaftsland Deutschland nur schwer Grenzen zu setzen. Es steht Ihnen ja völlig frei, sich zu entscheiden, ob Sie einen Vertrag schließen wollen oder nicht. Auch den Vertragspartner und -inhalt können Sie sich aussuchen. Wobei es hierzu eine Ausnahme gibt, Stichwort Kontrahierungszwang: So müssen aufgrund gesetzlicher Verordnung zum Beispiel Taxifahrer einen Fahrgast befördern, ob sie nun wollen oder nicht – Höchststrafe für alle Taxler, die den ohne Punkt und Komma quasselnden Stephan Lucas befördern müssen!

Der Wucherparagraph ist zwar bemüht zu vermeiden, dass allein die Schwäche des einen Vertragspartners dem anderen zum Vorteil gereicht. Aber Abgrenzungen zu den oben beschriebenen Rechtsgrundsätzen der Vertragsfreiheit sind eben schwierig. Und so verwundert es nicht, dass es im Jahr 2014 bei insgesamt 6,5 Millionen Anzeigen gerade mal gut 400 wegen Wucher gab.

Mit anderen Worten: Wegen Wucher bestraft zu werden dürfte etwa so realistisch sein, wie am selben Tag sowohl vom Blitz als auch von der Lottofee getroffen zu werden.

Platz 3: § 248c StGB – Entziehung elektrischer Energie

Ja, Sie haben richtig gelesen. Wer fremde elektrische Energie entzieht, wird mit Freiheitsstrafe bis zu fünf Jahren oder mit Geldstrafe bestraft. Wenn Sie also mal wieder schnell Ihr Smartphone an irgendeine Steckdose hängen, sollten Sie künftig aufpassen – oder auch nicht. Denn auch diese Vorschrift kennt kaum jemand. Und dass es sie überhaupt gibt, ist einmal mehr solch technisch versierten Juristen wie dem Kollegen Stephan Lucas zu verdanken. Denn beim Reichsgericht, das erstmals über Stromdiebstahl zu entscheiden hatte, bestand große Unsicherheit darüber, ob in Elektrizität überhaupt eine »Sache« zu sehen sei. Denn nur »Sachen« können auch gestohlen werden. Nach dem heutigen Stand der physikalischen Wissenschaft ist die elektrische Energie, etwa in Form von Elektronen, selbst Teil der Materie und damit doch irgendwie eine Sache. Da diese Überlegungen aber einmal mehr den technischen Horizont der Juristen (und erst recht eines Stephan Lucas) überstiegen, wanderte der Paragraph gegen die Entziehung elektrischer Energie eben ins Strafgesetzbuch – mit »Unterpunkt c« betitelt, was die Bedeutsamkeit unterstreichen dürfte.

Also alle iPhone- und Android-Stecker, ran ans Netz! Strom ist ohnehin derzeit günstig wie nie, laden Sie also, so viel Sie können.

Platz 2: § 109h StGB – Anwerben für fremden Wehrdienst

Ganz klar eines meiner persönlichen Highlights, das in jedem Ranking einen der oberen Plätze einnehmen sollte!

In § 109h StGB heißt es allen Ernstes: Wer zugunsten einer ausländischen Macht einen Deutschen zum Wehrdienst in einer militärischen oder militärähnlichen Einrichtung anwirbt, wird mit Freiheitsstrafe von drei Monaten bis zu fünf Jahren bestraft.

Was zum Teufel hat sich der Gesetzgeber bei dieser Vorschrift gedacht? Man weiß es nicht. Die wichtigere Frage: Warum wurde diese Vorschrift nicht einfach einmal heimlich, still und leise abgeschafft? Hat der Gesetzgeber vielleicht immer noch Angst, dass Deutschland die kampfwilligen Männer (und Frauen) ausgehen, weil sie alle von der nordkoreanischen Armee angeworben werden?

Zu bedenken ist auch, dass das Anwerben für »seriöse Unternehmungen« wie Scientology oder für die Zeugen Jehovas staatlich völlig unsanktioniert bleibt und sogar die Verleitung zur Selbsttötung straffrei ist. Aber hey, was ist schon schlimmer als die Armee Nordkoreas mit einer Meute wild gewordener Deutscher an der Spitze?

Für alle, die jetzt also völlig entsetzt sind, weil sie den ein oder anderen unliebsamen Menschen doch so gerne (straflos) für den

IS oder andere revolutionäre Truppen abgeworben hätten: Nach einem sorgfältigen Blick in die polizeiliche Kriminalstatistik kann ich sagen, keine Angst! Werben Sie, was das Zeug hält, denn es scheint bundesweit keine einzige Strafverfolgungsbehörde zu geben, die die Strafnorm des § 109h StGB kennt. Bisher hat es schlicht keinen einzigen angezeigten Fall gegeben.

Platz 1: § 323b StGB – Gefährdung einer Entziehungskur

Mein absoluter Top-1-Straftatbestand, der zwar strafbar ist, aber aller Voraussicht nach mangels Kenntnis der Richter, Staatsanwälte und Polizisten ewig straflos bleiben wird: Gefährdung einer Entziehungskur!

Dort heißt es sinngemäß:

Wer einem anderen, der auf behördliche Anordnung zu einer Entziehungskur in einer Anstalt untergebracht ist, berauschende Mittel verschafft beziehungsweise ihn zum Genuss solcher Mittel verleitet, wird mit Freiheitsstrafe bis zu einem Jahr oder mit Geldstrafe bestraft.

Bitte lassen Sie sich das auf der Zunge zergehen: Von den Millionen Möglichkeiten, jemandem zu schaden, soll ausgerechnet das Verschaffen von Alkohol, Drogen und anderen berauschenden Mitteln strafbar sein? Wobei, eigentlich ein ziemlich perfider Plan, einem Alkoholabhängigen den Aufenthalt bei seiner Entziehungskur, die er endlich gewillt ist durchzuziehen, mit gutem Schnaps und Wodka etwas zu versüßen …

Und Sie werden es nicht glauben, im Jahr 2014 gab es von den 6,5 Millionen angezeigten Straftaten tatsächlich ganze 13 wegen Gefährdung einer Entziehungskur. Es scheint also durchaus (womöglich einen einzigen) Polizeibeamte(n) mit profunden Kenntnissen über den § 323b StGB zu geben.

Sollten Sie vor genau diesem einen Polizeibeamten Angst haben, wenn Sie Ihrem suchtgefährdeten Erzfeind endlich ordentlich eins auswischen beziehungsweise einen ausgeben wollen, keine Sorge! Es gibt zum Glück zahlreiche straflose Alternativen: Denn laut höchstrichterlicher Rechtsprechung geht es wirklich nur um Alkohol und Drogen! Bloße Spielsucht und andere nicht stoffgebundene Abhängigkeiten genügen den Anforderungen nicht. Wenn Sie einem Spielsüchtigen also ein kleines Tischroulette als freundliche Geste in die Anstalt schicken, dann ist das völlig okay. Und zumindest juristisch spricht natürlich nichts dagegen, dem Alki einfach Geld zu geben, um sich was »Schönes« zu kaufen – oder ihm einen Getränkegutschein zu schicken.

Man muss nur wollen – Die straflose Körperverletzung

Stephan Lucas

Es gibt Sachverhalte, da ist jedem klar, dass es um Strafrecht geht. Passen Sie auf: A haut dem B auf den Kopf, weil er ihm weh tun will. Und dann tut's dem B tatsächlich weh. Wegen was hat sich A strafbar gemacht?

Die richtige Antwort ist: Körperverletzung. Das wissen Sie aber sicher schon. Schließlich befinden Sie sich bereits fast am Ende des Buchs und sind damit längst kein Anfänger mehr. Kopfverletzung wäre zwar irgendwie auch zutreffend, rechtlich aber falsch.

Doch warne ich vor Übermut. Denn ganz so einfach, wie der Straftatbestand der Körperverletzung zunächst daherkommen mag, ist er nicht. Und so haben wir jetzt noch ein bisschen was vor uns, bis Sie sicher wissen, wie Sie sich beim »Körperverletzen« garantiert nicht strafbar machen.

Los geht's.

Es gibt zwei Voraussetzungen für eine Körperverletzung, von denen zumindest eine zutreffen muss: Wir brauchen entweder eine »körperliche Misshandlung« oder – alternativ – eine »Gesundheitsschädigung«.

Von einer körperlichen Misshandlung sprechen die Juristen bei jeder – jetzt kommt's – »üblen, unangemessenen Behandlung, die das körperliche Wohlbefinden mehr als nur unerheblich beeinträchtigt«. Mal ehrlich, manchmal schon toll, diese juristischen Definitionen, finden Sie nicht? Übersetzt heißt dieses »mehr als unerheblich beeinträchtigt« ja letztlich nichts anderes als »ziemlich erheblich beeinträchtigt«. Oder noch deutlicher: »so, dass es gesessen hat«.

Aber das würde ja nicht annähernd so klug und bedeutungsvoll klingen. Vielleicht erklärt das auch, warum manche Juristen selbst in stinknormalen Alltagssituationen oft so hochgeschraubt mit ihren Mitmenschen kommunizieren. Verehrte Damen, wundern Sie sich also nach dem ersten Date mit einem an sich ganz leckeren Anwalt bitte nicht, wenn er Ihnen danach mitteilt, dass ihm der gemeinsame Abend »mehr als nur unerheblich« gefallen habe. Was der Anwalt sagen will, ist natürlich nichts anderes als: »Mann, war das geil mit dir. Ich weiß immer noch nicht, wo oben und unten ist.«

Aber bleiben wir beim Thema: Was genau ist denn nun so eine »mehr als nur unerhebliche körperliche Misshandlung«? Bei Beulen lässt sich eine solche Bezeichnung ja noch nachvollziehen. Ebenso bei Prellungen, Wunden und Kratzern. Auch das Auslösen von Schlaf- und Konzentrationsstörungen und die Beeinträchtigung des Hör- und Sehvermögens zählen dazu. Ebenso ein Zahn- oder Organverlust.

Auch der Biss in den großen Zeh einer Kellnerin ist ganz klar eine »körperliche Misshandlung«. So jedenfalls entschied ein Amtsgericht kürzlich. Nicht ganz klar wird in den Urteilsgründen, wie der verärgerte Gast bloß so schnell an den Fuß rankommen konnte. Er schien jedenfalls noch Hunger gehabt zu haben. Und weil das Gericht in der Entscheidung so sehr betont, dass es sich bei dem Zeh der Kellnerin um den großen handelte, bleibt ja vielleicht der Biss in den kleinen straflos. Schwierig. Versuchen Sie es doch einfach mal.

Aber kommen wir zum alternativen Merkmal der Gesundheitsschädigung. Diese liegt vor bei jedem »Hervorrufen oder Steigern eines pathologischen Zustands«. Aha. Übersetzt heißt das: Man darf andere nicht krank oder noch kränker machen.

Somit fällt unter Gesundheitsschädigung neben dem Infizieren mit einer Krankheit das Vergiften und Betäuben, aber auch die Verursachung eines Schocks und sogar von Volltrunkenheit.

Auch Raucher, die in einem Lokal oder einer sonstigen Räumlichkeit die anwesenden Nichtraucher zum Passivrauchen zwingen, könnte man womöglich als Gesundheitsgefährder und damit Körperverletzer bezeichnen. Anzeigen gab es in den letzten Jahren noch und nöcher, Verurteilungen keine. Es ist eben schwierig, plötzlich etwas als strafbar zu betrachten, was bis zur Einführung der diversen Nichtrauchergesetze noch nicht einmal als ernsthaft gesundheitsgefährdend eingestuft wurde. Dass aber eine Ordnungswidrigkeit vorliegen kann, wenn gegen Nichtrauchergesetze verstoßen wird, steht auf einem ganz anderen Blatt.

Jedenfalls ist das Zerstören von Gartenzwergen definitiv keine Körperverletzung, auch wenn jeder einzelne Tritt gegen die putzigen Gnome zugleich ein Tritt in das Herz des nachbarlichen Vorstadt-Schneewittchens sein mag. Bei der Frage nach dem Vorliegen einer Körperverletzung geht es natürlich nicht um die Zwerge, sondern darum, ob dem Oberzwerg, also dem Erzeuger oder Käufer der Zwerge, durch das rauhe Auftreten gegenüber seinen Schützlingen seelische Schmerzen zugefügt wurden. Und das wird von der Rechtsprechung eben verneint. Der Täter macht sich aber allemal wegen Sachbeschädigung strafbar. Übrigens auch, wenn er sich statt der Zwerge des Nachbarn dessen geliebtes Haustier »vorgenommen« hat. Opfer einer strafbaren Körperverletzung kann nämlich nur ein anderer Mensch sein.

Dann aber kann selbst das Abschneiden von Haaren eine strafbare körperliche Misshandlung sein. Darauf wären Sie womöglich nicht gekommen. Denn hier kommt es ja gar nicht zu direkten Schmerzempfindungen. Spielt in dem Fall aber keine Rolle. Die äußerliche Verunstaltung reicht aus. Wohlgemerkt, aus Opfersicht – es interessiert also nicht, wenn das Opfer ohne den Vokuhila-Look hinterher um Welten besser aussieht. Man darf die Menschen eben leider nicht zu ihrem Glück zwingen.

Da fährt der Friseur also weitaus sicherer, wenn er sich vorher von seinem »Opfer« eine Einwilligung holt – die Beauftragung durch den Kunden reicht den Gerichten aber üblicherweise aus.

Neben den Friseuren gibt es aber auch noch Personen, für die es selbstverständlich ist, ihren Mitmenschen tiefe Schnittverletzungen zuzufügen oder sie zu verstümmeln. Leute also, die jeden Tag andere Menschen wirklich »mehr als nur unerheblich« verletzen. Die Rede ist von Berufsverbrechern. Und die, die ich meine, nennen sich Ärzte. Das Wort »Berufsverbrecher« habe ich ganz bewusst etwas zynisch aufgegriffen. Denn wie muss es sich anfühlen, wenn derjenige, der eigentlich ja heilen will – und das von Berufs wegen –, objektiv jedes Mal bei dem, was er da tut, eine Straftat begeht?

Gut, das mit dem Verbrecher ist vielleicht etwas ungenau von mir. Ein »Verbrechen« liegt nämlich immer nur dann vor, wenn ein Strafgesetz als Mindeststrafe ein Jahr Freiheitsstrafe androht. Eine Körperverletzung geht aber bei Geldstrafe los, selbst bei der »gefährlichen Körperverletzung« liegt die Mindestfreiheitsstrafe nur bei 6 Monaten. Da spricht man dann nicht von Verbrechen, sondern von sogenannten Vergehen.

Dann sind viele Ärzte nach unseren Gesetzen eben »Berufsvergeher«. Mit jeder gesetzten Spritze, mit jedem Entfernen von Brusthaaren, um ein EKG durchführen zu können, »vergehen« sie sich erneut. Die freirasierten Stellen am Oberkörper, an denen sich die diversen Pfropfen des EKGs festsaugen, können aus Opfersicht sehr leicht entstellend wirken. Zumal außerdem kleine rote Flecken zurückbleiben. Juristisch betrachtet jedenfalls ist erst mal jede Verletzung eine strafbewehrte Körperverletzung. Es bleibt dem Patienten selbst überlassen, welche Heileingriffe er über sich ergehen lassen will und welche nicht.

Nachvollziehbarerweise sichern sich also Ärzte ab, wo es nur geht. Sie lassen sich eine schriftliche Einwilligung geben, die beweisen soll, dass ihr an sich strafbares Verhalten am Ende nicht rechtswidrig und somit strafbar ist. Und das machen sie so, dass die Juristen den Ärzten gefälligst nichts anhaben können. Und deshalb lesen sich diese schriftlichen Einwilligungserklärungen leider auch anders, als es ein handelsüblicher Arzt vielleicht formulieren würde. Nämlich eben so kompliziert und wider den normalen Sprachduktus, wie es nur Juristen in »mehr als nur unerheblicher« Weise gerne tun.

Und deshalb muss der »Unterfertigte« – also der Patient – eben überlegen, ob er den »mehr als nur unerheblichen« Eingriffen und den Folgen, die er davontragen könnte, zustimmen mag. Und zwar unter diesen und jenen Einschränkungen und all den Bedingungen, die von A, B, C und D bis Z reichen können. Wobei diese unter bestimmten Umständen, auch unter Berücksichtigung von Ä, Ö und nicht zuletzt Ü, noch weiter reichen könnten. Ausnahmsweise wird dann sogar noch SCH, CH, EI, AU und ÄU oder EU mit zu berücksichtigen sein. Alles klar? Eine Katastrophe, genau genommen. Aber der Arzt macht sich jedenfalls in all den Fällen, in denen er sich schriftlich und im Juristenjargon abgesichert hat, garantiert nicht strafbar. Wobei: Trotz grundsätzlicher Garantie gibt es immer Ausnahmen. Verlassen Sie sich nie auf etwas, wenn Juristen am Werk waren!

Aber auch jenseits der ärztlichen Heilkunst wird sich ganz privat gegenseitig verletzt, was das Zeug hält. Beispielsweise bei dem Wunsch, sich eine freche Rose auf den Bauch tätowieren zu lassen. Oder – ganz gewagt – eine kleine Schlange auf den großen Zeh oder gleich den ganzen Fuß. Oder – wohin auch immer – chinesische oder japanische, jedenfalls aber asiatische Schriftzeichen. Eigentlich egal, welche Sprache, schön sieht es schließlich aus, könnte man meinen.

»Ich kann's ja sowieso nicht lesen«, wird das Tattoo-Opfer wohl gedacht haben, als es sich auf Japanisch oder Chinesisch »Schlumpfwichse« auf das Dekolleté hat ritzen lassen.

Weil sich aber so mancher Tätowierte von seinen Dauerbrennern irgendwann gerne wieder distanziert, ist jeder Tätowierer gut beraten, sich zuvor eine möglichst detaillierte schriftliche Einwilligung geben zu lassen.

Nichts anderes gilt natürlich auch für diejenigen, die sich Piercings durch Nase, Ohren, Mund, Zunge, Nippel und alle nur denkbaren Stellen der primären und sekundären Geschlechtsorgane jagen lassen. Und unbedingt schriftlich abgesichert sollten diejenigen sein, die ganze »schwarze Löcher« in die Ohrläppchen anderer stanzen, so dass man im Kino, falls der Vordermann zu groß geraten sein sollte, durch das Ohrläppchen den ganzen Film verfolgen kann.

Meiner Meinung nach ist spätestens damit der gute Geschmack überschritten. Aber genau das ist ein gutes Stichwort. Was heißt denn das: guter Geschmack? Wo sind womöglich Grenzen?

Nun ja. Die Grenze ist spätestens dann erreicht, wenn Sie einwilligen, getötet zu werden – ein weites Feld, dazu mehr im folgenden Kapitel. Schluss ist aber auch, wenn das, in was Sie da gerade einwilligen, »gegen die guten Sitten« verstößt. So sagt es der Gesetzgeber in § 228 StGB.

Was für eine wachsweiche Gummiformulierung! Und so vielen gesellschaftlichen Einflüssen und Entwicklungen unterworfen. Denken Sie mal scharf nach. Haben nicht auch Sie irgendwann schon mal ganz privat, sagen wir in den eigenen vier Wänden, in irgendeine Körperverletzung eingewilligt? Der neckische Biss ins Ohrläppchen ist objektiv betrachtet bereits eine Körperverletzung. Objektiv. Und auch subjektiv – der Beißer weiß ja, was er da tut!

Aber womöglich mag der Partner Ihrer Wahl ja genau das sehr gerne. Andere Menschen wollen während des Geschlechtsakts gewürgt werden, um mal deutlicher zu werden. Das wäre vor vierzig Jahren vermutlich noch ein Verstoß gegen die oben erwähnten wachsweichen guten Sitten gewesen.

Was ist also mit Sadomaso? Objektiv hoch strafbar – je nach

Praxis. Bei *50 Shades of Grey* hat die Welt da so manche Begehungsweise kennenlernen dürfen. Aber der konservative Spießer Grey lässt sich natürlich alles schriftlich geben, indem er einen vordergründig erotischen, in Wahrheit knallhart juristisch durchdachten gemeinsamen Vertrag aufsetzt. Also: Würgen, Beißen, Schlagen, Auspeitschen oder Mit-Wachs-Beträufeln sind – bei entsprechender Einwilligung – garantiert nicht strafbar.

Aber hier entscheidet natürlich die Beweislage. So ein schriftlicher Vertrag kann sexy sein, er kann die ganze Sache aber auch schon im Vorfeld zunichtemachen. Sind Sie jedenfalls abgesichert, oder lässt sich zumindest später mal vor Gericht beweisen, dass der Partner in alles eingewilligt hatte, dann kann Ihnen nur noch die Sache mit den guten Sitten einen Strich durch die Rechnung machen. Der heutige § 228 StGB, wonach eine Einwilligung nichts an der Rechtswidrigkeit ändert, wenn ein Verstoß gegen die guten Sitten vorliegt, stammt – raten Sie mal – aus der NS-Zeit und wurde im Mai 1933 als § 226a in das RStGB aufgenommen. Bis Ende des letzten Jahrtausends spielten bei der Frage nach den guten Sitten einerseits die Schwere der Verletzungen, andererseits aber auch die Beweggründe des Täters eine Rolle. Moralische Aspekte konnten also nicht einfach beiseitegewischt werden.

Mittlerweile hat sich der Schwerpunkt zum Glück verlagert. Entscheidend ist in erster Linie die Frage, wie sich die (objektive) Körperverletzung denn auswirkt. Da man hinterher natürlich immer klüger, das Kind aber längst in den Brunnen gefallen ist, sind schon seit längerem Verhaltensweisen dann einer Einwilligung nicht zugänglich, wenn sie das Opfer in die konkrete Gefahr des Todes bringen könnten. Und weil eben das eine sehr schnell das andere ergeben kann, wird seit kurzem etwas abstrakter formuliert: Schon die Gefahr, dass eine Situation eskalieren könnte, wodurch dann Leib und Leben eines Beteiligten bedroht sind, fällt unter diese Regelung.

Wenn Sie sich jetzt fragen, was denn der Lucas da bitte für Praktiken vor Augen hat, kann ich Sie beruhigen: Erstens ist das nicht auf meinem Mist gewachsen – der BGH hat hier ein Machtwort gesprochen. Und zweitens dreht sich nicht immer alles um Sex. Gell, Herr Stevens? Diese neuere Entscheidung bezieht sich nämlich auf eine Verabredung zwischen zwei Jugendgruppen, die sich nach vorausgegangenen wechselseitigen Provokationen zu einer Schlägerei getroffen hatten, die dann aber – trotz gegenseitiger Einwilligung – am Ende aus dem Ruder gelaufen war.

Also Entwarnung. In den eigenen vier Wänden ist so ziemlich alles garantiert nicht strafbar, was allen Beteiligten Spaß macht. Der § 228 StGB mischt sich jedenfalls nahezu nicht ein. Es ist am Ende eben immer die Frage, ob Sie auch beweisen können, dass Sie sich wegen vorliegender Einwilligung garantiert nicht strafbar gemacht haben. In der Tat wäre so ein Sexvertrag ratsam – so entstehen sogar Weltbestseller und Hollywoodfilme. Warum nicht also ein bisschen Glanz und Glamour ins eigene Schlafzimmer bringen?

Schlussakkord

Stephan Lucas

Jetzt, wo sich unser Buch so langsam dem Ende nähert, frage ich Sie: Vielleicht zum Schluss ein bisschen Melancholie gefällig?! Passen Sie also mal auf:

Sie dürfen gerne gehen. Jederzeit. Weg von dieser Welt. Sie machen sich damit garantiert nicht strafbar. Und nach Ihrem Ableben machen Sie sich dann genau genommen nie mehr strafbar. Ganz gleich, von welchem Delikt wir da auch sprechen.

Wer also freiwillig vorhat, uns in Bälde für immer zu verlassen, der hätte sich die letzten 31 Kapitel gut und gerne sparen und den Fokus voll und ganz auf dieses richten können.

Ich denke da in erster Linie an Menschen, die es ohne die Hilfe eines anderen nicht mehr selbständig schaffen und die deshalb bei ihrem Suizid auf Unterstützung durch ihre Mitmenschen angewiesen sind. Dieses Thema spielt in unserer Gesellschaft in den letzten Jahren ja bekanntlich eine immer größere Rolle. Aber ebenso – verzeihen Sie den abrupten Sprung – Kandidaten, die aus einer sexuellen Motivation heraus wünschen, von einem anderen getötet und womöglich anschließend gegessen zu werden.

Denn, so absurd es klingt, unser Rechtsstaat hat zwar nichts dagegen, wenn Sie suizidal einen Abgang machen. Aber wehe, da hilft jemand mit. Da wird es dann für die Freunde und Helfer, die Sie bei Ihrem Vorhaben tatkräftig unterstützen, strafrechtlich durchaus eng.

Es ist an sich wie immer im Leben. Reisende darf man nicht aufhalten, jedenfalls nicht durch Strafnormen. Aber geht beim Abhauen etwas schief, dann müssen Sie für die Begleitumstände, die Sie mehr oder weniger zwangsläufig erzeugt haben, wirtschaftlich und gegebenenfalls strafrechtlich geradestehen. Egal, ob Sie aus dem Knast abhauen (siehe Kapitel *Ich bin so frei*) oder sich ganz zu Staub machen wollen.

Wer sich erfolglos vor den Zug wirft, kann sich auf eine saftige Rechnung gefasst machen. Denn Zeit ist Geld. Und durch derlei Aktionen werden auf einen Schlag Tausende und Abertausende Menschen ihrer Zeit beraubt. Auch der erfolglose Sprung aus ernstzunehmender Höhe wird nicht folgenlos für den überlebenden Suizidenten bleiben. Andere könnten in Mitleidenschaft gezogen werden – bekommen Sie mal gut 75 Kilo auf den Kopf. Und all die Zeugen des »Salto mortale« werden dieses Bild womöglich nie mehr aus den Köpfen bekommen. Auch da wird der eine oder andere Ex-Suizident zur Kasse gebeten werden, wenn er den Freiflug überlebt hat.

Aber kommen wir zurück zu denjenigen, die einen Lebensmüden bei seiner letzten Lebensleistung unterstützen sollen. Für die ist es sehr viel schwerer, sich garantiert nicht strafbar zu machen. Ganz simpel gesagt: Aktive Sterbehilfe ist in Deutschland strafbar. Und zwar als Töten auf Verlangen.

Wann aber spricht der Gesetzgeber vom Töten auf Verlangen und eben nicht von Mord und Totschlag? Es ist an sich ganz einfach. Derjenige, der sterben möchte, wählt eine Person aus, etwa seinen Arzt oder eine andere Vertrauensperson. Und die führt den Tod desjenigen, der sterben möchte, dann herbei, etwa durch Verabreichen einer Giftspritze. Ein solches Verhalten ist für die Vertrauensperson ohne Wenn und Aber strafbar. Und das ist bisweilen nur schwer zu verstehen.

Wir sprechen bei den Getöteten ja in den meisten Fällen von Menschen, die körperlich nicht in der Lage sind, ihrem Leben selbst ein Ende zu setzen. Es sind Menschen, die das Leben nicht zuletzt deshalb als unglücklich empfinden, weil sie körperlich kaputt, aber geistig hellwach sind. Müssten diese geistig hellwachen Menschen denn nicht dieselben Chancen und Rechte haben wie jeder nicht nur geistig, sondern auch körperlich Gesunde? Ob man selbst die gewählte Giftspritze abdrückt oder einen anderen auffordert, sollte an sich keinen Unterschied machen, oder?

Sicherlich spielen da nicht zuletzt die moralischen Fragen einer Gesellschaft eine Rolle. Und natürlich, so die Kritiker der Legalisierung, könnten sich die Fälle häufen, in denen die gutbetuchte Oma mit ihren 93 Jahren eigentlich durchaus noch am Leben interessiert gewesen wäre. Jedenfalls sehr viel mehr, als die gierigen Erben es später bei Gericht über die Getötete – pardon, Gestorbene – zu berichten wissen.

Und der Gesetzgeber hat auch versucht, den besonderen Umständen bei der aktiven Sterbehilfe Rechnung zu tragen. Anders als bei Totschlag, der eine Freiheitsstrafe von fünf bis 15 Jahren vorsieht, fällt die Freiheitsstrafe bei Tötung auf Verlangen mit einem Strafmaß von sechs Monaten bis zu fünf Jahren vergleichsweise milde aus.

Aber das müssen Sie vor Gericht erst mal durchbekommen. Der Staatsanwalt könnte Sie trotz allem wegen Mordes anklagen. Je nach Beweislage. Und die muss nicht immer eindeutig sein. Auch falsch verstandene Indizien können eine entscheidende Rolle spielen. Und selbst wenn der Staatsanwalt sich tatsächlich durchringen sollte, hier »nur« von einem Töten auf Verlangen auszugehen, wird er regelmäßig Freiheitsstrafen beantragen, die höher als zwei Jahre ausfallen. Und ab zwei Jahren kann eine Freiheitsstrafe bekanntlich nicht mehr zur Bewährung ausgesetzt werden.

Bei der sogenannten passiven Sterbehilfe sieht es hingegen schon deutlich besser aus. Hier lässt der Arzt den Patienten sterben, indem er auf lebensverlängernde Maßnahmen verzichtet. Oder er beginnt erst gar nicht mit einer entsprechenden Behandlung. In Deutschland ist das erlaubt, wenn klar ist, dass es dem Willen des Patienten entspricht. Etwa, weil eine Patientenverfügung vorliegt. Aber auch hier gibt es immer wieder genügend Konfliktpotenzial. Nicht auf der rechtlichen Ebene, aber – wie so oft – bei der Beurteilung der Beweislage.

Häufig genug werfen die Patientenverfügungen genügend Fragen auf. Gerade bei jungen, kerngesunden Menschen. Wie oft hört man junge Leute sagen, dass sie niemals älter als 60 werden wollen? Das sagt sich natürlich immer leicht, wenn man das Gefühl hat, noch eine halbe Ewigkeit vor sich zu haben. Dabei geht alles verdammt schnell. Und der Blick aufs Leben verändert sich mit jedem Jahr. Ob man bei all der Eile die einmal getroffene Verfügung tatsächlich rechtzeitig neu überdenkt?

Bleibt die sogenannte Beihilfe zum Suizid. Hier tötet sich der Kranke selbst, indem er beispielsweise einen tödlichen Arzneimittelcocktail einnimmt, der ihm von einer zweiten Person beschafft wurde. In Deutschland ist diese Form der Sterbehilfe derzeit straflos. Die Rechtslage für Ärzte ist dennoch unklar. Die Bundesärztekammer hat sich zwar unmissverständlich positioniert: Ärzte dürfen keine Hilfe zur Selbsttötung leisten. Aber nur zehn der 17 Landesärztekammern in Deutschland haben diese Regelung offiziell übernommen, andere haben sie abgeschwächt oder ganz weggelassen.

In den Niederlanden ist aktive Sterbehilfe, sofern sie von einem Arzt ausgeführt wird, seit 2001 erlaubt. Nach einem angemessenen Zeitraum, in dem der Arzt mit dem Sterbewilligen Gespräche geführt hat, darf er aktiv Sterbehilfe leisten, wenn er sich zuvor mit einem Kollegen beraten hat. Mit diesem längeren Dialog soll Kurzschlusshandlungen ebenso wie einem »Sterbehilfe-Tourismus« vorgebeugt werden. Dass allerdings eine Kommission hinterher prüft, ob das Verhalten des Arztes auch wirklich rechtmäßig war, bürdet den tätigen Medizinern natürlich eine Verantwortung auf, die ich jedenfalls nicht übernehmen wollte. Hoffen wir jedenfalls, dass Sie, Kollege Stevens oder ich niemals in so eine Situation kommen mögen. Genug Zeit, um uns noch viele Male »garantiert nicht strafbar« zu machen, sollte aber allemal noch bleiben. Wie das geht, wissen Sie jetzt ja ganz genau.

Anleitung zu Straftaten – Ende gut, alles gut

Alexander Stevens

Am Ende eines großen Werks steht die Danksagung. In Oscar-Manier mit Scheinwerfern auf uns gerichtet, sprechen wir zu den uns anhimmelnden Massen, die uns ob dieses tollen Buchs frenetisch zujubeln, während hübsche Frauen das ein oder andere Teil ihrer Unterwäsche auf die Bühne werfen. Und dann das: Uniformierte Polizisten stürmen herbei, nehmen uns schroff in den Polizeigriff, die Handschellen klicken und: Alles ist vorbei …

Der Tatvorwurf: öffentliche Aufforderung und Anleitung zu Straftaten.

Gut, Ihnen kann das egal sein, schließlich haben Sie dieses Buch schon gelesen und wissen jetzt zumindest, wie Sie sich garantiert nicht strafbar machen …

Natürlich kann es der deutsche Gesetzgeber nicht leiden, wenn man sein ausgeklügeltes Rechtssystem, bestehend aus einem Dschungel von Vorschriften und Verordnungen, missachtet. Deshalb wird nicht nur das Auffordern zu Straftaten, sondern gleich auch noch die Anleitung dazu hart bestraft, vgl. § 111 Strafgesetzbuch.

Würde also ein potenzieller Terrorist tatsächlich unser Buch lesen und, inspiriert durch die Lektüre des Kapitels *Terrorismus für Fortgeschrittene,* eine kleine Atombombe zünden, was wäre mit Herrn Lucas und mir? Auch »lebenslänglich«?

Nein! Denn der deutsche Jurist ist kleinkariert und spitzfindig. Man kann jedes Wort, ja sogar jedes Komma und jeden Absatz bei der Auslegung von Gesetzen auf die Goldwaage legen. Natürlich auch hier. Denn schon der Begriff des »Aufforderns« verlangt doch, dass wir eine Straftat durch einen unserer Leser gutheißen. Unser Buch müsste also erkennbar darauf abzielen, unsere Leser unmittelbar zur Begehung bestimmter Straftaten zu motivieren. Da Sie aber in Ihren Handlungen glücklicherweise völlig frei sind und es in Deutschland noch so etwas wie Meinungsfreiheit gibt, sieht das die Rechtsprechung ganz genauso. Das deutsche Recht hält die Schaffung bloßer Anreize oder das Befürworten von Straftaten gerade nicht für strafbar, da dies den Willen eines potenziellen Täters nicht hinreichend beeinflusst. Und weil gerade die Meinungsfreiheit ein so hohes Gut unseres Rechtsstaats ist, soll wegen § 111 auch wirklich nur derjenige bestraft werden, der sich die Realisierung der Tat, zu der er aufgefordert hat, regelrecht wünscht. Dafür reicht es nicht aus, wenn die Äußerung ausschließlich informativen Charakter hat – und nichts anderes wollen Herr Lucas und ich tun, als Sie informieren.

Bleibt also noch eine andere böse Vorschrift, mit der der Gesetzgeber möglichst alles und jeden mundtot machen möchte. Angeblich nämlich will der Gesetzgeber den innerstaatlichen öffentlichen Frieden schützen und »der Gefährdung der Allgemeinheit durch das Entstehen eines psychischen Klimas, in dem schwere, sozialschädliche Gewalttaten gedeihen können, entgegenwirken«. Steht zumindest so in der Gesetzesbegründung.

Aha. Das klingt selbst für einen Juristen nach hohlen Phrasen. Und tatsächlich wurde der Straftatbestand der »Anleitung zu Straftaten« (§ 130a StGB) in der Geschichte der Bundesrepublik Deutschland bereits zweimal aufgehoben und ebenso oft wieder eingeführt.

Solange es aber die Vorschrift gibt, könnte sie dem Kollegen Lucas und mir brandgefährlich werden.

Oder? Zum Glück nicht. Denn aus der scheinbaren Misere gibt es dann doch ein kleines Ausfalltor, nämlich den Verweis in der Vorschrift auf § 86 Abs. 3 StGB. Demnach wird der Hersteller solcher Anleitungen zu Straftaten von der Strafbarkeit freigestellt, wenn dies der staatsbürgerlichen Aufklärung, der Kunst oder der Wissenschaft dient.

Dann ist aber doch am Ende alles wieder in Ordnung. Der Kollege Lucas versteht sein Geschreibsel hier als Kunst, ich das meine als Wissenschaft, und zusammen ergibt das Ganze auch noch irgendwie ein bisschen staatsbürgerliche Aufklärung.

Ach ja, und ganz nebenbei bemerkt, mit dem Titel *Garantiert nicht strafbar* fordern wir ja gerade nicht zu Straftaten auf, sondern allenfalls zu solchen Taten, die eben nicht strafbar sind.

In diesem Sinne: Viel Spaß und gutes Gelingen!